黑王寨風情

系列小說
精選

劉正權——著

目次

立春一日晴

　　明天，立春了呢！杜瘸子站在院子裏一棵枇杷樹下，瞇了眼看太陽。在黑王寨，立春前後應該是有那麼一點小忙的，只有不當家不做主的男人才會閒在那兒看太陽。

　　杜瘸子看太陽只是一個幌子，他是偷眼看喬竹兒呢。喬竹兒才過了四十，卻已經昏花了眼。總能看見一些並不存在的東西，或者是別人看不見的東西。

　　這讓人很害怕！在黑王寨這地方，青天白日的，你冷不防說，看見什麼東西跟在人家身後，等人家回了頭卻啥也沒有，不是誠心嚇人麼？

　　杜瘸子不怕。

　　打閨女杜曉娟死後杜瘸子就覺得天底下沒啥比孩子沒了更可怕。

　　但眼下，他怕了喬竹兒，喬竹兒動不動就往門口一站，說，娟兒你回來了，坐下，別累了我娃！

　　杜瘸子明明知道娟兒不能回來，卻還是忍不住往門口瞅一眼！沒準娟兒就回來了呢，年年立春前後，杜曉娟都從外面回來了，喬竹兒是打娟兒出事起落下的這毛病。

　　春打六九頭呢，喬竹兒就在六九頭裏啥也不幹，很閒很閒的樣兒。

　　要說臘月裏，是女人們最忙活的時候，可喬竹兒卻一副找不到活的樣兒，搬個小板凳坐門口，時不時還手搭涼棚使勁往遠處望一下。見了拎了皮箱的女孩路過，喬竹兒就忍不住叫一聲，娟，是娟麼？

　　當然不是娟！

　　杜瘸子就可憐了，忙過年倒是小事，他得忙著照看喬竹兒。有一次，喬竹兒跟著寨裏的娥兒一口一個娟兒喊，嚇得娥兒皮箱都沒敢要，撒起腳丫子就跑。娥兒娘後來找到杜瘸子，言不輕語不重地埋怨了幾句，杜瘸子是踩百家門的手藝人呢！聽話聽音，聽鑼聽聲，望著娥兒娘陪了好一頓小心！

　　這會，天上明明有太陽掛著，杜瘸子心裏卻冷得不行。娟兒沒了，年已經沒了往日的熱鬧，要是喬竹兒再老這麼神經兮兮下去，日子就生不如死了。

　　杜瘸子就看一會天，嘆氣，再看一眼喬竹兒，還嘆氣！喬竹兒聽見了，說，娟兒就要回來了，你嘆個啥氣？

　　杜瘸子趕緊順了她的話說，是要回來了，是要回來了！我嘆氣是咱們沒把年貨辦好呢，娟兒回來沒個香香的年過。

　　香香的年是娟兒的口頭禪，每年娟兒從外面回來，一見喬竹兒就要撲到娘懷裏撒嬌，說，娟兒回來了，回來過香香的年囉！

　　對了，香香的年！喬竹兒屁股從板凳上彈了起來，七不炒，八不鬧，咱們得趕在今天把年糕打出來，把瓜子炒出來，明兒娟兒回來不就有香嘴的零食了？

　　說幹就幹，杜瘸子急忙瘸了腿給喬竹兒打下手，杜瘸子知道，喬竹兒手裏一旦有了活路，腦袋裏就不會七想八想的。

　　炊煙冒起來，年味也飄出來，杜瘸子瞅空在院子裏看一棵枇杷樹。花苞都漲滿了，以往這枇杷樹都在立春這天會開花的！

　　立春一日晴，四季雨水勻！這樹是杜曉娟栽的呢，五歲那年栽的，十五年了，今年這花只怕不會開了，天氣預報說，明天有雪呢！

　　想到雪，杜瘸子再抬頭看天，太陽還掛在天上，只是像個蛋黃一樣，沒點溫度。寒氣開始一點點侵蝕這個蛋黃，那黃已不是金黃，變淡黃了，像曉娟臨終前的那張臉，黃得叫人揪心。

曉娟是在廠裏打工化學物品中毒死的！

杜瘸子不願再想曉娟，喬竹兒可以想，可以傻坐著說傻話做傻事，他不能！

他是一家之主呢！怎麼著日子還得往前趕不是，他們還有杜三有呢！杜三有在城裏上高中，雖說身子弱點，但成績不弱啊！曉娟說等她掙了多多的錢就給三有天天買牛奶喝的，外國人體質為啥那麼好，不都是牛奶營養好養出來的？

打年糕，炒瓜子這些活看起來不累，但纏人！喬竹兒和杜瘸子忙完這一切，天就黑定了。

人困了就睡，這是黑王寨雷打不動的習慣。

杜瘸子那一夜卻睡得提心吊膽的，明兒，立春呢，曉娟年年立春都要給枇杷樹下一次肥的！

天黑時，果然落了雪，雪剛把窗戶映白，喬竹兒就起床了，往一個挎包裹塞年糕，塞瓜子，杜瘸子說你幹啥呢？

接曉娟啊，你昨天不是說讓曉娟回來過個香香年嗎，我們一起去接她！

杜瘸子知道不順著喬竹兒是不行的，就穿衣起床，尋思下了寨子最好沒車去縣城，那樣就可以把喬竹兒哄回來。

出了門，喬竹兒卻不走下寨子的路，目光直直地往北坡崖走，杜曉娟就埋在北坡崖呢。

到了，喬竹兒一古腦兒往外掏東西，瓜子，年糕，點心鋪了一地，鋪完了喬竹兒只說了一句話，娟你回來，娘陪你過個香香的年！然後一言不發往回走，杜瘸子心裏惴惴地，有點估不透喬竹兒了。

他寧願喬竹兒哭一場鬧一場，甚至像當初曉娟出事時抓他撓他一場也行，但喬竹兒沒有。

兩人一言不發回了屋，進了院子，喬竹兒直通通走到枇杷樹下，

衝杜瘸子說，你幫我挖個坑，我幫娟兒施一次肥。

杜瘸子沒動，喬竹兒忽然火了，說，娟兒沒了，這樹我們就當娟兒看護你還不願意啊？

杜瘸子眼圈一紅，說，竹兒你好了？

喬竹兒眼圈不紅，抬頭看天，說雪停了呢。

杜瘸子說，我知道！

喬竹兒又說，雪停太陽就要出了是不？

嗯！杜瘸子點頭說，今兒立春，你知道？

喬竹兒眼裏落上一團光，她眯了一下說，怎不知道，立春一日晴，四季雨水勻呢！你看枇杷樹都曉得要開花的，在今天！

杜瘸子眼淚就嘩一聲決了堤，他知道，他的喬竹兒好了，在立春這一天好了，是啊，枇杷樹都曉得要開花的，人，為什麼不能好好活呢？

一場白露一場霜

秋風起時，禿關喜的咳嗽開始加重，重得每陣風裏都夾雜著他的咳嗽，把個黑王寨咳得一顫一顫地。四姑婆的香火也被這咳嗽弄得一明一滅的，那天，四姑婆在升完香後，破例在蒲團上多磕了三個響頭。邊磕邊禱告說，求菩薩們看承啊下，我得去禿關喜那走一趟！

四姑婆禱告是有緣由的，禿關喜兒子關小慶強，有一回砸了四姑婆的香碗。就算神仙大度可以容天下難容之事，可四姑婆臉上掛不住

啊，好歹你關小慶是四姑婆從你娘肚子裏拽出來的不是。

典型的摘了桃子忘了樹！

四姑婆是個記仇的人，這點黑王寨人都曉得。當初她閨女大鳳念了大學當了實習記者回來，對她那一套求神拜菩薩的把戲很反感，說娘你整天神叨叨做什麼呢，天上神仙那麼靈，還要醫院幹什麼？

四姑婆呢，就為這句話，整整一個假期沒給大鳳好臉色，連吃個飯筷子都不往大鳳面前那盤菜裏伸。記仇記到自己閨女名下，除了四姑婆，在黑王寨找不到第二家。

何況這一回，是關小慶的爹禿關喜呢！

四爺著了急，攔住四姑婆說，算了，菩薩都不記人家過了，你這會去，算個什麼事呢！

你管我什麼事啊！四姑婆愈老愈和四爺不對路起來。

就你那小肚雞腸，除了雪上加霜，刀口上撒鹽，還能有啥出息！四爺撇了一下嘴。

撇歸撇，卻沒能撇住四姑婆的腳步，四姑婆是比關小慶還強的人。

四姑婆風風火火趕到關小慶門口時，關小慶正騎了摩托車要送他爹上醫院，禿關喜卻死活不肯坐上去。也是的，多少年了，禿關喜有個傷風咳嗽啥的，往四姑婆那兒走一趟，磕幾個頭，升柱香，初一十五再來還個願，不也囫囫圇圇過來了？怪就怪這關小慶，砸什麼不好，砸四姑婆的香碗。那香碗是多少神仙看承的啊，四姑婆平時動一動它，都得請神仙許願的！

禿關喜看見四姑婆，頭扎得快鑽到褲襠裏，好像那香碗是他砸的！養不教父之過，他沒臉見四姑婆，他覺得這病是菩薩懲罰自己呢。

關小慶頭不扎下來，反而昂得高高的，說，我送爸上醫院呢，就不勞煩您動仙步了！

這話有點噎人，四姑婆卻沒被噎住的意思。笑眯眯勸禿關喜，難得

小慶有這份心,去吧,到醫院看看,實在止不了,再到我那兒請神仙好好給您清查清查!

禿關喜這才不情不願上了摩托車,他知道四姑婆這人不說假話,記仇是一碼事,但她說出口的又是一回事。怎麼說四姑婆也是身上有神的人,說假話要遭天譴的。

四姑婆看著關小慶走遠了,才慢吞吞往回走,一路走一路搖頭。快白露了呢,這咳嗽得儘快止住,不然,寒氣一天比一天重,浸得久了,肺哪吃得消呢!

禿關喜卻只在醫院呆了一晚上,就要死要活地回來了。他是心疼錢,那吊瓶一點一點吃他的錢,吃得他一夜沒睡踏實,臉上顏色寡白寡白的,咳嗽自然越發重了。醫生說,開幾副中藥回去吧,慢慢調理!是人都知道,這咳嗽得慢慢退,病來如山倒,病去如抽絲,就算華佗在世,也不能一爪子把咳嗽聲抓掉吧!

關小慶沒了轍,他知道爹的心思,爹是指望四姑婆幫他求神看承呢!

果然,一回黑王寨,禿關喜就咳喘著直奔了四姑婆家,為表明自己對神的誠心,禿關喜還把醫生開的中藥和西藥全帶上了,當著神位的面一股腦兒地砸在當初關小慶砸香碗的地方。

四姑婆升了香,說你磕幾個頭吧,這事我先跟菩薩稟告,求菩薩先原諒你家小慶,改天弄點神水你服!四姑婆的神水,就在那隻香碗裏,用香灰攪幾攪,也怪,很多人喝了,病就好了。

禿關喜得了四姑婆這話,很感激,又多磕了幾個響頭才走的。

第二天,禿關喜趕大早就來到四姑婆家。

四姑婆卻冷了臉,說,菩薩發了話,這藥得關小慶來求!

關小慶雖強,孝心卻有,硬著頭皮去的,一求求到了中午,才小心翼翼帶回一杯神水。

那水，喝得禿關喜心裏澀澀的，菩薩一定是要懲罰關小慶幾次，不然這香灰味怎那麼淡呢。一連求了兩個星期，關小慶都是早上去中午才回的。這期間四姑婆拒絕任何人登門，說，禿關喜這病是由關小慶起的，關小慶得肯真心誠意接受菩薩指點才能好得體。

白露那天，四姑婆捎了信，讓禿關喜和關小慶一起去還個願。

也是的，半個月下來，禿關喜的病好得差不多了！

還願是很隆重的事兒，禿關喜一個頭磕得比一個頭虔誠。關小慶猶豫了一下，看看爹，剛要彎腰屈膝呢，四姑婆一招手說，小慶你出來一下。

關小慶出來了，四姑婆瞇了眼看一下天，說，小慶你不信這個姑婆我不勉強，但當你爹你別說實話，他信這信了一輩子，人，是靠點念想支撐著的！完了，四姑婆把一個藥方塞給關小慶，說，這是你爹上次藥袋裏裝著的，你再到醫院開幾副，四姑婆幫你熬上，你隔天就來端一點回去，就說找菩薩求的！

關小慶心裏惶惶的，說，姑婆我錯了，不該砸了您的念想的！也是的，香碗可不就是四姑婆一輩子求神拜菩薩的念想！

四姑婆笑一笑，攏了攏耳邊的頭髮，說，四姑婆離天遠離地近的人了，啥念想不念想的，大家平平安安健健康康就是最大的念想！

完了四姑婆衝關小慶呶呶嘴，說去吧，把你爹帶回去，不要浸夜風，知道麼？

一場白露一場霜呢！關小慶當然知道，關小慶還知道，四姑婆那頭染了霜的白髮這會在陽光下正閃著銀光，沒有金子般的菩薩心腸又哪來的滿頭銀光呢！

口殘

　　口殘這兩個字，任你再深的文化也是顧不出名思不出意的！

　　但在黑王寨，老老少少卻都曉得，口殘就是口水，那意思再明白不過，嘴巴裏的垃圾唄！

　　也是的，人嘴裏，也只能有這點垃圾。

　　光曉得還不算什麼，關鍵是你得會把它派上用途。

　　用得最好的，是三個人！

　　瞎子老五，道士德方，外加通神的四姑婆。四姑婆是輕易不用口殘，通神的人，得有神仙氣不是。

　　瞎子老五用，用的頻率較多。

　　比方說，你在大街上碰了瞎子老五，好端端的天，忽然就下了一陣瓢潑得不能再瓢潑的大雨，你眼尖找個避雨的位子拉了瞎子去躲雨。

　　瞎子往往這時就會嘟噥一句，這雨下得真他媽的邪！

　　你呢，往往順嘴就這麼不假思索接上一句，也是的，五先生你出門前怎沒算算今天有雨沒？

　　瞎子有瞎子的規矩，算千算萬，從來不算自己頭上來。瞎子就火了，使勁衝地上啐一口，你狗日的說的是人話麼？

　　也肯定不是鬼話！

　　鬼話在黑王寨，只有道士德方會說，德方是拉陰差的人，打交道的多半是鬼了，那話說出來就陰森森的，像問魂。

　　在黑王寨，問魂的人都是晚上出去，天亮回家，平日裏大門不出，四門不邁，專等人家上門來請。

　　那請有講究，得找好了陪同才行。

　　所謂陪同，就是德方問魂時有個遞話的人，怎麼問，什麼時候問，都有個講究。這種人，一般德方指定了誰就得請誰。這個誰，黑王寨都知道個大概，一般非大老吳莫屬。

　　大老吳是個光棍，平日裏跟德方不大對勁的光棍，這事就透著古怪了。

　　當陪同這活不累，管吃管喝管抽不說，臨走時主家還會封上個紅包，五到十元不等。比大老吳撿破爛要划算得多，按理說，大老吳該明裏暗裏跟德方對上路吧！

　　怎麼說，問起魂來兩人一唱一和也算有默契的啊！

　　可偏偏不！

　　大老吳除了問魂時和德方搭言幾句，其餘時候見了面連眼都不抬一下。

　　四姑婆就心存疑惑了。

　　四姑婆說大老吳你撿破爛把顆心都撿爛了呢！

　　大老吳說我的心怎撿爛了？

　　四姑婆說沒撿亂你倒是給德方一張笑臉啊！

　　給他，憑什麼？大老吳說著說著竟然啐了一口，那口殘，落地有聲呢！

　　在黑王寨，只有恨人恨到骨子裏才會如此的。

　　四姑婆就怔了一下，怔歸怔，卻不好問下去，孤老的心裏都不好猜測。

　　再說，德方這人總給人鬼氣樣兒，沒準背後真做了對不住大老吳的鬼事呢！

　　四姑婆怔完，剛要退回屋，大老吳卻憤憤然接了嘴，四姑婆你說說看，他德方差個陪同，就明說好了！

　　犯得著跟主家一而再再而三的交代非我不可呢，說是怕我一個人

孤著單著，日子寡淡著，一日三餐少油缺鹽著！

　　人家德方這是幫你啊！四姑婆插了句嘴。

　　幫我，當我不知道他那點心思，自己孤身一個能在我面前顯擺一回是一回唄！

　　也是的，在黑王寨，德方也只有在大老吳面前顯擺的資格。

　　這樣看來，德方這人鬼氣就大了！同行是冤家，通神的四姑婆第一次對通鬼的德方啐了口殘，顯擺也得找個時候啊，問魂時顯擺，不地道呢！

　　這兩個口殘，德方日後還是知道了，知道了也不計較，依舊問魂時讓人去請大老吳。

　　在黑王寨，別的事情可以拒絕，問魂做陪同是絕對不可以拒絕的，大老吳口殘啐了，人還得照去。

　　去了照樣一問一答，完了照吃照喝不誤，走時照樣不言不語的。

　　德方一點也不生氣。

　　氣大傷身，何況德方身子骨有病，不傷都只有半條命。

　　時光一縱一縱又一縱，德方就入了土。

　　寨子裏沒了問魂的人，大老吳也不啐口殘了。

　　四姑婆的香火老樣子，沒見多也沒見少，有人要問魂，就得上寨外請。

　　寨外有寨外的講究，人家都帶自己家裏人做陪同，有肥水不流外人田的意思。

　　也是天黑了來天亮了走。

　　走的時候個個嘴上泛著油光。

　　大老吳心裏就空落落的，想起以往德方問魂的情景來。那時候德方大老吳吃了主人家的豬頭肉，嘴上也都泛著油光，兩人一唱一和的！

　　德方唱，紅燭香火旺啊！

大老吳合，心誠願就靈啊！

西邊的神走開啊，東邊的神過來啊！

祖宗會顯靈啊！

減難又消災啊！

唉，滿當當的夜晚就這麼一問一答間走得遠了，那日子，有得回想呢！

大老吳這麼想著，忍不住又啐上一口口殘，死德方，怎這麼早就走了呢，有能耐給我再多顯擺幾回啊！

啐完口殘，大老吳悄悄落了淚，落淚是因為他不知不覺走到了德方的墓跟前，上面有枯葉正一陣一陣的亂飛。

飛蛾

一到夏天，黑王寨的昆蟲就格外活躍，像打了興奮劑似的，一副勇往直前的架勢向人的身上撲，一不小心還撞到人的眼睛裏！先是一涼，跟著一疼，再就是一澀。

這時你千萬別閉眼，撞進人眼球裏的，一般是飛蛾。這種黑王寨獨有的小飛蛾，分灰白色兩種，翅膀上帶粉。閉不得眼，一閉，那粉就讓你再爭氣的人眼淚也得往下漫。

關小慶坐在寨子門口等人，把個脖子伸得比白鶴還要長，要細，就有飛蛾在他的細頸脖上打圈地飛。

陳玉梅見了，問他，你做什麼啊？眼巴巴的！

關小慶說，我等你啊！其實關小話是奉了他爹禿關喜的命令在這兒等他表哥。

關小慶家在寨子裏唯一值得炫耀的就這一門表親。

嚴格地說，這表哥表得有點遠了，屬於頭輩親，二輩表，三輩四輩就拉倒的那種表親。

之所以沒拉倒，是禿關喜一個勁地往人家身上黏糊，只要進城，禿關喜手裏肩上就沒空過，要麼大米，要麼黃豆，要麼時令蔬菜和臘肉。

要沒黑王寨這些土特產，那表親臉上就沒表情了！表了這麼多年，人家也沒登一回禿關喜的門，這一回，派了兒子上黑王寨來了。

就是關小慶表哥。

關小慶不想見到表哥，他想見陳玉梅，陳玉梅是寨子裏最讓他見了心一陣趕一陣的跳的女孩子。

換句話說，關小慶是喜歡上陳玉梅了。

陳玉梅卻不領情，說等我幹啥，你家裏有冷鍋巴粥還是有炒豬油飯！

冷鍋巴粥好吃？還是炒豬油飯好吃？一個聲音在陳玉梅身後響了起來。

當然是炒豬油飯好吃啊！陳玉梅以為寨子裏哪個舌頭長的人多嘴呢，頭也不回給了一句，沒聽說過啊，想吃豬油炒現飯，想吃綠殼醃鴨蛋！真是白在黑王寨活了！

那人接了嘴，我可沒在黑王寨活過！

誰啊，這麼賤！陳玉梅剛要回頭，卻見關小慶從地上一彈起來，喊了聲表哥。

關小慶城裏的表哥？陳玉梅吐了一下舌頭，回過頭打量關小慶的表哥。

很清爽的一個小夥子。

　　不清爽的是，大熱的天，表哥身上的襯衣居然扣得齊整整的，束在褲腰裏，連袖口都扣著。

　　黑王寨男人一到夏天都喜歡赤著膀子，眼下關小慶就赤著膀子，這一比，表哥就顯得不倫不類起來。

　　陳玉梅笑，要你這模樣在黑王寨，過不上三天，狗都會嫌你！

　　狗幹嘛嫌我？表哥怔了一下。

　　一年土二年洋，三年不認爹和娘唄！陳玉梅捂了嘴笑。

　　只要你不嫌我就成！表哥開玩笑說，沒有豬油炒現飯不要緊，沒有綠殼醃鴨蛋也不要緊，只吃你家冷鍋巴飯行不？

　　陳玉梅臉一下子紅了，黑王寨有句說男女關係的老話，不吃鍋巴飯，不往灶台轉！剛才陳玉梅就這麼回的關小慶呢，意思是讓關小慶別起那個心。

　　按下葫蘆起了瓢，關小慶起了心，他表哥起了嘴。

　　陳玉梅一撇嘴，不跟你們說了，沒一個正經的！

　　關小慶哈哈笑，表哥則抿了嘴樂，然後兩人正正經經地回家。

　　禿關喜對關小慶表哥的到來是隆重接待的，殺了雞不說，還請了陪客，黑王寨拿得出手的女孩自然是陳玉梅了。這一點上，禿關喜和關小慶的欣賞眼光驚人的一致，陪客自然是陳玉梅了。

　　陳玉梅進屋的時候，關小慶心裏暗暗叫了一聲苦。

　　剛上寨時，表哥對陳玉梅已表現出了濃厚的興趣，說這次來了，一定會好好住一段日子，先前關小慶得到的信息可不是這樣的。

　　據說，為逼表哥上一趟黑王寨，城裏的表大爺作了幾個暑假的工作，才把表哥在大四期間逼上了山。

　　表哥願意來，還是因為就業受到了打擊，一時無處高就，才上來散散心的。

　　這一散吧，倒把陳玉梅的心給散走了。

　　關小慶明明白白看見吃飯時，陳玉梅把關小慶家唯一的電扇定了風向，只對著表哥一人吹。關小慶就問，你不熱啊？光給他一人吹，你也是客呢！

　　陳玉梅說，他在城裏吹空調，在這兒吹電扇，已經夠委屈的了！

　　這個委屈一下子勾起了關小慶心頭的委屈，我也熱啊，你怎就不關心一下呢？我都關心你這麼多回了！

　　委屈歸委屈，對這門值得炫耀的親，關小慶還是盡了自己的禮數。

　　是親三分顧唄！不過，表哥沒顧上關小慶的感受。那天，關小慶在表哥午睡時去找陳玉梅，陳玉梅正在繡鞋墊，繡著繡著關小慶明明白白看見陳玉梅扯了自己幾根頭髮絲纏在五彩絲線上繡了進去。黑王寨有這麼一個說法，要想拴住一個男人，繡鞋墊時纏幾根自己的頭髮繡進去，男人即便走到天涯海角，心裏也會裝著這個女人。

　　這鞋墊繡了給誰呢？關小慶正躲在一邊尋思呢，一個男人大大咧咧走了過去，居然是表哥，他不是說自己午睡的嗎？還要關小慶不要打擾他的！

　　他卻來打擾別人了！

　　關小慶忍不住就走了出來。

　　人還沒走近他們呢，卻見陳玉梅正脫了表哥的鞋用那雙鞋墊在表哥腳上比劃著。

　　關小慶眼圈一紅，心裏像被嗆住了，有淚鑽了出來。表哥看見了，嚇一跳，問關小慶，你怎麼了，眼圈這麼紅？

　　飛，飛蛾！關小慶揉了揉眼睛解釋說。陳玉梅停了比劃，撇撇嘴說，一隻飛蛾，也撞得流淚，關小慶你眼淚怎這麼不值錢呢？

撲火

　　陳玉梅肚子因為跟關小慶表哥婚前流過一次產，所以嫁給關小慶懷孕後人就格外嬌嫩，嬌嫩得都不像土生土長的黑王寨的人。

　　也是的，黑王寨女人懷毛毛有誰見天把雙手捧著肚子啊，好像別人懷的都是一根草似的，這一點讓她公公禿關喜很有意見。

　　禿關喜這人吧，頭上禿，亮光光的，連帶著臉上也禿，有點內容就藏不住。

　　那天禿關喜去四姑婆家敬香，不用說是初一。四姑婆那兒的香客都知道，四姑婆家裏的每月有兩次大香，初一是附近人都可以去敬的，十五是她自己敬。擱平時，四姑婆也敬，但沒這般莊重，這般場面。

　　禿關喜敬香時嘴裏禱告說，娘娘啊，給我家小慶送個騎馬射箭的，不要穿針引線的！

　　這話叫四姑婆聽見了，在神的面前，四姑婆不好訓人。可一齣香房，四姑婆到底忍不住，衝禿關喜說了一句，你都快當爺爺的人了，怎不曉得說句人話呢！

　　禿關喜挨了訓，臉上神色就不好看，換誰都不好看！禿關喜一擰脖子，我怎就說的不是人話？

　　四姑婆不怕他擰脖子，嘴一撇，怎了，你那好叫人話？娘娘要送個穿針引線的你不成還把她一把掐死！

　　禿關喜噎了一下，小聲說，我是怕生個丫頭隨她娘，長大了再弄出個什麼好說不好聽的事來，哪有那麼多像我家小慶的男人肯將一泡屎兜著呢！

　　四姑婆嘴不撇了，拿眼四處望一下說，這話就到我這兒為止了，

傳出去，小心玉梅撕你的嘴罵你老不清白呢！

禿關喜也四處望一下，我還沒黃了魂呢，四姑婆，這話也就跟您說說！

偏偏，這話沒在四姑婆這兒就為止，居然就傳到了陳玉梅耳朵裏，應了那句古話，牆裏說話草裏聽！

陳玉梅聽了，一沒鬧，二沒吵，自己做的事擺在那兒，公公說的也不無道理啊！

只是他不該那樣說自己孫女的，假如真懷的是丫頭的話！有些話，可以在心裏說，但不能從嘴上過！不吵不鬧並不等於心裏頭沒火，陳玉梅是憋著呢！

關小慶不知道，整日裏唱進唱出的。他有高興的理由，這一回，可是自己的孩子，不是早先差點就為表哥兜上手的那泡狗屎了。

陳玉梅被唱得煩不過，那天衝關小慶皺著眉頭說，就你那破鑼嗓子，能不能悠著點，別嚇壞了肚裏的孩子！

關小慶說，我是他爹呢，嚇不壞的，兒子聽了只會更親熱！

兒子，兒子，你張口閉口就是兒子！陳玉梅忽然就火了，我生個丫頭不行啊！

行，當然行啊！關小慶依然笑嘻嘻地，我這不是順嘴一說嗎？

也是的，黑王寨人是有這麼一習慣。

陳玉梅沒了話，捂著肚子發呆，可肚子裏的孩子卻不發呆，有一下沒一下就要動動。

也是的，八個月了，再有一個月就要見天的孩子，正是動的時候呢！

關小慶腆著臉貼近陳玉梅肚皮，說，叫我摸摸看，是兒子還是丫頭！

叫你摸摸看？是兒子還是丫頭，當你多能啊！陳玉梅忍不住一笑。

　　當然能啊，有感應的！關小慶把手貼上陳玉梅的肚皮，瞧見沒，他跟我握手呢！

　　陳玉梅被關小慶的傻樣逗得大笑起來，笑完了，她又不無擔憂地說，小慶啊，我要真生個丫頭你不會嫌吧！

　　嫌，嫌誰啊？關小慶怔了一下，抽回頭。

　　嫌我和丫頭啊！陳玉梅遲疑了一下，到底說出了口。

　　看你說的，媳婦是我娶的，丫頭是我生的，我要嫌棄，我還是人嗎？關小慶抬起頭說。

　　可，可你爹說了的！陳玉梅眼圈一紅，買馬看母子呢！

　　啥意思？買馬看母子？關小慶一時沒反應過來，他還沉浸在跟兒子握手的游戲中沒醒過神來。

　　你爹怕生個丫頭將來隨我呢？陳玉梅咬了咬唇說。

　　隨你怎啦？關小慶這才發現陳玉梅臉上的不對勁。

　　隨我長大了，做出好說不好聽的事啊！陳玉梅終於把禿關喜的原話倒了出來，然手拿一雙淚眼定定望著關小慶。

　　傻媳婦，關小慶把手停下來，說，你的心是紅還是黑，你的人是好還是壞，你以為我不清楚啊！生個丫頭吃你的奶，吃我的飯，又能差到哪兒去？

　　你真的這麼看我？陳玉梅眼淚刷一下奔了出來，打從第一個孩子流產到現在，陳玉梅別說流淚了，連眼圈都沒紅過，她心裏被火燒著呢！

　　關小慶再次把頭貼上陳玉梅肚皮，閉上眼睛輕輕蹭著肚子裏的孩子，說，玉梅我不管你肚子裏是兒子還是丫頭，有一樣你們娘兒倆得記著！

　　記著啥？陳玉梅拿手捧著關小慶的頭，淚眼婆娑的。

　　關小慶還是閉著眼，關小慶說，這人，可以一茬茬地死，這事，可以一茬茬地做，但沒口德的話咱們不能一茬茬地說！

　　說完這話，關小慶突然睜開眼嘀咕了一聲，哪裏來的飛蛾呢，鑽我眼裏了！完了急急往門口水井處鑽。水井處站著禿關喜。

　　禿關喜舀了一瓢水，遞過來，說，水可以明目也可以清心的，你洗洗吧，洗洗乾淨！

　　關小慶就聽話地洗，不一會，洗出一臉的水花來。

落福

　　過年的時候，天居然熱了起來。

　　這在黑王寨不多見！當然，這個熱跟天氣沒太大的關聯，十冬臘月的，能有多熱呢，這裏說的熱是人鬧騰出來的動靜。

　　年下了，該回家的人都回來了，寨子裏以往的空曠就被各種聲音填滿了。

　　一年不見，冷不防在寨子口撞上，男人們互相擂上兩拳頭，女人互相摟著腰。幾句暖心窩的話一掏出來，心頭不就暖暖的了。

　　難得的幾天熱呢，連寨子裏的雞啊狗的都曉得這個譜，不辭勞苦地配合著主人，此起彼伏地喧鬧著，有點不餘遺力的興奮。

　　也是的，年一過，這份熱鬧就又歸於山林了，山林裏多數時間是安靜的，死一般的安靜。

　　四姑婆就在這熱天的傍黑出了門，這個門出得有點遠，四姑婆一直出到寨下河邊大老史的門口。

　　大老史正在河邊轉悠，看見四姑婆下來，嚇一跳。黑王寨人都曉

得，身上通神的四姑婆是輕易不登別人門的，這會可是年下呢，而且還是傍黑！

大老史就急忙迎上四姑婆說，姑婆您有事帶個信就成，還勞您踩黑下來！

四姑婆說我沒事，說完扭著一雙小腳左右張望著，大老史順著四姑婆的眼睛望，一望，望見大老吳的影子從集上挪了回來。

大老吳是特意摸黑回的寨。

也是的，年下了，家家戶戶沒了往日的冷清。唯獨他大老吳，愈發的冷清起來，光冷清，大老吳也不覺得有啥，關鍵是年貨，讓大老吳臉上掛不住。

前段時間，集上辦年貨的人多，那魚啊肉的就一個勁往上漲價，漲得大老吳撿一天的破爛還換不回一條魚。大老吳就心說，忍一忍，等大夥年貨都備足了，自己再去買魚。肉可以不買，魚是年下桌上必須有的一碗菜。

不然，怎麼年年有餘（魚）呢！

但偏偏，大老吳今天去趕年下最後一個集時，傻了眼，別說魚了，連片魚鱗都沒見著。

大老吳無奈之下，只好把買魚的錢買了半袋子大白蘿蔔，蘿蔔上街，藥鋪不開呢！

沒病沒災過個年，比年年有餘也差不到哪兒去啊！大老吳這麼想著，臉上就擠出一絲笑來。

四姑婆是迎著大老吳的笑打的招呼，四姑婆說，大老吳哎，過年辦的啥年貨啊？

大老吳急忙把手裏的蛇皮袋往後面藏，沒，沒啥！

沒啥你還藏？四姑婆臉上不高興了，怕四姑婆搶了你的還是貪了你的？

　　大老吳被四姑婆拿話一逼，不好再藏了，只好紅著臉把蛇皮袋挪到面前，嘴裏囁嚅著，幾根蘿蔔，真沒啥的！

　　四姑婆就一臉歡喜樣，真是蘿蔔？

　　嗯，真是！大老吳點點頭，幾根蘿蔔，在黑王寨不算稀罕物兒啊！

　　四姑婆卻一臉稀罕樣地撲上來，搶住那個蛇皮袋衝大老史說，大老史你借我幾條魚用用，待會我叫四爺送你錢！

　　借魚用用？大老史一怔。

　　是啊，我換大老吳的蘿蔔！四姑婆急急忙忙的。

　　魚換蘿蔔？這下不光大老史發怔，大老吳也發了怔，四姑婆天天燒香敬神燒壞了腦子吧！

　　四姑婆見他們發怔，臉一揚，我說你們啊，白活了大半輩子！這蘿蔔，在過去可是吉祥物呢！

　　蘿蔔是吉祥物？大老吳大老史互相對望了一眼。

　　蘿蔔就是落福呢！四姑婆嘴一撇，虧你們還經常看電影電視，就不曉得留點心！

　　留什麼心？大老吳大老史異口同聲發了問。

　　你們就沒看見，過去大戶人家，皇親國戚啥的拜神敬祖宗，除了豬頭三牲，哪個場面少得了白皮蘿蔔，求的就是落福到自個頭上啊！

　　大老吳沒看見，看見了也肯定沒留心。大老史同樣沒看見，看見了同樣也沒留心。黑王寨只長紅蘿蔔，這白蘿蔔是外地種，個大，汁甜。

　　大老吳就眼睜睜看著四姑婆從大老史那兒提了魚來換自己的蘿蔔，好在四姑婆還給大老吳留了一個大蘿蔔。

　　落福落福！怎麼也得讓大老吳落點福！

　　落了福的大老吳就心滿意足背了蛇皮袋子上寨子，這下好，不光落福還年年有餘（魚）了。

大老史見大老吳走遠了，就背起地上的蘿蔔，說，姑婆我送你回寨子吧！

四姑婆說，送什麼啊，送我還不是得自己走啊！

我送這蘿蔔啊！大老史拍了拍蛇皮袋說，它可不曉得自己走啊！

四姑婆笑，說，留著給你落福吧，錢，你四爺待會就會送下來的！

不拿它敬神？大老史懵了。

敬什麼神啊，我聽陳六趕集回來說，大老吳在集上辦年貨啥也沒辦著，才想的這一招，總不能咱們一寨人過熱乎乎的年，把大老吳一人撇年外頭吧！

大老史眼圈一紅，說，四姑婆您真是給人落福呢，那您也搭幫我落一回福！這魚當我送大老吳的，行不？

打碗

天玉第一次進黑王寨時，留了個心，她把黑王寨的山山水水，果果木木都記在了心裏，包括寨門口那個牌坊。

怎麼說，她也是黑王寨第一個娶進門的外省媳婦呢，得先熟悉這片土地不是？熟悉了才會親熱，親熱了才會有感情，人活一輩子，圖的不就是感情上有個依靠嗎，不光是對人，還得對賴以生存的環境。

這點上，天玉心裏明鏡似的！

生貴喜歡的就是天玉的這點曉事明理，不然，巴巴地從外省娶回一個不明事理的媳婦，惹寨裏人笑話多沒臉面。

　　記得天玉剛進寨子那天，路邊的打碗花開得正亮，天玉伸了手剛要去摘，生貴嚇一跳，說，別，摘不得的！

　　為啥摘不得？天玉手縮了回來。

　　這叫打碗花，摘了，你在這個寨子就會端不穩飯碗了！生貴解釋說。

　　難怪呢，這路邊開這麼多，也沒見少一朵！天玉伸一下舌頭，開玩笑說，又不是在工廠打工，還怕我們的泥飯碗打破了啊！

　　生貴一臉嚴肅地說，寨裏人，很忌諱這個的！

　　天玉就笑，哪來這麼多窮講究啊！

　　生貴也笑，講究大著呢，有句老話叫十里不同風，五里不同俗，你沒聽說過？

　　天玉說在書上看見過！

　　還有書上看不見的呢！生貴很驕傲地一昂頭。

　　日子就在生貴的一昂頭中往前淌了，到底是外省人，與黑王寨或多或少有著距離。算命的五瞎子有一天衝生貴娘說了，黑王寨養不了天玉這樣的女人呢！

　　生貴娘就白了臉，問他說五先生你這話啥意思？

　　五瞎子摸摸自己剛剃的頭，說，沒啥意思，問問你媳婦就曉得了！

　　做娘的自然不好問，就轉了彎讓生貴去打聽。

　　生貴不轉彎，兩口子嗎，直來直去好！生貴就問天玉，說好端端你惹五先生幹啥？

　　天玉說我沒惹他啊！

　　沒惹他當娘說黑王寨養不了你這樣的女人？生貴撓一下頭，說，你仔細想想，哪點犯人家毛了！

　　天玉看生貴撓頭，眼睛一亮，說，我不光沒犯他的毛，還給他送人情了！

人情，什麼人情？生貴一怔。

今兒我不是趕集帶娃兒剃頭麼，在老趙的剃頭鋪子，剛好五先生也在剃，我就順便幫他把錢結了！

你啊你！生貴一拍大腿，我說呢，五先生不會平白無故這樣編排你！

我怎啦？幫他給錢還悖了理不成？

那要看你給的什麼錢，黑王寨講究大，我早告訴過你！

給錢還有講究？天玉怔了一下。

當然，有兩樣錢是不能幫人家給的，生貴說，一是剃頭的錢，二是敬香的錢！

這是個什麼講究？天玉睜大了眼。

剃頭不出錢，等於別人送你一個頭，你喜歡啊？變相咒你死呢！敬香更不用說了，出不起香火錢的除了死人還有誰，生貴搓著手解釋。

天玉忍不住撲哧一樂。

沒樂完呢，院子裏婆婆重重咳了一聲，往後院茅廁去了。婆婆脾虛，消化不良，月經一向不對時，這點上天玉清楚。一個院子裏住著，又是女人，天玉就衝生貴說，放心，黑王寨養得了我這樣的女人，明兒你請五先生到家來，我保准他能改了這個口！

能的你！生貴不信，五先生一向是不改口的，他那嘴，是鐵算盤呢，一打一個准！

准不准，還要能張口啊！你聽我的，我也打一回鐵算盤，五先生這會說錯話了，嘴腫得抽口氣都疼！

生貴將信將疑去了，回來時把個眼睛盯著天玉頭上腳下地瞧，像不認識似的，嘴裏連連說，邪門，邪門，跟你看見了似的！

天玉心說，我當然看見了，剃頭時他腮幫都腫了的！

第二天，五先生來時，生貴娘正疼得臉上流虛汗呢！

天玉衝生貴說，把院子裏的打碗花給我先摘幾朵！

摘打碗花？生貴和五先生還有生貴娘同時嚇一跳，這天玉，當真不想端黑王寨的飯碗了？

見生貴不動，天玉只好自己去摘了幾朵，搗碎，又端進屋，不知怎麼搞騰了幾下出來衝五瞎子說，五先生麻煩你把嘴張開！

五先生說我牙疼呢！

天玉說張開了就不疼了！五瞎子正被這牙疼折磨得要命呢，瞎子吃飯靠的嘴，牙一疼，還怎麼給人算命掙錢？五瞎子就半信半疑張開了嘴。

天玉把搗成糊狀的打碗花黏貼到五瞎子紅腫發紫的牙齦上，居然，清清涼涼的，牙痛一下子給止住了。

天玉回過身子，問生貴，想娘的病好不？

生貴說，娘啥時有病了？

天玉白一眼生貴，說，養兒一百歲，長憂九十九！你倒好，娘都疼得冒虛汗了，你還當沒見著！生貴這才看見娘臉一片蠟黃，天玉把院子裏一把鋤頭遞給生貴說，找那根莖粗的打碗花挖下去，娘的病准好！

生貴娘遲疑了一下，說，孩子，摘了打碗花你會沒飯碗吃的！

天玉笑，說，娘啊，我不忌諱這個的，只要娘的病好，有飯吃得香，我的飯碗，打就打了吧！

天玉早年在中醫院做過臨時工，知道打碗花可以治牙痛，它的根莖健脾益氣不說，還利尿，對月經不調和白帶病有特效。

這世上，哪有能端一輩子的碗呢！老嫂子，你就聽天玉的吧！五瞎子牙痛被止住，他這當兒忽然衝生貴娘開了口，完了又回過頭對天玉說，天玉你改天再送我一個頭吧！

年流血了

　　雪是在吃了團年飯開始下的，黑王寨人的團年飯一般定在臘月三十正午十二點，這頓飯吃得時間長，多數人家都吃到三點開外。

　　也有簡單的，不到一點就吃結束了。

　　這種人家，一是日子過得緊巴的，二是婆娘不會搗持的。

　　時三的年飯簡單屬於後一種的簡單，他婆娘六姑，傻傻的，剛好傻到能把飯菜煮熟。至於色香味，那是妄想，更別指望十碗八盤的了，時三就是這麼簡單的命，做賊時吃得簡單，成家了走正路了還是簡單。

　　所以，年飯在時三眼裏，就不很重要。

　　雪落下來時，六姑剛收了碗筷，院子裏剛放過的一地鞭炮紙屑被雪水一浸，立馬淌成一汪血色的紅，雖然淡，卻搶人的眼。

　　六姑發了一會怔，嘻嘻笑著喊時三，說時三你來看啊，年流血了！

　　年還會流血？時三被六姑這個傻婆娘的傻話弄得哭笑不得。

　　不過，想一想也對，一到年下，豬啊雞啊鴨啊羊啊，殺的殺宰的宰，可不是年流的血？

　　這麼想著，時三就手癢起來。時三和六姑結婚前一直手腳不乾淨，成了家，改了，但偶爾手還會癢。

　　平日裏手癢，時三都是在人家菜地裏順棵大白菜，這會兒，雪落得猛，順白菜，那是苕才會幹的事。

　　時三不苕，時三就想，邊打邊向吧，走什麼山頭唱什麼歌，時三就攏著袖子出了門。

　　這時候出門也對，黑王寨人有在吃了團年飯出門給長輩辭年的習

慣，應了那句古話，三十里拜年，多一禮。

時三不想多一禮，他被剛才那個雞啊鴨啊羊啊豬啊的想法弄得只想多一手了。

這一手，時三要求不高，他只想順只雞啊鴨啊的回來，肥肥嘴！六姑的團年飯桌上就豬身上的零件，雞啊魚啊的都不見眼。

團年飯，哪能只吃一種睜眼睛的菜呢！時三這麼尋思的，魚是順不上了，天寒地凍的，他吃不了那個苦，雞就好順了，黑王寨除了他和大老吳，家家都養雞。

尤其是村主任陳六家，差不多都是一個小型養雞場了，什麼三黃雞，烏雞，火雞，品種也多。

一想到陳六時三就像聽見雞叫他似的一折身，往陳六家走去。

遠遠地，陳六和媳婦大枝在交代什麼，其間陳六似乎還推搡了大枝一下，大枝也使勁推搡了陳六一下，狗日的，打情罵俏呢！時三眼裏熱了一下，飽了暖了，當然得打情罵俏不是？自己打和六姑結了婚，就沒這麼親熱過。

時三心裏琢磨著，等順回一隻雞，晚上和六姑好好喝一杯，六姑傻歸傻，疼愛她，她還是曉得的；親熱她，也還是曉得的！

推搡完，陳六踩響了摩托車，拖了一大袋子東西出門了。這會兒出門，肯定是給鄉里領導辭年了，時三看著那包鼓鼓的東西眼裏直脹，自己家裏要有那些東西還用冒雪出來順啊。

最好，摔死他個狗日的，誰也吃不上嘴，才好！時三望著陳六遠去的摩托車詛咒。

陳六卻沒摔著的跡象，把個摩托車一溜煙騎走了。

大枝似乎跺了一下腳，才回的屋。

時三望了望自己腳，鞋上沒多少雪，這女人跺什麼勁呢，真是的！

時三把個腳步邁得很輕，一直到靠近陳六的家門，大枝都沒發

現。時三就一擰身子，進了陳六家偏院。黑王寨的人家都有一個偏院，養豬，養雞用的，偏院人去得少，尤其是這會，女主人正忙著收拾飯桌，好清清爽爽看春晚呢。

時三有年頭沒乾這個了，進去，居然在腦門上冒出了汗。冒完才發現，裏面是豬空了槽，雞空了舍，乾淨得像大水沖過了似的。狗日的，下本呢，把這麼多東西全送出去了！

時三惡狠狠罵了一句，出門。

在陳六屋前和村寨路的轉彎處，時三想了想，不甘心，從口袋裏摸出一把三角釘來，撒在雪地上。以往別人追他時他常用這個撒地上，今天讓陳六個狗日的破一回胎，摔個跟頭，只當吃了雞的！

賊不空手，時三只好就近在陳六菜地裏又順了一棵白菜。

敗興而歸的時三回到家時，見六姑正翹首以盼呢，時三把棵大白菜往地上一砸說，看什麼看？

卻不料六姑笑吟吟從背後亮出一隻雞來，七八斤重的一隻雞。

時三臉一黑，哪偷的？時三自己偷可以，婆娘再偷，那就在黑王寨抬不起頭了。

六姑說，陳六，送的！

時三就冷了臉，上上下下看六姑，六姑雖說有點傻，但人樣子周正，皮膚還白，很多男人喜歡沾下便宜的。

他還說了啥？時三問，進門沒？

沒進門，他說要到大老吳家去，不然天黑了不好走，大老吳也沒雞，六姑說。

就這？時三問，問完才發現天已經在暗下來了。

嗯，六姑點頭，就這！完了指了指腳下，說還有一壺油，是鄉里發給貧困戶的。

時三眼前就浮現出陳六摩托車上鼓囊囊的一大包東西來。

　　油，鄉里連連發，這雞，一定是陳六自家搭上送的。時三忽然明白大枝為什麼和陳六推搡完了又跺腳了。

　　時三使勁摔了自己一嘴巴，手摔得重了點，鼻孔嗡了一下，有股熱熱的東西湧了出來。

　　是血，搶人眼的血呢！

　　年下，流點血也對，一個男人，該有點血性的！時三回轉身，拎了把鍬，他得把陳六門口到寨子路上的那段路面給好好鏟一鏟。

　　那釘子，眼下扎得他心裏開始流血了。

　　如果時間還來得及，再把寨子上的主路也給鏟一鏟，人不能大年初一就摔一跤吧。

　　那棵菜，他也順手又捎了回去。

教妻

　　當面教子，背後教妻！

　　這話在黑王寨傳了幾千年，可謂放之四海而皆準的老理了，但輪到四爺這兒，老理兒放不准了。

　　四爺把它反過來用了一回，當面教妻，背後教子！

　　妻是老妻，再怎麼教也是枉然了，子也不年輕，還能指望他改了本性？一寨人都這麼嘀咕的。

　　但四爺卻我行我素。

　　事不算大，四爺那架勢，屬於借題發揮呢！事後，被當面教了一

通的四姑婆在拜神時頭腦才逐漸清醒。清醒完了就忍不住罵了四爺一句，狗日的，老了老了還玩起心眼了。

罵完又覺得不妥，香火還燃著呢，這對神是不大敬的！四姑婆趕忙又一聲接一聲的連呼阿彌陀佛，罪過罪過。

這事要從罪過二字牽涉起。

四姑婆媳婦頂琴，最近迷上了跳舞。跳就跳唄，四姑婆雖然敬神卻不封建，兒子二柱在鄉彩瓦廠也跳的，只是有一宗，四姑婆不大滿意，那就是頂琴跳著跳著，還描眉塗唇上了。

描眉塗唇也不是不行，問題是，頂琴不懂得化妝，把個眉描得像掃把，把個唇塗得像抹了血。

四姑婆沒嚇著，倒嚇著了四爺。

四爺那天下地回來晚了點，正趕上頂琴出門，影影綽綽的燈光下，頂琴咧嘴笑了一下，算是和公公打了招呼。就一下，四爺嚇了個趔趄，他以為，四姑婆天天敬鬼敬神的，惹來鬼神上門了。

四爺的以為不無道理，黑王寨做花活的老丁扎出的紙人就這副尊容，臉白白的，眉黑黑的，唇紅紅的。

一個趔趄沒完，頂琴喊了聲爹，才讓他站穩了一些。站穩了，頂琴也擦肩而過了，四爺望著頂琴的背影發了好一會呆。四姑婆看見了，嗔了他一眼，有你這麼看媳婦的嗎？也不怕寨子裏見了說閒話！

四爺說，多大的閒話？鬼都進家門了，還怕閒話？

鬼，哪來的鬼？四姑婆嚇一跳，趕忙用手把眉毛往上搓，這是黑王寨趕鬼的招法。先往上搓兩把眉毛，再把衣裳下擺擺幾下。

四爺指一下頂琴的背影罵，這樣的鬼，你往哪兒趕！

四姑婆一聽四爺罵媳婦是鬼，立馬雙手合十，說，罪過，罪過！

四爺不理她的罪過罪過。進門喝起了悶酒。

悶了半夜，竟悶出一個歪點子來。

　　第二天，四爺起了個絕早，那天是十五。黑王寨人都知道，初一十五是四姑婆雷打不動的燒香日，而且要到廟裏燒的。

　　四姑婆對上廟，歷來很重視，總是把自己收拾得一絲不苟才肯出門。要扯臉，還要拔眉毛，要在頭髮上擦點茶水。

　　四爺那會兒假裝在門口等四姑婆，以往他也這麼等的，沒誰在意他跟往日有什麼不同。

　　四爺今天跟往日是不同的，他耳朵支得長長的，聽著頂琴房裏的動靜。

　　當瓶瓶罐罐的聲音響起時，四爺知道頂琴在化妝了，四爺忽然冷不防吼了四姑婆一嗓子，好了沒！

　　四姑婆沒好，四姑婆說正扯臉呢！

　　四爺嗓門一下子拔高了八度，扯，扯，扯得像個猴子屁股似的，也不嫌臊得慌！

　　四姑婆平日愛咪口酒，加上山風吹，臉上就紅彤彤的。四爺這麼罵時，還不忘側了耳朵，果然，頂琴房裏動靜了小了下去，有粉餅盒蓋上的聲音傳出來。

　　四姑婆莫名其妙挨了這句吼，火就竄上來了，四姑婆說我這是燒香，不弄齊整怎麼見菩薩？

　　四爺哼一聲，臉再齊整有啥用？先給我把家弄齊整了！

　　四姑婆走出房來，指著四爺說，你給我說清楚，我這家哪點不齊整了？是地上沒收拾，是廚房沒檢點，還是為老的不尊為少的不敬了？

　　四爺把目光使勁撞向頂琴的房門，說莊戶人家，過日子不在臉面上，你敬菩薩，只要乾乾淨淨的就成，臉弄得光鮮，菩薩就一定看承啊！

　　沒頭沒腦說完了，四爺一跺腳，出了門。

剩下四姑婆一人呆在門口，半天摸不著頭也摸不著腦。這會兒，頂琴的門開了。

四姑婆覺得沒面子，就衝頂琴說，這死老頭子，當面教子，背後教妻，也不曉得避一下人！

頂琴紅著臉低了頭說，娘我陪您燒香去吧！

四姑婆怔了一下，說，燒香是有講究的，要素面朝天才行！

頂琴揚起臉，說，娘你看這行不？

四姑婆這才發現，頂琴已經悄悄把臉上剛化的妝全洗乾淨了。

四爺就躲在門口不遠處，看著婆媳倆一起出的門，四姑婆手裏拎了香和表，頂琴呢，手裏拎著一袋化妝品。

四爺明明白白看見，頂琴在走到垃圾堆邊時，手一揚把那袋化妝品遠遠拋了過去。

化妝品的瓶瓶罐罐碎了一地，有好聞的香氣四散開來。

四爺背了手走出來，很得意地自言自語了一句說，當面教妻才是正理，背了教，她能聽你的！

教子

嬌兒不孝，嬌狗上灶！生貴罵天玉說，看你把成中嬌慣成啥樣了！

天玉不服罵，立馬回了一句，一定不會成為你那個樣！

生貴就不罵了，縮回舌頭。生貴在黑王寨，確實不怎麼樣，在這點上，生貴一向說不起話。

　　說不起話不等於就該丟了做爹的尊嚴，這點上，生貴也決不含糊。忍了忍，生貴還是炸著嗓門衝成中叫了一聲，你給老子過來！

　　成中畏畏縮縮過來了，眼見爹的巴掌甩過來，成中急忙一縮腦袋，叭！還是有一聲脆響在耳邊，成中沒感覺到疼，睜了眼，那疼卻在爹臉上寫著。

　　天玉手中的鍋刷子甩在了生貴頭上，鍋刷子剛從鍋裏撈上來的，有湯湯水水從生貴髮梢漫下來。

　　成中心裏揪了一下，扯了扯爹的手，說，爹我以後再不敢了！

　　生貴捏著的拳頭在湯湯水水的打擊下一下子散了勁。

　　其實沒多大個事，成中和寨子裏的明貴一道摘了大老吳的西瓜吃。

　　一個西瓜，多大個事呢！

　　生貴不這麼以為，要換一戶人家，就是吃十個西瓜，生貴也未必會生氣，但攔大老吳，就不一樣了。

　　大老吳是個孤老，撿破爛為生。

　　生貴是這麼說的，屁是屎頭，風是雨頭，一個連孤老都下得手的人，日後保不準做出什麼大奸大惡的事來。

　　天玉見生貴的拳頭鬆開了，懶得再理生貴的，噓出一口氣，出了廚房門，去餵豬。

　　叭一聲，天玉前腳出門，成中後腳挨上了生貴的耳刮子。這一耳刮子來得突然，成中眼淚還沒下來呢，生貴已經背了手，說，有些記性是該長的，曉得不？成中把個淚含在眼裏，硬是沒敢流出來。

　　因了這一頓打，成中以後，就中規中矩地長大，及至接了村主任陳六的閨女二嬌做了媳婦。

　　自自然然的，成中也做了老子。

　　成中對孩子有點溺愛，可能是小時候那一些耳光的記性使然。成中一直覺得吧，要沒他爹生貴那一耳光，沒準自己就出去闖蕩了，當

年一起吃西瓜的明貴如今還在外面混，路子野得很。

哪像自己，在田溝裏撿錢。

二嬌不覺得有什麼不好，二嬌說，田溝裏的錢，萬萬年！有萬萬年的基業守著，有什麼不好的？

二嬌說這話時，明貴的媳婦也在，明貴媳婦知道明貴小時和成中一起偷過西瓜。

眼下明貴在城裏，媳婦在家帶著孩子，不過不種地了，地租給了成中在種，日子過得像神仙。

明貴的神仙媳婦就發話了，什麼萬萬年的基業啊，那叫板三百六，我娃長大了，說死我也不讓他種田，一年到頭穿不上一件乾淨衣服！

明貴媳婦這會兒就穿著很乾淨的衣服。成中紅了臉，看二嬌，二嬌沒嫁自己時天天穿得可乾淨了。

二嬌笑了笑，一副不在意的樣子撣了撣身上的泥草說，只要自己心裏乾淨就行！

正說著呢，成中的兒子雲喜和明貴的兒子龍蛋回來了。

龍蛋手裏舉著五塊錢，邊跑邊喊，大老吳掉的，我撿著了！

大老吳自打過了七十後，就有了丟三落四的毛病，往往撿一天破爛，賣的錢又讓別人撿去了，這事在黑王寨不稀奇。

看著龍蛋舉著錢示威的樣子，成中冷不防來了氣，自己窩囊也就罷了，兒子又輸給人家！

成中忍不住劈頭就是一耳光甩在了雲喜臉上，狗日的，人家長眼了就你沒長眼？

雲喜冷不防挨了一耳光，囁嚅著小嘴辯解說，長了啊！

長了你看不見那是錢？成中其實不是真在意那五塊錢，他在意的是自己兒子輸給了龍蛋眼睛法。

　　一個打小沒眼睛法的孩子能有多大出息呢！

　　成中正憤憤然呢，忽然頭頂響起了風聲，成中一仰頭，叭，一把掃帚蓋在自己頭上，是二嬌砸來的。

　　二嬌說，當面教子，背後教妻，我看這話該改一改了！

　　成中莫名其妙挨了一掃帚，懵懵懂懂問，怎麼改？

　　二嬌說，撿錢嗎，對小孩子說本來是無可厚非的，撿著了歡喜，是意外，撿不著也不用愁眉苦臉的，天上不掉餡餅你還不過日子了？

　　成中揉了揉頭皮說，我也沒逼著硬要他撿啊！

　　二嬌又揚起了掃帚，可你罵兒子沒眼色不是分明讓他睜大了眼盼望有意外之財嗎，這樣不是叫他好逸惡勞是啥？

　　成中支支吾吾答不上來。二嬌抱了雲喜進屋，說，樹要從小育，你爹沒教你這個理？

　　成中一下子怔在那兒，耳根子發起熱來，發熱是他想起了他爹生貴當年臉上寫著的疼的表情。

　　成中頭上一下子起了一層汗，湯湯水水般從髮梢上漫無邊際了下來。

硬氣

　　四強娘倒床倒了七天，居然，又挺了過來。

　　說居然，是因為這七天，她一點藥水都沒捨得用！儘管黑王寨老老少少都曉得，四強娘手裏攢著一大筆錢。

只是，這筆錢，誰也不敢同她提，那是她兒子的買命錢呢！四強癱床上後，公路段給了一大筆錢，算是給他作了買斷，雁兒想去頂四強的班，可人家不願意。

四強娘也不願意，雁兒一去，誰管四強啊！

雁兒娘抹著眼淚來過兩回，看一看四強嘆口長氣再走，為什麼不看雁兒呢？雁兒娘知道自己女兒是雁兒脖子刀楞腿，不受窮也短命鬼！看了也無力回天，雁兒娘有點迷信。

要不然，好端端的四強怎一和雁兒提親就摔成一瘸子了，四強可是公家人呢！

瘸就瘸吧，怎一不小心又癱了呢，這一癱讓黑王寨的女人們多了很多嚼頭，當然是在閒暇的時候。

挺了過來的四強娘見天搬個小板凳坐在寨子門口，拿眼努力地往遠處瞅。

其實再怎麼努力，四強娘也瞅不出雁兒的身影，雁兒去南方已經兩年了，真的像只大雁，一去就沒回頭了。

四姑婆是敬完香出來的，見四強娘翻著一雙倒毛眼在那兒瞎瞅。想一想，走過去，挨著四強娘坐下，說，看誰呢，看雁兒？

四強娘心裏笑笑，一定得看雁兒麼，一個人的心思憑什麼讓你看透，真以為你是通神的人啊！

四姑婆心裏明鏡似的，拿手探一下四強娘的額頭，說，寨子口風大，還是回屋裏去吧，你病剛好，吹不得風的！

四強娘不領情，說，放心，我這人命硬，一時半會的閻王不會收我，我要留一雙眼看雁兒呢！

這話，有賭氣的成分在裏頭。

當初雁兒鐵了心要去南方時，四強娘一分路費也沒給，四強娘還說了的，我留一雙眼睛看著你，看你能混出個什麼樣子！

雁兒沒留眼睛看婆婆，義無反顧地下了寨子。

混了個什麼樣子，沒人知道。

寨裏人只知道，有匯款單從南方的一座座城市飛回來，附言裏說是給四強買點好吃的！

四強娘卻一分錢沒動，存那兒，買好吃的？我還沒死，自己的兒自己養得起！

四強娘把個話說得很硬氣，硬氣得有打算倒插門進來養四強的人一個個打了退堂鼓。

這種事在黑王寨不是沒先例，男人出了事，女人再往前走一步時就有言在先，得多養一個人。

這種做法沒人非議，相反還透著情義，黑王寨是個講情也講義的地方。

四姑婆就勸四強娘，以後再病了，記得用點藥！用藥？四強娘撇一下嘴，用藥得花錢，我兒子的買命錢，用一分就短一分，他的日子還長著呢！

四姑婆就嘆口氣，那用雁兒的啊，怎麼說，你也是代她受的累起的病！

四強娘眼裏忽然就盈滿了淚，雁兒終究還要再往前走一步的，我不能不害四強去害雁兒吧，她的錢留著她還要嫁人用的！

你這是何苦呢！四姑婆眼裏也盈滿了淚。

反正啊，我能爬得動一天，就不拖累孩子一天，哪一天閉眼了，再說閉眼的話！四強娘抹一把淚，孩子們的買命錢，用得心虧啊！

四姑婆找不出話來，四姑婆就起身，往回走。走幾步又折回來，說，四強娘你放心，我求過菩薩的，就在今晚上，雁兒會回來的！

真的？四強娘的倒毛眼一亮。

四姑婆點頭，說，當然是真的，要是不真你明天砸了我的香案，

再說了，雁兒也不是那沒良心的人不是？

雁兒果然是那有良心的人，當晚，雁兒回了黑王寨，不過她沒進寨就讓四姑婆攔住了。

四姑婆真像通神的人，硬是曉得雁兒要回來似的。

守在寨門口就守著了雁兒，這點四姑婆也明鏡似的。

四姑婆說雁兒你回來了，我等你好久呢！

雁兒一怔，等我？四姑婆你曉得我一準要回來？

四姑婆嘴角扯出一絲笑來，今兒是你當年跟四強提親十年的日子，我猜你一準得回來！

雁兒眼淚刷就漫了出來。

哭啥呢，你是個有良心的姑娘，四姑婆心裏曉得！

雁兒拿手抹眼淚，抹乾了，雁兒說，謝謝四姑婆看承雁兒，我得回家了！

這家你不能回，四姑婆一把攔住雁兒。

我婆婆倒床了七天剛好點呢，我不回怎麼行？雁兒奇怪了，家裏可是兩個病人。

正因為她倒了七天剛好點你才不能回！四姑婆說，你一回，你婆婆就完了！

啥叫完了，我回去照顧四強，她正好抽空歇一歇氣啊！雁兒還是不明白。

你怎這麼不明事理呢！四姑婆惱了，你婆婆倒床七天藥水不沾能活過來，靠的就是一口氣撐著啊！

什麼氣？雁兒問。

照管四強啊，你沒聽說啊，爹娘待兒萬年長呢！四姑婆狠狠心腸瞪一眼雁兒。

那我怎麼辦？雁兒沒了主意。

　　回南方啊，怎麼來的怎麼回！四姑婆臉上一冷，硬下心來把雁兒往山下趕。

　　雁兒走得一步三回頭的，四姑婆不回頭，硬了心往寨子裏走。她曉得這會兒工夫千萬不能心軟，心一軟，四強娘就看不見明天早上的太陽了。

　　四姑婆眼下要做的，是回去恭恭敬敬給菩薩敬上三柱香。

　　明天，四強娘會來砸她香案的呢！

　　香案，砸就砸吧，人，最不能砸的是良心！在這點上，四姑婆向來硬氣得不行。

寡年

　　四姑婆是翻農曆時翻出的問題。

　　本來四姑婆那天是隨口問的四爺，立春了沒？四爺清清白白記得那天是臘月二十一，四爺就很自然回了一句，寡年你都不曉得啊？還天天拜神！

　　這個寡年，在黑王寨是很多講究的，陽曆立春要是逢上陰曆的歲尾，次年就沒了立春。沒立春的年，自然叫寡年！

　　這寡年在別人眼裏或許無所謂，但在四姑婆嘴裏，就有說頭了，寡年，可不就是寡婦年！

　　忌諱大著呢，為這，四姑婆第一次得罪了菩薩，頭沒磕完就爬起來慌不迭地去翻農曆。

一翻，果然叫四爺說對了，實打實的一個寡年就在眼跟前了，二
○一○年二月四號立春，正逢臘月二十一。翻完農曆，四姑婆發了一
會呆，然後毅然決然衝四爺說，我得去會會頂琴娘！你呢，趕緊的去
鄉彩瓦廠把二柱找回來！

找二柱？過兩天他就放假，不曉得回來啊！四爺不想在這工夫出
門，天寒地凍的。

也是的，黑王寨這麼多年最寒的一個年呢，路上都結了牛皮凌。

等他回來，日子越發趕不急了，四姑婆火了，你不去是吧，你的
命嬌貴，留那做皇帝好了，我去！

四爺最怕四姑婆這一招了，快快縮回舌頭，我去，我去，還不
行嗎？

四姑婆去頂琴家，特意拎了幾份像樣的茶禮，雖說頂琴遲早就會
和自己一個鍋裏盛飯吃，可眼下，還是人家的閨女不是？

頂琴沒出門，和寡娘在屋裏烤火，見四姑婆上門，嚇一跳。在黑
王寨，四姑婆是輕易不登別人門的，她身上有神呢，怕走到哪家不乾
淨的人家，衝撞了神。

頂琴娘忙著拖椅子請四姑婆坐，頂琴手忙腳亂去篩茶。四姑婆坐
下來，接過茶，象徵性舔了舔，在臉上舔出幾份為難的神情來。

頂琴娘守寡這麼多年，最會看的就是別人臉色了。頂琴娘就小心
翼翼發了話，親家有什麼事嗎？

四姑婆欲言又止的，事倒是有，只是不好張得開口！頂琴娘就做
出見怪的樣子，說，親戚都結成了，有什麼還開不得口的！

四姑婆就期期艾艾開了口，說，能不能年內把兩個孩子的事給
辦了？

年內？頂琴娘嚇一跳，急也不在這幾天啊！開年不行嗎！

四姑婆就把頭扎得很低很低說，開年也不是不行，但我們做老

的，得為孩子們操一點心不是？

頂琴娘不明白，開年辦喜事怎就叫不為孩子們操心了。

四姑婆被逼無奈，只好說，親家母啊，有句話我說出來，你別往心裏去！

啥話你就說唄，只要是為孩子們好！頂琴娘快言快語地接過話。

四姑婆瞟一眼頂琴娘說，明年，是寡年呢！

頂琴娘像頭上被挨了一悶棍，怔了怔衝頂琴說，去把農曆給我拿來！

農曆拿來了，頂琴娘翻到臘月二十一這天，上面果然明明白白寫著立春二字。

頂琴娘就合上農曆，喃喃自語說，天意呢！天意！

完了衝四姑婆說，你定日子吧！

四姑婆猶豫了一下說，臘月二十八吧，老期！

頂琴娘就不再說話了，點頭，意思是要送客。送完客回來，頂琴不高興了，說，這麼寒的天，怎麼嫁啊，不能坐車，不敢坐花轎，難不成讓我走過去！

頂琴娘說，放心吧，有娘在，這花轎你一定坐得上的。

頂琴沒言語，心說，您一個寡婦，有多大能力啊！

頂琴現在唯一能做的，就是求老天爺早早升溫，化了凍，她就有花轎坐了。

黑王寨的新娘子，哪能沒個花轎坐呢，多不貴氣！

娘當年是自己走過來的，結果命就不貴氣，自己出生沒幾年就死了爹。

這麼想著，頂琴心裏忽然疼起娘來。

頂琴就也破了一回例，在臘月二十六這天摸黑來找四姑婆。四姑婆嚇一跳，這孩子，不懂一點規矩呢，哪有明天就要過門了，今天還

跑過來玩的，好說不好聽呢！

四姑婆就攔在門前，不讓頂琴進門，問頂琴，說，啥事這麼急？

頂琴說我想明天嫁過來時，帶著娘！

帶著娘？四姑婆一怔，有什麼講究？

頂琴說，您接我這麼急有個什麼講究？

四姑婆笑笑，說明年是寡年，這是我們做老的為你們好啊孩子！

頂琴就哭了，您知道為我們好，可我們做兒女的也得先為老的好啊，我一嫁過來，娘就一人了，那才叫真正的寡年呢！我娘寡了一輩子，您就忍心？

四姑婆顯然不忍心，四姑婆就衝裏屋喊四爺，難得頂琴心善，你明兒記得多雇一輛車，幫親家把家一並搬過來，先在香房裏給親家搭個鋪，開年了再砌一間房！說完這，四姑婆轉身一頭扎進香房裏，恭恭敬敬燃上三柱香，一邊磕頭一邊說，寡年不寡呢菩薩，年可以薄情寡義，我們做人不能薄情寡義吧，委屈菩薩們了！

倒黃梅

才小暑不到，黑王寨的很多草木都有點衰敗的樣子了。當然，都是藏著掖著的衰敗，不張揚，到底是黑王寨的花草，在這點上也跟黑王寨的人性走。

杜瘸子扛著兩根碗口粗的竹子，走了幾步，聞見花香，杜瘸子使勁吸下鼻子，四下裏望了望，並沒看見開花的植物，沒看見也不影響

他的好心情。

杜瘸子這會兒是去給天玉做活呢！

杜瘸子自打上了點年紀，已經難得接一次活了。這麼說你千萬別以為杜瘸子是上了年紀，手藝不濟了，而是隨著杜瘸子年紀上長，各種工廠批量生產的竹制傢具啥的擠滿了市場。

圖簡便的人，花點錢就能現場買回來，誰有耐心等你砍了竹子劈了篾再浸了水一招一式一板一眼來慢條斯理做活路啊！

現在人，性子都急！這一點讓杜瘸子很不快，他媳婦喬竹兒就不急，哪怕雷打在頭上，閃扯在眼前她也照樣不匆不緩的。

太平性子呢，這叫做！

但天玉不是太平性子，天玉把個杜瘸子催得急急的，她急是因為小暑一過，天氣雖說往熱裏趕了，但陰氣也開始生長，她的寶貝兒子才滿二歲，最喜歡貪涼在地上爬了。

沒床竹席隔著，地氣很容易把孩子沁出病的。

杜瘸子去時，天玉已經備了煙茶，正伸了脖子四處望。自打生貴出去打工後，天玉就有了這個伸脖子四處望的習慣，好像能望見生貴的影子似的。杜瘸子就笑，怎了，想生貴還是想我啊？

天玉說要死啊，你個瘸子，想你你又能有多大作為？天玉說的作為是跟黑王寨規矩有關的，黑王寨老輩傳下來的，過了小暑，逢卯日食新，啥叫食新？就是把新割的稻穀碾成米後，做好飯在卯日這天供奉祭祀五穀大神和祖先。這事，得男人出頭露面做，完了一家人坐在一起喝頓嘗新米的酒。

杜瘸子自然知道這規矩，杜瘸子卻假裝糊塗，說，我怎沒作為啦，不信你問我家喬竹兒去！昨晚還大有作為呢。

天玉拿手在瘸子背上使勁擂了一拳，人老心不老，還想老牛吃嫩草了啊你！

杜癩子就使勁捉住天玉的手說，那當然了，只有熬成我這樣的老牛，才曉得你這嫩草的滋味不是？

笑了鬧了，杜癩子說，該做正事了，我瞧這天不對勁，得趕在小暑那天把竹席打起。

天玉就奇了怪，天玉是外省嫁過來的，說為啥要在小暑這天把竹席打起來啊？

杜癩子邊給竹子下料邊說，小暑頭上一聲雷，四十五天倒黃梅！早點打起了，到時候好騰出手來搶黃糧啊！

天玉就睜大了眼說，還有這說法？

啥叫還有這說法？杜癩子不滿意了，老祖宗傳了幾千年的，能有錯？

說完這話，杜癩子就不再搭理天玉了，一門心思做他的手藝。這是杜癩子的規矩，一旦活路上手就不再分任何心思，手藝人，多少有點屬於自己的講究。

天玉也知趣，不是杜癩子喊她，絕不攏身，認認真真摸自己的家務，為師傅的酒席費著心思。在黑王寨，手藝人的一日三餐也是有講究的，上臺酒如何辦，下臺酒怎麼陪都有說法的。

日子就在杜癩子的篾刀劈竹聲中過去了。

這一天，熱得有點不同尋常。

杜癩子早上出門時，喬竹兒交代說，早點回來吃中飯，就著閨女曉娟和兒子三有都在家，把個食新飯吃了！

杜癩子當時怔了一下，食新飯怎麼吃，新米不沒出嗎？喬竹兒說你那麼呆啊，象徵性在田裏割一把穀回來碾一把摻上陳米，意思下就行。

杜癩子想了想說，也行，我等會回來就是了！

這天的活路簡單，基本屬於收尾了，天玉就幫癩子遞遞煙，奉奉茶什麼的，其間杜癩子開玩笑說，小暑了，還不叫你家生貴回來！

天玉說，叫他回來幹啥，路費不要錢啊！

杜瘸子說錢重要，媳婦就不重要，食新酒不重要？

天玉就嘆口氣，他要有你這麼曉得疼女人，我就不事事操心了！嘆完氣，天玉一屁股坐了下去，院子角有段木頭，擱了只怕有一年半載了，生貴出門時就擱那了。木頭沉，天玉一直沒動它，閒了，也在上面坐一坐。

杜瘸子猛一把扯起天玉說，瞎坐啥啊你！

天玉嚇一跳，她早聽說杜瘸子作篾活時任何女人都不能在他的篾片上跨來跨去的，沒聽說木頭也不能坐的。

杜瘸子拍拍手說，冬不坐石，夏不坐木，你不曉得啊？

天玉是真不曉得。

杜瘸子就軟了口氣，你家生貴要在一定就告訴你了，這小暑過後，氣溫升高不是？溫度就大不是？久置露天的木料，椅啊凳的，經霜打雨淋，含水分就重，表面是乾的，經太陽一曬，溫度驟然升高，便會向外散發潮氣，女人坐上去，最易誘發痔瘡，風濕和婦科病了，尤其是生過孩子的女人，更馬虎不得！

天玉眼一下子溫了潤了又紅了，天玉說，大哥你人瘸心不瘸呢，那個死鬼生貴就算在家也不管我這些的！

杜瘸子見不得女人掉眼淚，急忙拿了袖子去幫天玉揩。

偏生這當兒，喬竹兒來了。

喬竹兒陰陰張開口，說，喲，我說瘸子怎這會兒還不回家吃食新飯呢，原來這兒有新飯嘗呢！

沒等杜瘸子和天玉反應過來呢，喬竹兒使勁一甩院子門，砰一聲門響，像平地起了一聲雷。

杜瘸子心裏一掉，小暑頭上一聲雷呢，他倒黃梅的日子，不用等四十五天那麼遠，只怕今兒就開始了。

銅鈴響

　　瞎子老五最討厭的節氣有兩個，一是芒種，一是夏至。

　　芒種夏至天，走路要人牽！意思是這兩個節氣雨水多，雨水一多山路就站不住腳。你小心了又小心地走著呢，保不準腳下的爛泥就搗一下蛋，哧一下讓你跌滑個大跟頭。

　　所以啊，一到這時候，大人孩子都得相互牽著走路，苦了老五，青天白日的他都不指望有人牽他一把，更別說在這兩個節氣裏了。

　　一般在這時候，瞎子老五基本不出門，靠吃平時的積蓄對付。一個孤老，又沒個眼睛，摔一跤摔死了事小，摔個生活不能自理，那就是生不如死了。

　　雖說老五靠算命討口飯吃，知道石崇富豪范丹窮，甘羅早發晚太公，彭祖壽高顏回短，各人盡在五行中！可五行之外的紅傷，能避還是避一下，天作孽，尤可違，自作孽，不可活了。這點上老五從不含糊。

　　芒種前一天晚上果然就起了風，像為了印證這一節氣似的，風一起，瞎子老五就縮在院子裏，對天嘆了口長氣。

　　他的眼裏沒天上的內容，望天只是一種習慣。打他知事後，他就習慣了望天，老天爺餓不死瞎家雀呢！他不望人，他的妹子都指望不上，還能指望誰？妹子是他娘撿的，人好心也好，偏生嫁了個妹夫不好，不許她一人回娘家，有幾次妹子偷著回來給老五拆洗被褥啥的，回去都遭了男人的打。

　　老五就黑著臉，再也不許妹子上門，他心裏，替妹子委屈著呢，擔心著呢！

　　連昆蟲都曉得芒種有三候，一候螳螂出，二候伯勞枝頭鳴，三候

反舌無聲！這人怎不如昆蟲草呢？

瞎子老五在芒種是啥也不候的。

這三候，黑王寨上點年紀知點農事的人都曉得，在芒種這個節氣裏，螳螂去年深秋產的卵因感受陰氣初生而破殼生出的小螳螂鑽出土來，喜陰的伯勞鳥開始在枝頭出現，並且感陰而鳴，與此相反，能夠學習其他鳥鳴的反舌鳥，卻因感到陰氣的出現而停止了鳴叫。

老五覺得吧，自己在芒種裏就成了一隻不折不扣的反舌鳥，不光不能鳴叫，連聽別的人鳴叫都沒機會了。一個瞎子的人家，誰會在雨天上你的門啊！想歸這麼想，老五還是摸索著在門上掛了個銅鈴。

為的是別人來了，找他時好搖響了報個音信。老五的門，破，且薄，經不起拍，老五耳朵又深，一般人扯破了喉嚨，他也未必聽得真。銅鈴聲就不一樣了，可以在風中迴響著往裏屋鑽，老五就能聽得見。

老五掛好銅鈴上了床之後，又自嘲地笑了一下，掛個銅鈴有啥用呢？他這兒，一向沒半個鬼毛來的。

老五給人算命時也說過，馬上銅鈴響，親戚有來往，馬上銅鈴破，親戚無半個。

老五的銅鈴就算不破，又能如何！

這麼扯七扯八地想著，老五迷迷糊糊進入了夢鄉。夢裏，風把銅鈴吹得亂響，老五候的人卻一個也沒見著，老五就使勁吐了口痰，想把心中的悶氣吐個一乾二淨，痰吐出來，心裏果然空了許多。

只是那銅鈴聲還一陣一陣響在心裏。

狗日的，怎就響個不停呢？老五罵了自己一句，都什麼時候了，還不死心，指望誰個惦記啊！

罵完了，老五惡狠狠起了床，打算把門外那個銅鈴摘下來，明擺著惹人笑話呢。

門開了，卻嚇一跳，有人在門外喘著氣兒，那人一開口，老五就

曉得是貴生了。

貴生說，五叔你耳朵真靈，我一搖銅鈴您就聽見了！

老五問，這麼早找我，有事？

貴生笑，說，我開拖拉機上街，順便捎你一步腳。

老五說，真的假的，那麼貴的油，你開拖拉機上街，這時節又不買肥買種子。

貴生說，圖個方便啊，人不少呢，一起趕集熱鬧！

老五就卻之不恭了，這樣的好事，燒香磕頭都未必有的。

貴生人講信用，不光捎他上了街，還在集散時把他捎了回來。老五在車上衝貴生說，我算了大半輩子命，就沒算到你會帶我去趕集！一車人哈哈大笑起來。

那您就再算一回，沒準天天有人捎您趕集呢！有人打趣說。

老五說這芒種有三候，我都候上一回好了，可不敢指望第二回！

偏偏，第二天，真的又有人捎上他了，這回是全福。

老五心說，掛的銅鈴沒響啊，怎就沾親不沾親的都來往了呢！

這話於老五來說，是含了矯情的。但一個盲人，難得這麼被人候上兩回，矯情點也不為過。畢竟是事不過三啊！

老五很知足，他不指望有三。

芒種也不可能天天雨的，果然，第三天，天就轉了晴。老五這天起得早，他從收音機裏聽了天氣預報，既然晴了，就自己牽自己走吧！

他的牽，是靠一根竹竿。

老五的竹竿是把他牽到寨子口時被人攔住的，攔他的是村主任陳六。

陳六說五叔怎麼沒坐車下寨子啊！

老五一怔，坐車，坐誰的車？

陳六說四貴啊，他沒去捎您？

四貴？他幹嘛要捎我？老五在心裏一盤算，明白了大半，老五就說，如果我沒算錯，今天你有二候呢！

我有二候？哪二候？陳六不明白老五的玄虛了。

這一候嗎，螳螂破殼出，二候伯勞枝頭鳴，老五把竹竿一探說。

螳螂破殼出？伯勞枝頭鳴？陳六還是不明白。

老五就從懷裏掏出銅鈴，迎風搖響說，螳螂破殼出是你的行為讓黑王寨民風返了樸，此為一候；二候嗎，我雖然瞎可還是曉得把黑王寨人的善舉在口頭傳播啊！有了這二候，黑王寨那些不古的人心日下的世風，自然不就漸漸好轉了啊！

掃陽塵

臘月二十八這天，四姑婆居然很難得地出了寨子門，四爺發了一會呆，打從他和四姑婆結婚生子又有了孫子，四姑婆的腳步就很少跨出過寨子門。

四姑婆身上有神，去得最多的地方是廟上，黑王寨的廟早就破得只剩個地名還在那兒了，反不如四姑婆香房裏香火鼎盛。

四爺發呆歸發呆，手裏卻沒閒著，他正扎掃陽塵的竹掃把。其實也簡單，就是砍一根長竹竿，在頂上扎些帶葉的竹枝。黑王寨的規矩，臘月二十八這天，要把屋頂上的陽塵給掃乾淨，來年才能過得清清爽爽的。

人過乾淨年，屋也要乾淨年不是！應了那句聖賢話，一屋不掃，

何以掃天下？

四爺只管掃自己的一屋，掃天下，他沒那能耐。

四姑婆當然也沒。

四姑婆是去寨子口迎陳六的。

她有迎陳六的理由，儘管陳六眼下做了村主任。可村主任怎的，他先得是人，而且這先得是黑王寨的人，是黑王寨的人，四姑婆就有迎他的理由。

理由很簡單，陳六這一次，做得有點不滿四姑婆的心！

起因在於年底困難戶的特困補助上。

別看四姑婆大門不出二門不邁，廣播電視不聽不看，但她卻百事都通。這一嗎，得益於她的么閨女大鳳，大鳳在省電視臺，多少新聞都是從她那兒出來的；二嗎，得益於前來求神的香客，四姑婆穩坐香房不假，卻也能秀才不出門，遍知天下事。

比方說這一回，四姑婆跟大鳳打電話閒聊，聽說省裏明明給的特困補助是五個五，到黑王寨卻都縮水了。四姑婆有心要問一問陳六，當初大夥選擇你當村主任，哪一票人家縮過水，你陳六怎就吃了果子忘了樹呢！

為把陳六一把將死，四姑婆在寨子口又把那五個五在心裏默念了一遍。

五斤魚，五斤肉，五斤油，五十斤米，五十元錢！四姑婆一邊默念一邊扳指頭數。

一扳，扳出岔來了。

陳六騎著摩托車差一點就和她擦肩而過了，是摩托車後架上托篼裏的東西啪地掉了一個出來，才讓陳六哧一聲剎住了摩托車。

剎住了車，陳六才看見四姑婆來。陳六俯下身子撿起掉在地上的方便袋，問四姑婆，您老做啥呢，這麼晚了還在寨門口？

做啥？你心裏知道！四姑婆不冷不熱回了句。

我知道？陳六怔了一下，這四姑婆一向神神道道的，陳六就笑，我要知道就可以接您的班了！

四姑婆說，別，接我的班你不行，有些東西是能許人，不許神的，你別亂說話。

陳六到底是村主任，聽出話頭不對了，他撓撓頭說，四姑婆，我啥時許過人不兌現了，您老明說啊，舉頭三尺有神靈呢！

四姑婆就咧開嘴，你要我說的啊！

陳六點點頭，嗯，我要您說的！

四姑婆沉下臉來，我可聽大鳳說了，上面政府發的特困補助是五個五呢，怎到你那兒就縮水了呢！

您說這事呢！陳六呵呵笑了起來，這事啊還真是不能許人也不能許神的！為啥，舉頭三尺有神靈，你自己也說了的！

四姑婆惱了，人在做，天在看呢！

陳六就嘆口氣，說，四姑婆您不是不知道，年頭為特困戶指標一事，寨子裏好幾戶差點因這事紅臉。

嗯！四姑婆說我當然知道。

上面就給了那幾個指標，僧多粥少，我當時只好硬給了大老吳，時三等幾家實在需要照顧的人家，陳六一攤手說。

四姑婆說，那你給了人家就給足數啊，我可聽說這兩家到現在還沒領上任何補助的。

陳六搓手，就為這事，我不專門趕了趟集嗎！我把上面送的補助擅自做主，多分了十家日子也有點艱難的人家。

多分了十家？那點東西，怎麼夠？四姑婆張大嘴。

是不夠，我這不是把自家的雞殺了在湊嗎？陳六拍了拍托籃。

四姑婆這才想起，今天一天沒聽見陳六的雞叫喚了，陳六養了

百十多隻雞，成天像過隊伍似的在寨子裏亂竄。

今兒個，掃陽塵的日子呢，你不怕大枝罵？四姑婆知道黑王寨規矩，男人縱有天大的理由，今兒個不掃陽塵都會挨媳婦罵的。

罵就罵吧，我得先把寨裏那些困難戶心中的陽塵掃乾淨不是？陳六笑，一個寨子住著，大家都能過個清爽年，總比我一家不掃陽塵強吧！

這孩子！四姑婆笑，差點讓四姑婆看走了眼呢。你趕緊回去分吧，我讓你四爺一會兒幫你家把陽塵掃一下。

在黑王寨，能讓四爺出面掃陽塵的，那可是天大的面子，四爺代表的是四姑婆，四姑婆可是通神的人。

神仙幫你掃陽塵，八輩子也修不來的福氣呢！

拔茅鑽

三月三，拔茅鑽！茅鑽在黑王寨又叫茅針，其實就是茅草的心，是鄉下孩子的零嘴兒，城裏孩子只怕聽都沒聽過，更別說吃了。

春風打了個旋，田野裏，溝坡上一下子全泛綠了。四大爺在皂角樹下一個盹沒打完，心裏就像茅鑽扎，是啊，又到孩子們拔茅鑽吃的世界了呢！清早，踏一腳露水出去，尋那圓潤飽滿的茅草下手，抽一根出來，剝開，裏面就藏著淡綠色嫩絨絨的茅針心呢，卷成圈再用巴掌一拍，一個茅鑽粑粑就做成了。往嘴裏一送，甜香味一下子就竄到心坎裏去了。

　　鄉下的女孩子，沒吃過茅鑽粑粑的，沒有！鄉下的男孩子，沒拔過帶露茅鑽的，也沒有！

　　在黑王寨，最會拔茅鑽的，當數四大爺。不過那是六十年前的四大爺，如今四大爺都七十多歲了，想拔茅鑽解解饞，只怕也有心無力了。

　　我說這話，你千萬別以為四大爺就是人老得爬不動步了。其實四大爺身子骨還硬朗，只不過前兩年人們拚命開荒，一片片茅草地都被農藥給消滅了，只剩北坡崖那有一叢沒一叢地長著幾蓬茅草。

　　北坡崖的路，是毛狗子路呢，人上去，就得手足並用。這兩年退耕還林，情況可能好了點，但茅鑽卻也不像四大爺小時候隨處可見，想吃就能伸手拔出一把。

　　想起北坡崖，四大爺就在嘴角牽出一絲笑意來，笑意中，翠花婆婆兒時扎羊角辮的臉蛋又浮在眼前。

　　翠花小時候最愛吃茅鑽，北坡崖上的茅鑽在黑王寨最甜不過。一開春，翠花就常常當了四大爺的尾巴根，形影不離地把自己拴在四大爺屁股後頭。

　　掐刺苔，翠花給他摘鑽刺窟窿時身上掛的刺。拔茅鑽，翠花幫他撣褲腿上黏的黃花粉，偶爾鑽出一條水蛇來，翠花就哧一聲比蛇還軟纏在了四大爺脖子上。

　　那時的翠花，身上總有一陣淡淡的皂莢香。四大爺門口那棵皂莢樹上的皂莢，全被翠花摘去洗衣服洗頭了，翠花愛乾淨，不像別的黑王寨小丫頭，用草木灰洗頭。

　　四大爺常在春日的晨霧中，瞇了眼，盯著翠花的羊角辮，用手裏帶露水的茅鑽逗她。讓我聞一聞你頭上的皂角香，茅鑽就歸你！

　　翠花就低了頭，比羊還溫順讓四大爺聞。

　　四大爺聞一下，就拈出一根茅鑽給翠花，聞到後來，四大爺的鼻子就黏在翠花羊角辮上了。乍一看，被兩支羊角卡住了脖子似的。

這樣一把茅鑽吃完下來，四大爺的脖子可以酸上半天，翠花就笑，說你這人真賤，有板凳非得坐樹椿！

四大爺一楞，板凳在哪兒呢？

翠花一指自己手裏的茅鑽，抽出軟綿綿的茅針心來，怎的，這還不比我頭髮香？

四大爺大翠花兩歲，曉事早，四大爺嘴裏就得意著，世上有三香，你知道啥啊！

哪三香？翠花還小，醒事遲。十二三歲的丫頭，知道啥？

芝麻糖，核桃仁，新媳婦的舌頭根！四大爺背上手，學大人模樣，裝得一本正經。

芝麻糖，核桃仁，離黑王寨太遙遠，但新媳婦的舌頭根不遠啊！翠花歪著腦袋，等我當了新媳婦，讓你嘗嘗我的舌頭根好不？

好啊！四大爺笑，不過我這會得先嘗嘗，看跟做了新媳婦有啥區別！

翠花就伸出舌頭根，四大爺把嘴湊過去，舔了舔，涼沁沁的，茅鑽的清草香漫了過來。

什麼味兒？翠花縮回舌頭，把一根卷成圈的茅針塞進嘴裏問四大爺。

四大爺想了半天，四大爺就實話實說了，茅鑽香味兒！

哦，小姑娘的舌頭是茅鑽香的味兒！翠花很高興，衝四大爺說，真這個味啊，我回去問問我爹，新媳婦的舌頭根是個啥味？

問的結果是，翠花挨了她爹一榔頭，腿瘸了。他爹不後悔，四處衝人喳呼說，瘸了就不會出去瘋，瘸了就不會出去野，瘸了就會老老實實在家做活計！

黑王寨裏祖祖輩輩靠山，誰不想自己的媳婦像山一樣厚道呢，瘸了腿的媳婦自然比腿腳利索的厚道。她爹這話說的沒錯，她爹打瘸了

翠花還連帶著恨上四大爺。

　　四大爺眼睜睜看著翠花婆婆成了別人的新媳婦，洞房之夜，四大爺發了瘋似的滿山亂竄。冬閒時的荒山上，連根沒褪盡綠的青草都沒有，哪裏還聞得見茅鑽香？

　　四大爺一發狠，出門做了貨郎子，賣芝麻糖，四裏八鄉串走。

　　其間，他專門用芝麻糖換過核桃仁，兩樣東西輾轉托人帶回黑王寨給翠花。這兩香是女人的專利，他得補償給翠花。至於新媳婦的舌頭根，他想未必有茅鑽香吧，要不，翠花嘴裏的茅鑽香能讓他回味一生呢！

　　等四大爺串不動鄉時，翠花婆婆已經靠拐杖才能挪步了，子孫成群的翠花婆婆死了老伴後，堅決要求一個人單過，她把三間小屋搭在了四大爺對門的山坡。清早出門，她在四大爺眼裏，夜晚上閂，她在四大爺心裏。

　　人一老，什麼念想也沒了，圖的就是個心上有個照應。

　　四大爺在春日裏不止一次看翠花婆婆圍著溝邊坡頭茅草叢邊轉悠，只怕還惦記著兒時的那把帶露的茅鑽吧，茅鑽裏藏著淡綠色嫩絨絨的一顆心呢，那是小草開花的心吧！四大爺看著翠花婆婆的背影想起了心思。

　　翠花婆婆是在清明節那天給老伴上完墳，聽說四大爺出了事的，在北坡崖上，兩個翻蜈蚣的後生發現四大爺摔下了北坡崖。背了回來，已是只有進氣沒了出氣，手裏卻死死攥著一把帶露水的茅鑽。茅鑽的清香氣很好聞，那天，黑王寨老老少少都貪婪地抽著鼻子。

　　不過，有一人例外，那人是翠花婆婆，翠花婆婆拿出一瓶農藥，如飲甘霖般吞進了嘴裏。事後替她收屍的鄉民都感到很奇怪，一個喝農藥死的老婆子，身上居然散發出一種比茅鑽還要清香的氣息！

　　怪事呢？百年不遇的怪事！

九天晴

　　初三沒有初四靈，一月只有九天晴！

　　瞎子老五掐著指頭一算，眉就皺得打了結。今天二月初三，雨倒沒下，可空氣中卻濕得能擰出水來，瞎子老五怕的是初四。

　　本來，他一個孤老，田不種一分，莊稼不收一粒，靠嘴巴算命討口飯吃，陰與晴的與他八竿子打不到，這眉上的結應該是白打了。

　　所以，大老吳看見瞎子老五皺眉頭就忍不住多了一句嘴。一般情況下，大老吳是個知道言語高低的人，在黑王寨，他衝誰都得小心，唯獨對瞎子老五，他可以大大咧咧的。

　　雖說兩人都是孤家寡人一個，吊井都不怕掛下巴，但大老吳自認比瞎子老五還是地上滾到席子上，強了一篾片。

　　正因為強了這麼一篾片，大老吳這會就瞇起了那雙篾片眼。

　　怎啦，五先生你這是怨天？還是恨地？

　　黑王寨人喜歡把算命的瞎子叫做先生，多少也透著一份尊敬。大老吳能不忘了這份尊敬，說明他這人做得還是真的很小心。

　　瞎子老五就舒開眉頭，說是大老吳啊，這下好，有了你，我一不怨天，二不恨地了！

　　喲，大老吳睜大了眼，啥時我這老光棍在你面前這值錢了？不是想逛我酒喝吧！

　　瞎子老五翻一下沒有黑眼珠的白眼，你個老光棍能值錢，俅，我瞎子就算逛酒喝也逛不到你名下！

　　那你啥意思？大老吳不高興了，剛剛還說有了自己一不怨天二不恨地的，眨眼就貶值了。

　　大老吳不喜歡自己被貶值，難得被人尊重一次呢。

　　瞎子老五就擺出平日裏那副高深莫測的嘴臉來，說，真想知道啥個意思？

　　大老吳把撿破爛的蛇皮袋子一丟說，拼了破爛不撿也要知道！

　　瞎子老五就湊過臉來，說，陳六昨天晚上挨婆娘罵了知道不？

　　你是說大枝罵陳六的事啊，我不光知道，還看了現場直播的！大老吳得意起來就忘了言語上的高低。

　　瞎子老五摸出隨身的問路竹竿，作勢欲打說，狗日的大老吳，啥時學會拐了彎的罵人了？

　　大老吳這才想起來，這現場直播無異於揭瞎子的短，大老吳就訕訕地笑，說，跟你學的唄！跟我學的？老五一臉茫然了。

　　大老吳先塞給瞎子老五一根煙，這才開玩笑說，老古言不是說了嗎，算個命，問個姓，送給瞎子罵一頓！

　　瞎子老五嘴上被煙堵住了，也只好一笑作罷。

　　你說，這大枝吃了豹子膽，居然罵陳六，陳六可是村主任呢，臘月底陳六把自家的雞送給我們當特困補助她都沒敢言語一聲的！大老吳給瞎子老五點上煙認認真真說。

　　你還記得這事就好！瞎子老五裝模作樣又掐一把指頭，這事我算得準準的，陳六該挨這頓罵。

　　啥叫該挨這頓罵？大老吳不懂了。

　　開春不是鋪油渣路麼？瞎子老五提醒說，就上個月的事，你忘了？

　　嗯，大老吳說，沒忘，寨子裏差不多都鋪上了啊！

　　還差哪點呢？老五繼續提醒。

　　大老吳撿破爛，屬於串百家門的人，打從腦海裏一過濾，明白了，還差陳六門口那一點沒鋪。

　　那還不該婆娘罵？瞎子老五得意地摸了下鬍子。

人家留著鋪水泥路呢！大老吳不以為然地。

你狗日怎說得出口這樣的虧心話！瞎子老五忿忿然了，陳六要是那樣的人，臘月裏就該你拎著雞子上他家的門，你以為你大老吳是一寶金啊！

就為這，大枝罵陳六？大老吳還是將信將疑。

這叫石磨不轉打驢子，媳婦不對打兒子！瞎子老五深吸一口煙作總結。

大老吳又怔那兒，大枝罵的是陳六，不是他兒子啊！

他兒子五一結婚，也就半個月的時間了，今兒初三你曉得的，瞎子老五扳指頭數給大老吳聽，這初三沒有初四靈，一月只有九天晴，花轎進了那路面怎麼走？

抬著走唄！大老吳瞇了眼，往陳六的屋場望過去，難不成，要陳六背著媳婦走！

我的意思啊，是這樣，瞎子老五衝大老吳火撟撟地說，你正經一回行不？

大老吳第一次看瞎子老五發了脾氣，急忙端正臉色說，怎麼個正經樣你說啊！

瞎子老五就從懷裏往外掏出一沓錢來，我算了一輩子命，算准了這回咱們趕上好時候了，再攢錢也沒多大意思，倒不如把它拿出來，你再找幾個特困戶出把力，咱們買油渣把陳六那段路面鋪一下，這樣就不怕他九天晴十天晴了，你說是不？

大老吳說對啊，政府一年給我們的可不止九天晴呢！

瞎子老五把問路竹竿又作勢欲打上去，你個狗日的就說不成器一句人話啊，政府給咱們的那叫及時雨，啥九天不九天晴的！

大老吳一抬頭，說，雨，狗日的真下雨了呢！

下吧，初四的雨咱都不怕，還怕初三的不成？

五更頭

　　穀香是在稻穀要起坡時著的急。

　　麥到立夏穀到秋，採花要採五更頭！

　　穀香著的急與田裏的稻穀無關，她著的急跟自己有關，木生怎還不過來遞個話呢！

　　黑王寨的規矩，姑娘只要尋了婆家，女婿起碼得給丈母娘扛三年長工，這沒什麼不對的！人家辛辛苦苦把姑娘養到二十歲，能替爹娘接一接肩上的擔子了，得，你一通鞭炮一頂花轎就把人給弄走了。像話嗎？那一走就是一輩子替你扛長活啊！

　　於情於理都說不過去呢！

　　所以黑王寨姑娘說婆家都早，十八歲就說了，走動個兩三年，才出嫁。這三年，也是考驗女婿的三年。

　　穀香急的是，這木生怎經不住考驗呢！

　　好歹就這一年的苦了，咬咬牙一扛就過了，自己可是要在你木生家咬一輩子牙的呢！

　　穀香這麼尋思不是沒道理，木生有個相當厲害的娘，黑王寨一大攤人，她只跟自己好！秀姑當時牽這根線沒隱瞞觀點，直接擺桌面上說的。

　　穀香娘當時就猶豫了一下，穀香不猶豫。穀香說，我嫁過去是跟木生過，又不是跟他娘過，實在不行了，還可以分開過煙火的！

　　穀香是看中木生的本分呢，這年月，想找個本分男人比找個恐龍化石不會容易。

然而，正是木生的本分，才導致了穀香今天的著急。木生本來早早就要上穀香家門的，但被娘攔住了，娘說，木生你有志氣點行不，人還沒接過門呢，就差被人騎在胯下了！

木生心說，您是有志氣，把爹動不動騎胯下，您以為穀香是您啊！

娘見木生不說話，知道他心裏想什麼，娘就又說了，你爹沒志氣了一輩子，我可不想你沒志氣！

什麼邏輯嗎？木生回了一句，上穀香家做事就叫沒志氣啊！

娘說當然是啊！

那照您這麼說，黑王寨就挑不出有志氣的人了。

娘說還沒娶媳婦呢，就敢忘娘了，我叫你長志氣，我叫你長志氣！娘操著一把掃帚把木生攆過了三條田埂才住了手。

住手是因為木生在田埂上竄來竄去的，弄掉了不少稻穗，娘不是心疼怕打了木生，娘是心疼就要起坡的稻穗呢！

木生不理娘了，乾脆，直接去了穀香家。

他想穀香呢，穀香可是五更頭的花，艷艷的招人的眼。這當兒，木生不敢鬆勁，一松，保不準穀香就是誰的穀香了。

穀香看見木生，心裏美氣得不行。

眼下，在黑王寨，找不到木生這麼踏踏實實給丈母娘扛長活的人了。好多人都是割幾斤肉買幾條魚，再捉幾隻雞送過來，象徵性在開鐮那天下下田，然後丟一疊請工的錢，溜了。什麼事嗎這叫做，難不成那些做丈母娘的家裏出不起請工的錢？

穀香在這之前就尋思了的，如果木生也這麼丟一沓錢，她就跟他斷了來往。過日子，要的是兩人心往一處使，請的工再能幹，也不能跟穀香心往一處使吧！

木生就在穀香家住了下來。

　　木生這是迫不得已的，木生也想甩上一沓錢讓穀香請工，那樣多有氣勢，可錢掌在娘手上，他就只好捨得一身力氣了。

　　好在，這力氣捨得值，穀香每天晚上為他送洗澡水時那一身的幽香直衝腦門呢！

　　谷起坡起到一半時，按黑王寨規矩，木生要回去收割自己的稻穀了，他還指望這一季穀賣了作生活費娶穀香過門呢！

　　這天晚上，穀香爹破例讓木生喝了點酒，穀香爹說，木生你今晚就回去吧，家裏的穀是大事，我們這兒就剩個尾了，我們能行的！

　　木生說，行，我忙閒了再來！

　　這個閒是有深意的，這個再來也是有深意的，指的是他要來娶穀香呢！穀香就紅了臉，在桌下擰了他大腿一把，說，這麼多吃的喝的還不趕緊點往嘴裏塞，回去了，只怕沒那麼閒的！穀香說的是實話，木生一回去，他娘准得讓他一天到晚手不住腳不閒地趕活，木生娘是個一年四季不閒的人，她眼裏的活路，比樹上的樹葉還密。

　　木生回去時，是穀香送的。

　　木生喝多了酒，人就不本分，木生一把攬了穀香的手說，穀香唉，這麥到立夏穀到秋了，你曉得麼？

　　穀香紅了臉，說，我當然曉得！

　　木生就把嘴巴伸到穀香耳朵邊說，這採花要採五更頭，你也曉得？

　　穀香佯裝生氣，曉得又怎麼樣，這麼黑的天，你到哪兒去采花？

　　木生忽然就壯了膽子，一把抱住穀香往懷裏摟，語不成聲地說，穀香，穀香，你就是我的五更頭呢！

　　穀香掙了一掙，沒掙開，穀香低下頭，說，木生哥，谷到秋了，你得先起坡呢！

　　木生說，我這不是回去起嗎？

　　那花也得等到五更頭才能採的，木生哥！說完這穀香一把推開木

生，眼下才四更頭呢！

木生就鬆了手，也是的，黑王寨有說法，洞房花燭夜才是女人的五更頭呢！

不掙窩心錢

掙錢不掙錢，掙個肚兒圓！子財把酒杯一頓，衝廚房吆喝了一聲，怎啦，手藝人就不是人了？連個下酒菜都不捨得！

桌面是寒磣了一些！泡青椒，醃嫩韭，外加一盤鹽黃豆，一個睜眼睛的菜都沒有，子財是木匠，串過百家門的人呢！

就上菜，就上菜！廚房裏慌慌張張應了一聲。不一會，炒雞蛋的香味飄了出來。子財又咪了一小口，衝廚房喳呼說，叫你男人出來陪我喝一杯，黑王寨規矩，一人不飲酒呢！

男人沒出來，女人端了蔥花炒雞蛋出來，師傅，你將就點，實在不行，我陪你喝一杯！

笑話，上臺飯讓女人陪酒，壞子財名聲呢！成心小覷子財的手藝？子財把筷子一踔，男子漢大丈夫，不喝窩心酒，不掙窩心錢，你另請高明吧！完了拎起木工家業要走人，當他子財在外面出去那麼多年不曉得黑王寨規矩了？

女人眼一紅，我男人才燒了周年呢！子財聞言一怔，回頭，堂屋櫃頂上果然供著一張黑框的遺像。子財口氣就軟了下來，你男人都沒有了，還打椅子作什麼？往前走一步，趁年輕，改嫁吧！

　　女人把手在圍裙上搓了兩下，改嫁，說得輕巧，談何容易，拖著兩個小子，黑王寨誰家爺們不怕？

　　像給女人的話作證似的，門外飛也似地鑽進兩個野小子，一個六歲一個八歲的樣子。呵，吃炒雞蛋嘍，吃炒雞蛋嘍！話音落地，一盤炒雞蛋也嚥進了肚裏，都是給苦日子逼的。子財放下工具箱，低了頭，在箱子上坐了下來。

　　女人家裏，還沒個像樣的椅子呢！兩個破凳子，還沒箱子面平實。

　　說吧，你是要我給你一天打三把椅子呢，還是三天打一把？子財把根煙含在嘴裏，一明一暗的像他的心思。

　　一天打三把，省飯，省酒，還省菜，三天打一把，費工，費時，還費力！貪便宜的女人都會不假思索地加以選擇，子財想試試女人的心思密不密。

　　女人聞言楞了楞，這是明擺著的事啊，師傅怎麼有此一問？

　　子財不想難為她，子財就直說了，一天打三把，能管一時，三天打一把，管你一世！

　　那你就給我打那能管一世的椅子吧！女人勉強擠出一絲笑，借師傅吉言，下一步找個能倚靠一世的男人。

　　倚靠一世？子財心裏苦笑了一下，子財的爺爺給人打的陪嫁桌椅能用幾輩人呢，可哪個男人能讓女人倚靠一世？討個彩頭而已。

　　就下料，女人身子單，忙是幫不上了，只能幫著扯扯墨線，遞遞刨子，斧頭類的活計。

　　晚上再上桌，子財衝倆小子招手，兩小子中午挨了女人打，望著桌上的炒雞蛋，喉嚨裏面咯咯作響卻不敢攏邊。子財說，過來！兩小子過來了，子財把盤裏的炒雞蛋分成兩份，吃了它，誰先吃完，我給誰做把木頭手槍！

趁兩小子舔舌頭的當兒，子財摸出木頭手槍一晃說，你娘要問炒雞蛋，就說我吃了，不然，誰也別想玩槍！

兩個小子很認真地和子財拉了勾，跟著一吐舌頭，出去玩打仗了。子財空腹喝了一杯酒，衝廚房喊了一聲，飽了飽了，別添菜了，給我上飯吧！

飯來得很快，女人在廚房正為難呢。子財衝女人說，大妹子你的炒雞蛋很香呢！

女人聽了誇獎，眉眼露出笑來，哪啊，趕不上嫂子手藝好！

嫂子？子財笑了，我還是光棍一條呢，幹咱們這行，成家太早了，不好！得帶了徒弟，有人幫著攬活了，才好顧家的，不然，怎麼走府過縣啊！

女人覺得好奇，這行當還有這麼個講究啊？

講究可多了，上臺飯要老闆陪，下臺酒要堂客敬！子財一順嘴溜了出來，完了又後悔，大妹子，我不是故意說你的！

女人明事，女人就連連擺手說，怪我，壞了師傅的規矩！

子財說，這規矩嗎，也是人訂的，我不大講究的。

女人說，下臺酒我一定敬好師傅！

子財說，我等著，日子長著呢！

八把椅子，二十四天，說長不長說短也不短，女人家的母雞下的蛋供不上了，子財看見女人走東家串西家的借雞蛋，子財不制止。難得借這機會給孩子補補身子，要擱平日，女人才不捨得給孩子吃呢。

子財不是好那嘴頭食的人，背個名聲無所謂，反正女人不知道，讓她借吧。

最後一天完工時，女人趕了趟集，回來時手裏多了一提肉。下臺飯，不隆重不行，再小氣的主家也得上大葷，師傅酒醉飯飽了，才好講工錢的！

女人倒上酒，女人說，一人不飲酒，慢待師傅這麼多天，我心裏有愧呢！完了女人一仰頭，乾了。

子財說那我不客氣了，也一仰頭，乾了。

女人說，師傅你吃肉！子財挾起一塊肉，放進女人碗裏，妹子你也吃吧！

女人低了頭，一滴淚砸下來。子財心裏被砸得一疼，沒男人疼的女人，真夠可憐的！子財嘆口氣，不喝酒了，說上飯吧！上飯就意味著結工錢，女人去了裏屋，翻出一疊毛票子來。子財說，錢我收了，你讓兩小子出來！

女人叫了兩小子出來，子財拿起兩雙筷子，叫一聲爹，這肉你們分了吃！

女人臉一變，使不得的，我這家底會拖累你的，你要真想佔那個便宜，我陪你！

子財說，大妹子，你誤會了，我是真喜歡這兩小子，我想收他們當乾兒子，大妹子你不會不捨得吧！

是這麼回事啊！女人噓了口氣，連連點頭，捨得，捨得！然後衝兩小子說，還不叫爹！

爹！兩小子異口同聲地叫了一聲。

子財把錢分成兩份，塞進孩子口袋裏，說爹給兒子見面禮呢，不能推的！

女人的淚一下子衝了出來，大兄弟，你這是掙的哪門子錢喲！

子財一正臉，行有行規，男子漢大丈夫，不掙窩心錢！

冬至大如年

　　緊趕慢趕，太陽還是在大老吳爬上黑王寨前咕咚一下掉進了最後一道山隘。

　　大老吳眼裏就黑了一下，其實，黑是內心感覺。今兒，冬至了呢！

　　大老吳不怕天黑，大老吳怕的是漫長的黑夜，也是的，一個光棍，黑不黑天的無所謂。即便是白天，又有幾個人肯多同他說一句話呢，即便有人說，又有幾句是暖人心的話呢。

　　黑夜就不一樣了，除了老鼠，大老吳家裏就沒別的可以製造聲響的活物了。尤其是冬至的夜，一年到頭，數這一夜最漫長了。

　　大老吳就這麼心情黑暗著走近了自個家門

　　偏偏，有一明一暗的煙火在門口等著他，大老吳擦了擦眼睛，心說，這人一孤單鬼都上門不成？

　　也是的，在黑王寨，只有鬼火才上孤老門的，大老吳鬼都不怕，還怕鬼火不成？

　　大老吳就大大咧咧走上前，衝鬼火處使勁啐了一口。

　　不料，鬼火卻飛快閃了一下，從閃的地方鑽出一句話來，居然是人話，那話罵罵咧咧的，說，大老吳你想死啊！

　　是馬麥爹的聲音！黑王寨唯一的中醫世家，大老吳不待見的中醫世家。大老吳一直覺得吧，醫生那套把戲是唬有錢人的，他大老吳向來信奉一點，病是人嬌慣出來的，不然老話怎要說不乾不淨吃不生病呢！

　　當然大老吳也病過，還是馬麥爹治好的。眼下，馬麥爹老了，看病抓水藥啥的基本是馬麥接手，馬麥是看病必須得出錢，馬麥爹就好

說話一些，三雞蛋兩紅棗也能換回一點草藥。多少次，大老吳背了人罵馬麥和他爹，還懸壺濟世，俅！依我看，這叫恨人不死。不然馬麥爹怎一見他就說，大老吳你想死啊！

這話得往前推一段時間，好像節氣正逢上寒露。

那天，大老吳貪杯，在集上多喝了兩杯，回寨路上一爬身子就發軟發熱，完了就在寨子口牌坊下睡了半夜，結果應了那句古話，寒露身勿露，露了要瀉肚。

大老吳一連三天，差點拉脫了水，走路兩條腿直擰麻花。馬麥爹見了，罵他說，大老吳你想死啊，都這樣了還不捨得買副藥吃！

大老吳說，買藥，屁，天上的灰，地上的藥，當我灰吃得少啊！

最終還是馬麥爹給他塞了副藥，馬麥當時冷著臉衝他爹說，這藥是你賒出去的，記你帳上啊！

狗日的，還醫者父母心呢！

大老吳心下就明白過來，馬麥爹肯定是要帳來了。

大老吳就冷著臉說，遲了你的日子還遲了你的錢啊？放心，我一時半會死不了的！

馬麥爹不冷臉，說，冬至了，怕夜長夢多，馬麥請你過去喝酒呢！

大老吳心說，這馬麥，要人帳還下那麼大本錢，請喝酒，喝就喝，一個孤老還怕什麼鴻門宴不成？

就一抖肩膀，呼哧呼哧喘著氣，跟馬麥爹去了。大老吳呼哧呼哧有兩個意思，一是爬坡爬累了，二是心裏有氣。去了，卻發現還有比他呼哧呼哧聲更響的聲音，在馬麥家的廚裏響著。大老吳很奇怪，吃頓飯，廚房弄那麼大響動，至於嗎，怕全寨人不曉得？

馬麥爹說，全寨人都曉得，但你大老吳未必曉得！

啥意思？大老吳越發疑惑了。

今兒啥日子？馬麥爹問。

冬至唄！大老吳心說，當我苕啊！

那冬至有啥講究？馬麥爹又問。

大老吳就吭吭哈哈講究不上來了。

冬至不端餃子碗，凍掉耳朵沒人管，這講究吳叔你怎忘了？馬麥笑吟吟端上一大碗熱氣騰騰的餃子上來。

有這講究麼？大老吳一下子結巴了舌頭。

呵呵，馬麥笑，這講究可是咱們醫家老祖張仲景說的，當年張老祖告老還鄉，看見鄉親們都被嚴寒凍掉了半邊耳朵，專門煮了一大鍋驅寒的藥材，做了許多耳朵一樣的麵食請大夥吃，後來就再沒人凍耳朵了，才有這麼個講究的！

可我沒凍掉耳朵啊！大老吳還是不明所以。馬麥笑，您是沒凍掉耳朵，但我們長了耳朵的，怎麼說我們也不能輸給老祖宗啊！

大老吳不說話了，端起餃子一個一個往嘴裏餵。

那香味，那暖意開始一點點把他包圍。

馬麥爹倒上一盅酒，舉起來說，兄弟，慢點吃，冬至大如年，年下的酒是越喝越有的！

大老吳低了頭，果然，面前那杯本來只斟有八分的酒漸漸滿了起來，還有一滴一滴的淚花正向裏面添進去。

大老吳抹一把淚，端起來，一飲而盡，說，這冬至真的大如年呢！大老吳就在大如年的餃子碗裏埋下頭去，連湯湯水水全嚥進了肚裏。

人來瘋

大老吳有點人來瘋。

這不是大毛病，當然是指擱黑王寨其他男人身上，擱大老吳身上就是毛病了，而且是大大的毛病。

一個老光棍，靠撿破爛過日子，瘋的個什麼勁，不是毛病是啥？

這些都是婆娘們背後嘀咕的！也是的，男人們只有見了女人才會人來瘋！大老吳沒媳婦，瘋也好背後嘀咕也好，都視而不見，屬於自娛的範疇。

黑王寨人也就寬容地笑笑，人來瘋就人來瘋唄，不出問題就行。

大老吳偏偏就出問題了，不給黑王寨人寬容的機會。

那天大老吳趕大早出的門。這點黑王寨人都習以為常，過日子嗎，沒有閒著的腿，也沒有白吃的嘴，大老吳雖說孤老一個，腿還不閒，嘴也就不白吃！

這一點上很得寨裏人歡喜！

一般情況，大老吳最遲也在太陽落山前回家，可以享受一下黃昏時分寨裏女人呼喚男人回家的那種溫情。儘管這溫情與大老吳渾身上下都沒半點牽掛，但大老吳還是覺得享受了。

在炊煙掩映的屋簷，通常那些女人在呼喚的間隙中，看見大老吳背了蛇皮袋走過時會客客氣氣邀一下，大老吳啊，回來了，一起加點飯吧！

黑王寨女人喜歡對不速之客說加點飯，有將就吃一口的意思。菜好菜壞客人不會見怪，請客吃就不一樣了，得隆重，怎麼才算隆重，殺雞唄！

在傍晚，沒誰為一個不相干的客人殺雞的！大老吳清楚這加點飯的意思。也許人家就恰好只做了一家人的飯，加一個人就是加一雙筷子呢！

大老吳往往就笑，笑出一臉受寵若驚的樣兒，衝女人說，飯就不加了，要加就加床！

這話有點葷，大老吳光棍一個，不嘴頭葷一下，日子就沒了生氣。

女人不惱火，也笑，行啊，床上再加一個吃奶的，只當養了麼兒子的，饞死你！

大老吳不饞，吸溜一下鼻子，心滿意足回家，他需要在這番煙火氣息中進入夜晚。

但那一天，稍微有點異樣。

大老吳是在天黑定了回的家，而且還躲躲閃閃地盡往暗處走。

因為他走得晚，又走得暗，就沒人發現大老吳有什麼異樣，連每天關門最晚的四姑婆都沒有，四姑婆倒是影影綽綽看見大老吳背了個碩大的蛇皮袋回了家。

四姑婆只順口嘀咕了一句，這大老吳，今天撿了不少寶吧！

大老吳是真的撿著寶了，一個女人，瘋女人！

瘋女人是第二天早上跟大老吳一起出門時被寨裏人看見的，早前大老吳曾經撿過一回瘋女人，瘋女人也曾學別的女人一樣在門口呼喚過大老吳幾回，可沒隔幾天，瘋女人卻不見了。

這一回，大老吳就不讓瘋女人呆在家裏，他走哪就把瘋女人帶哪。

村主任陳六見了，皺皺眉，說，大老吳你幹啥呢，弄個瘋女人你養還是寨子裏養啊？

大老吳吃低保，國家有政策，可這瘋女人戶口都沒有，國家怎麼把政策給到她身上？陳六這是好心呢！

大老吳就囁嚅一下嘴巴，不就多雙筷子嗎？

　　陳六撇一下嘴，說，大老吳你說得輕巧，你多雙筷子過一個月試試，別找我訴苦就行！

　　大老吳試了半個月，日子就苦不堪言了，瘋女人不能做事，不能燒飯，不能洗衣，唯一能做的就是隔不了半小時一扯大老吳袖子，說，我餓！

　　你餓死鬼投胎啊！大老吳往往會這麼吼一句，吼完了塞給她幾塊餅乾或者一塊麻糖。

　　瘋女人只有吃東西時才會有片刻的安靜，大老吳就在這片刻的安靜中瞇了眼，細細打量女人。

　　女人比他小一輪還轉彎，日子顯然要長過自己。大老吳為這個長弄得心裏一激靈，得給女人找條後路呢！

　　大老吳這麼想了許久，第一次在晚上出了門，沒帶那個女人，他把女人反鎖在屋裏，給了一袋餅乾。

　　趁女人低頭吃東西時大老吳去了陳六家。

　　陳六正吃晚飯，在黑王寨，誰都曉得陳六的晚飯遲，村主行怎麼說也比一般人忙不是？

　　大老吳吞吞吐吐地，說，主任您給幫個忙吧！

　　陳六就停了筷子，讓他先加飯了再說。

　　大老吳不加飯，他望著陳六說，我要結婚！

　　陳六嚇一跳，和那個瘋女人？

　　嗯，大老吳使勁點頭。

　　陳六就站起來，圍大老吳打轉，你天天撿破爛，把腦子也整成破爛了啊，不結婚就這麼過著，民不舉官不究的不行啊！結了婚你就有責任了知道不，你給我說說，你能擔多大的責任？

　　大老吳低了頭，瓮聲瓮氣地說，我能擔的就是哪天我不在了，把我的低保轉到她名下，讓她不至於餓著！

　　人來瘋呢！你這是！陳六使勁捶了一下桌子吼道，你當這低保我說給就能給啊！

　　大老吳不說話，只是把個頭抬起來，定定地望著不停繞自己轉圈的陳六。

　　陳六轉著轉著不轉了，停下來，停下來是因為門外多出了一個人，瘋女人。瘋女人手裏攥著一把被扭壞了的鎖扣，衝大老吳招手說，回家，我們回家！

　　大老吳起了身，悶悶地去迎瘋女人。陳六忽然就在背後發了話，說，你們走個過場吧，我明天通知寨裏每戶去一個人，每家響掛鞭，記住，不用管飯，發一顆糖就行！

欺人

　　知事曉事不多事，忍人讓人不欺人！在黑王寨，這是婆娘們做人的標準。

　　四姑婆呢，則是婆娘們做人的標準中的標準，為這點，四爺很得意，妻好一半福，不得意也說不過去。偏偏，讓四爺不得意的是，七十歲那年，一貫燒香拜菩薩生就一副慈眉善眼的四姑婆欺了一回人。

　　欺個惡人也就罷了，可四姑婆欺的，是黑王寨最老實的人，生貴的娘。

　　這讓四爺心裏或多或少有點不爽快。

　　生貴的娘，是那種竹葉落下來都怕打破了頭的人。自打生貴娶了

外地媳婦天玉過門，把個日子過得愈發地怕了。

當然，這怕只是在家裏，在外面，生貴的娘也怕，是有分寸的那種怕。

有分寸的怕，是做人的標準，大家見怪不怪。

在家裏，生貴娘的怕，就顯得沒分寸了，沒分寸不要緊，關起門來是一家人。

在黑王寨，沒有人把家醜外揚的習慣。

四姑婆是無意中發現的。

那天中飯時分，四姑婆猛然想起一件事來，就撂下碗筷，出門。

四爺沒多問，四姑婆心裏裝不得事，尤其是別人家的事，這點他曉得。也是的，要沒這點善心，四姑婆身上就不會通神了。

四姑婆去時，生貴一家正在桌上吃飯，四姑婆眼睛賊，看見生貴娘在廚房裏晃了一下，四姑婆就知道，生貴娘是以老規矩待客呢！

黑王寨婆娘的老規矩是，婆娘輕易不上桌，即便上了桌，也側半個身子把眼睛向著門外，怕的是有客人來。來了，飯不夠，客人餓著肚子回去，人情門戶不就沒了？

四姑婆就衝廚房喊了一聲，說，我不是來吃飯的，是來說事的！

生貴娘知道，四姑婆上門來說的事，多數是跟自己有關。這也是黑王寨老規矩，男人說事找男人，婆娘說事找婆娘，不岔輩也不打丫攪，很好！

但這回，四姑婆臉上沒露出很好的表情。

四姑婆明明把話挑明了，生貴娘還是給她添了一碗飯加了一雙筷子出來。

四姑婆不落座，臉一揚說，你當我沒飯吃啊，趕中飯口子上來你家！

生貴娘一下子懵了，也是的，在黑王寨，只有兩種人才在中飯口

子上到別人家裏。一是村主任，因為要通知村民開會領補助什麼的，撞上誰家就在誰家吃一點，二是疏懶好吃的人，瞅著人家飯菜剛上桌，人也就進門了。

四姑婆不是村主任，更不是疏懶好吃的人。生貴娘就苦了臉，結結巴巴地解釋，她四姑，哪，哪能呢，我，不是，不是說你沒飯吃！

那是你端給自己吃的囉！四姑婆話鋒一轉。

嗯！我娘就是盛了自己吃的！天玉急忙起來打圓場，天玉雖是外地人嫁過來的，日子一久，也曉得四姑婆有威信。

自己吃啊，好！我倒看看你娘怎麼個吃法！四姑婆居然不說事了，搬了凳子踏踏實實坐了下來。

天玉是有眼色的媳婦，見有外人在一邊，急忙給婆婆夾了一個油煎荷包蛋。生貴娘急了，拿筷子去擋，嘴裏一迭聲地說，你們活路重，你們吃！

四姑婆就插嘴了，照這麼說，你活路輕就不該吃飯？

生貴娘一下子噎在了那兒，天玉拿眼瞪了婆婆一眼，把荷包蛋塞進了婆婆碗裏。

生貴娘左右為了難，拿眼看四姑婆，四姑婆卻不看她，衝天玉說，還是天玉孝順！

天玉得了表揚，臉上也就放光，說，娘辛苦一輩子呢，該吃點喝點！

四姑婆說吃點喝點算啥，那是裏子的事，你娘缺的是面子！

啥面子？天玉怔住了。

也不瞧瞧你娘，苦了一輩子，連件像樣的衣服都沒上過身！四姑婆撇了一下嘴。

這話，有點欺人了。

四姑婆家境殷實誰都曉得，天玉就接了口，說，誰有您那家當啊！

　　四姑婆說，一件衣服要多大的家當，你娘一輩子又替你們掙下多大的家當？一頭牛老了，也曉得餵把黃豆呢，未必你們出不起一把黃豆錢！

　　生貴娘就是在這當兒摔的筷子，說，四姑你有事說事，沒事別亂我家務！

　　四姑婆也一摔凳子，一件像樣的衣服都上不了身，能有多大的家務讓我亂？完了，氣衝衝走出門。

　　出了門，卻不生氣了，掩了嘴笑。

　　笑什麼呢？看著一路笑回來的四姑婆，四爺心裏納了悶，七老八十的人了，也沒點正形！

　　時隔沒三天，有人看見，天玉帶著她婆婆進了回城，回寨子時，生貴娘那一身新讓寨裏婆娘們直揉眼睛。

　　四姑婆不揉，四爺罵她，敬一輩子神臨老了當一回惡人！

　　四姑婆說，惡人怎啦，是不是的人我還懶得欺呢！

路多

　　啞巴話多，瘸子路多！

　　這話是黑王寨人的發明，眼下老三就瘸著腿一拐一拐地走在路上。

　　四姑婆見了，打招呼說，老三你出門啊！

　　嗯！出門！瘸子老三回答得很歡。

　　歡個啥呢？四姑婆尋思上了。

　　黑王寨有四大歡，出籠的鳥，漏網的魚，十八姑娘去趕集，脫了繮的小毛驢！四姑婆尋思的結果是這四歡裏一歡都挨不上癱子老三的邊。

　　但癱子卻是歡實的，他一拐一拐地把個路上都踢踏出灰塵來了。

　　癱子老三是出去找活的！這話擱別人身上，有人信。擱癱子身上，搖頭的多！眼下，全胳膊全腿的都難找一份輕省活，何況你個癱子？

　　癱子是打小帶的殘疾，重活做不了，才有機會在寨下河邊電站裏管了幾年自發的電，磨點米啊面的糊口。

　　隨著農村電網的改革，那個小型發電站早廢棄不用了，癱子老三當時在電站流了好幾場淚才交的鑰匙，怎麼說發電站也是公家的東西。

　　廢棄歸廢棄，癱子老三也沒強佔的理由，這一點上癱子老三明白，他人癱心不癱。

　　下寨時，癱子老三碰見了大老吳。

　　大老吳問他，做什麼去啊，這麼早下寨子？

　　找活唄！癱子笑了笑，回大老吳。

　　大老吳就放下背後撿破爛的袋子，圍著癱子老三上下打量，一臉緊張地說，撿破爛這活，你可做不來，一天得跑多少路啊，你那腿，能行？

　　話不用往下說了，大老吳的意思癱子老三自己能知道。

　　癱子老三就點一下頭，說，放心，我不會搶你生意的！

　　只要不搶自己的生意，大老吳就沒關心的意思了，撒開腳丫子走了。其實，收破爛，是個不差的活呢，那不就有個電視劇叫《破爛王》來著嗎？

　　癱子老三是去搶女人活的！

　　黑王寨有句古話，黃牛撒尿滴打滴，女人幹活沒得吃！癱子老三要搶的這活，就是可以讓女人既乾了活又能舒了心的吃的那種活！

　　說話間，癱子老三就到了集上。

集不大，最多的鋪面一不是服裝，二不是百貨，三不是酒樓，而是茶鋪。說白了，就是麻將鋪，多是帶了娃的女人。

男人出外打工，掙了錢，衣服首飾吃的用的都從大城市大包小包往回寄，女人要帶娃丟不了手，田地裏活又讓機器給做了，日子就空出一大截來。

女人是空不得的，於是就聚到茶鋪來，搓幾圈麻將，聊一段家常，日子才能一點點熬過去，茶鋪還管一頓中飯，多省心。

唯一不省心的，便是娃了。

小點的，含著奶頭吃了睡，睡了吃，不用換尿片，都學城裏娃，用尿不濕。不省心的，是那滿了周歲以上的，學會爬了，走了，跑了，娘的身邊就呆不住了，能呆住的也不閒住，往往手一伸，就把娘面前的麻將給推翻，露出底來。

有那不耐煩的，啪，一巴掌甩在娃的屁股上，得，喇叭開始響了，一屋人都不得安寧。

要有個人帶帶就行了！有人這麼感慨，瘸子老三就在這感慨聲中進了門。先遞一張笑臉，再遞一串話，我來帶怎樣？

手還沒伸到娃的跟前呢，做娘的已經一臉警惕把娃搶在懷裏。

你帶？哪裏的？這年月拐賣小孩的事多著呢！

我，黑王寨的，瘸子老三啊！像給自己證明似的，老三亮出了那條瘸腿。

一個瘸子，他也跑不了多遠的！就有人打圓場，帶是可以，給不了幾個錢的！

三元五元的看著給吧，我主要是打發個時間，這裏，比我們寨上熱鬧！

有認識的就打圓場說，瘸子是個熱鬧人呢！

於是，就有娃遞到了瘸子手上。

　　瘸子帶娃，娃開心，為啥？瘸子仁義啊，下了心思哄娃，娃能不開心？往往就見瘸子領了三五個娃在街上蹣跚地走過。

　　日子久了，居然成了一道風景。

　　瘸子就這麼著把個日子慢慢往前淌，一日裏也有進余，因為瘸子分憂，茶鋪也開心，額外管他一頓飯吃。

　　每日裏，瘸子和大老吳一同下寨子，晚上再一同回寨，像上下班似的。

　　四姑婆納了悶，說，瘸子你真找著活了？

　　找著了！瘸子老三笑，承蒙人家關照，日子有得過！

　　四姑婆也笑，說，啞巴話多，瘸子路多！這老話還真的沒說錯。

　　瘸子這會不笑了，瘸子說，路不在多，在於走，能走的，總歸是條路吧！

　　大老吳擦把汗，望一眼瘸子的腿，這腿還別說，走過的路不比他大老吳少呢！

出人頭地

　　張大元一直想出人頭地一回，以重正他在黑王寨的形象，但一個駝起背又瘸了一條腿的人，怎麼出人頭地啊？站在人群裏，頂多也就是雞立鶴群！

　　偏偏，雞立鶴群的他居然跟鶴立雞群的趙三有較上了勁。

　　趙三有可真叫三有，要人樣有人樣，要身板有身板，還要腦瓜有

腦瓜，張大元不自慚形穢也就罷了，居然還不依不饒地較著人家。

腦子長蟲了不是？

其實，張大元腦子裏不長蟲，長著一個女人，誰呢，陳小蕎。

最先發現陳小蕎長得齊整的，應該是張大元，這麼說你或許會認為這話有偏袒張大元的傾向，但事實是張大元有一天跟寨子裏小夥子一起討論誰家閨女最好看時，張大元毫不猶豫伸出舌頭說出陳小蕎三個字。

那會兒，陳小蕎剛好從寨子下挑了水上來，長辮子一甩一甩地打在腰肢，那腰肢一擰一擰地歡實得兩瓣圓鼓鼓的屁股蛋生動得直撞人的眼，陳小蕎的爹倒了床，是癆傷！十八歲的陳小蕎就承擔了下寨挑水的家務。

這一挑就挑出了萬種風情，一個女孩子攢了十幾年的風情就這麼毫無準備地毫無顧忌地綻放開了。

趙三有當時惡狠狠瞪了一下張大元，狗日的，怎就讓一個駝背瘸腿發現了最好看的閨女呢？大不該啊！他一向以為，好東西應該最先入自己的眼才對，入了別人的眼，說明什麼，說明人家比自己懂得欣賞，而懂得欣賞幾乎可以算做出人頭地的。

只是，這樣的出人頭地沒人理會而已。

沒人理會於張大元來說並不要緊，張大元要緊的是陳小蕎的理會。

顯然，陳小蕎是理會的！那天，當張大元把從山上下得的一隻野兔拎給陳小蕎時，陳小蕎的爹在屋裏使勁咳嗽了一聲，陳小蕎當時就紅了眼，衝張大元淚汪汪地說，大元哥你要是不瘸該多好啊！

這麼說時，正趕上趙三有昂首挺胸走進了陳小蕎家，張大元的背一下子駝得更低了，拐著腿放下兔子出了門，門外的喜鵲叫了兩聲，張大元沒敢看，鳥叫啄得他心裏生生地疼。

他知道，陳小蕎家有喜事了！

　　果然是有了喜事，有人上陳小蕎家提親了，那人卻不是趙三有，陳小蕎的爹不喜歡趙三有，說這孩子太出人頭地了，怕陳小蕎將來受委屈。

　　陳小蕎就只好委委屈屈找了個不相干的外地人做上門女婿。

　　人樣子倒也過得去，日子倒也過得去。

　　趙三有和張大元各自黑了臉，沒出一個月，兩人也都找了媳婦，這其中，顯然含了賭氣的成分。

　　趙三有賭得起，他怎麼找也能找個模樣齊整的，張大元不行，自身條件差，只能降低門檻，這一低吧，就沒條件可言了，是個女的就行！

　　陳小蕎看見張大元媳婦是在集上，那小媳婦辮子焦黃不說，脖子還很髒，一副羞澀的樣子跟在張大元身後。

　　事後，陳小蕎才知道，張大元媳婦那不叫羞澀叫苕相，那可真是個苕媳婦啊，腦子笨得像花崗岩，反應遲得像小蝸牛，做點事吧，整個一活在慢鏡頭中的人。不過，張大元似乎很滿意，對這個一臉苕相的女人一沒有拳腳相加，二沒有惡言相向。

　　從這一點上陳小蕎知道了，張大元是個裝得氣的男人。

　　趙三有也裝得氣，每次見了陳小蕎男人都主動上前示好，示好的結果，是兩人拜了乾親家。

　　走動自然就密了起來，趙三有求的是百密一疏，這疏自然是渴望陳小蕎男人對他疏於防範了好找機會勾陳小蕎。

　　很能幹的陳小蕎男人卻無須防範了，他在一個春天的晚上在北坡崖上捉蜈蚣，被一條七寸子毒蛇咬中血管，毒液迅速竄滿全身，人就做了孤魂野鬼，連家裏的中堂都沒能歸。

　　趙三有是在陳小蕎男人下葬後，疏了和陳小蕎的來往的，陳小蕎先喪父再喪夫，在黑王寨屬於命硬的女人，只是沒同她命一樣硬的偏偏是身體，陳小蕎在三十歲那年迅速衰敗下來，剛突起來沒幾年的胸

脯平癟下去，水靈的眼睛也灰暗下去，汪不出半點波光來。而且她在寨裏人的眼光中也習慣了低著頭走路，長期低頭的結果，是陳小蕎的背也駝了下來。

這時候的陳小蕎再也不看天空了，她知道就算是看天空，也早沒了喜鵲的影子。

張大元瘸著腿出現在陳小蕎門前了，一次比一次密，野兔，斑鳩，野雞，魚蝦，凡是能上嘴的東西都有，哐啷哐啷往陳小蕎院子裏丟，陳小蕎在孩子的歡呼聲中不敢抬頭，把個肩膀抖動得一抽一抽的非常厲害。

趙三有在一天晚上，攔住了上北坡崖下套捉野兔的張大元說，大元你不是想趁人之危吧？她還有什麼值得你想的啊！

張大元冷眼看看趙三有說，虧你還好意思叫三有，知道啥叫三有嗎？

趙三有昂了頭，有人樣，有身板，有腦瓜啊！

張大元努力挺了挺駝著的背說，你錯了，應該是你有我有她有！

她是誰？陳小蕎麼！趙三有氣咻咻說，憑什麼她該有，當初她眼裏有過咱們嗎？

張大元輕輕收回目光，看著地上說，但我們心裏有過她啊！

趙三有的嘴抖動起來，半晌卻沒說出一句話，末了他嘆口長氣，踩著張大元的背影，也上了北坡崖。在這之前，趙三有上過百八十次北坡崖，唯有這一次，他站在崖上，有了出人頭地的感覺。

歸家倉

歸家倉是黑王寨人對八月十五的另一種叫法。只是這種叫法老輩人嘴裏出現的頻率要高些，年輕人還是習慣叫中秋節。畢竟是正名，如同一個孩子，取個諢名也不是不行，但成了家立了業，就得規規矩矩叫大號了，顯得尊重人不是。

在這點上恰好相反，黑王寨人成了家立了業後倒把歸家倉放在了頭裏。按老輩人傳下來的講究，八月十五以前，地裏的莊稼，樹上的水果，園裏的蔬菜，都得歸到家裏入了倉庫。

人都曉得要團圓，莊稼不也得團圓一回了？當然，這時歸家倉只是一個形式，象徵性的每樣收一些回來。把半生不熟的莊稼收回來，老祖宗不敲扁你的頭才怪，敗家的行為呢，這叫做！

黑王寨最不敗家的女人是小滿，打從過了八月初十，小滿就開始到北坡崖巡查，很有成就感的巡查。

小滿的成就感建在她的勤勞上，男人東志出門打工了，地裏家裏就她一人扛著，爹過世了，娘癱在床上，日子就顯出了難，不然東志也不會出門打工。

娘癱歸癱，卻要強，娘這會就衝巡查回來的小滿發了話，說，小滿今兒初十了吧？

小滿說，是初十了，我這就到店裏買月餅吃！小滿以為娘想吃月餅了，也是的，娘癱得臉上沒了血色，過了這個中秋恐怕就沒下個中秋了。方這麼想著，小滿就抬頭望了一眼院子裏的柿樹，一片柿葉在風中掙扎了幾下，像時光嘆了口氣似的，那葉子就惶惶地飄落下來了。

娘也嘆氣，娘說花那冤枉錢幹啥，我吃了月餅就算過中秋啊，我是問東志有信沒？

小滿搖搖頭，她知道東志的脾氣，早先兩人在一個廠裏打工時，從來就沒年啊節的概念，他腦子裏除了掙錢還是掙錢，能加的班從不放過。

娘就有點不高興了，貓兒狗的都曉得要歸屋的，他個當爹的人了，怎不曉得歸家倉呢！

小滿說那娘您先躺會，我把樹上的柿子給下了，拿到集上可以賣好價的！

別！娘一下子急了，摘不得的！

小滿說怎摘不得，都八成熟了，用溫水一浸，紅燈籠似的，好賣呢！

娘說小滿你怎不曉事呢？

小滿說我怎不曉事呢，這不歸家倉嗎？

娘說別的先歸，這個等東志回了歸！

小滿說東志只怕回不來呢，跑來跑去要路費！

娘好端端的突然火了，娘說，掙錢為什麼，不就為一家團圓過幸福日子，眼下團圓日子到了，兩邊扯著算個啥？

小滿嘟噥了一聲，您兒子啥脾氣您不知道啊！

娘就不說話了，躺那呼哧呼哧喘氣，反正，那柿子你等東志回來了下，我准保他八月十五一準回來歸家倉。小滿不吭聲了，出門，望望滿樹的柿子，柿子又大又圓，黃皮上已開始顯紅了，等不到十五，准像一串串紅燈籠掛在樹上。

掛就掛吧！

小滿有的是活路，小滿就又上了北坡崖，黃豆該收了呢！

以往收黃豆，都是東志和小滿一起，有說有笑的，那活路就顯得

輕。幹累了，倆人站崖頂上朝自己屋裏望，一樹紅柿子就招招搖搖掛著，小滿常說，嘴饞了就回去摘了吃啊！

東志往往就攔了她的話頭，別，留著給歸家的人照路呢！

照路是黑王寨的說法，黑王寨人出門，喜歡選月頭月缺為離家日，歸家則選月中，月圓為團圓日，又大又紅的柿子就是給歸家人指路的紅燈籠呢！

只是今年，小滿嘆口氣，東志只曉得給別人照路，怎沒想到自己家裏也有條路照著等他回來呢。

晚上，娘再問小滿，東志還沒信？

小滿點點頭，一口一口餵娘的飯。

娘那天精神頭很好，吃完了又添了一碗，一般娘都吃得少，人癱著，吃多了屙啊什麼的不方便，娘就忍了口。

娘吃飽了，似乎很滿意，還要小滿替她摘了一個柿子。完了娘衝小滿說，放心，東志十五那天準能歸家倉的，我拿燈籠引路呢！

小滿心說，娘的腦子躺出毛病了，歸家倉，幾千裏外說歸就歸啊！把個柿子真當燈籠了。

第二天，小滿掃完院子裏的落葉進屋去喊娘，一喊娘不應，兩喊娘還是不應，三喊小滿就帶了哭聲，娘手裏的柿子啃了一半，人卻奄奄一息了。只是手裏還死死攥著那咬了一半的紅柿子，那柿子才八成熟，澀得能讓人喘不過氣，娘的病是沾不得這東西的！

小滿忽然明白娘昨晚的話了，娘是拿自己當燈籠了。

東志接到小滿電話動的身，東志緊趕慢趕，在十五那天傍黑回到了黑王寨。遠遠地東志看見自家院子裏紅燈籠一樣掛著的柿子在風中搖了幾搖。

啪！就在他推開屋門的同時，樹頂上最向陽的那個柿子掉了下來。

東志剛要彎腰撿，驀地，從裏屋娘床間傳來小滿的一聲長嚎，娘

哪，你怎把給東志引路的燈籠給丟了啊！

東志雙膝一軟，撲進裏屋，半個紅紅的柿子正好滾到他的腳下。

歸家倉呢，今天！東志耳邊響起每年這個時辰娘最愛說的一句話來。

禾怕寒露風

人活臉，樹活皮！誰也沒想到，在黑王寨，居然有人不要臉更不要皮，主動為自己攬了個不好的名聲背著，而且背得心甘情願的！

千萬別以為這人有病，人家，精著呢！這人是誰？寨子裏日子過得最滋潤的喬篾匠。喬篾匠沒背上壞名聲之前，身上也背東西，背什麼，背債唄！常言說得好，禾怕寒露風，人怕老來窮！喬篾匠還沒老，就窮怕了。

窮則思變，喬篾匠還不是篾匠之前，寨子裏來了個串鄉打篾活的老人，在過去，做藝人的多少帶點殘疾，不能下田種地，學門手藝先糊口，再糊身後的日子。

寨子裏來的藝人是朱篾匠，人倒不殘疾，但那鼻涕卻動不動就流過了河，流過河是黑王寨老話，指鼻涕流過了嘴巴。不用說，這是一種病，啥病？朱篾匠沒仔細琢磨，他只把心思用到手藝上了，這一琢磨吧，篾活就顯了山露了水。

用眼下人的話來說，朱篾匠的日子很有得過！

喬篾匠因為窮，對有得過的日子自然就眼氣得很，寨子裏的人也

窮，但眼氣朱篾匠的人沒幾個，朱篾匠每次上寨子來，喬篾匠家就成了他的落腳點。

這得虧喬篾匠有個好老婆，怎麼個好法呢，這麼說吧，喬篾匠老婆有點花痴，除了對男人那點事上心，其餘的，她一概不在意。對於朱篾匠動不動在飯桌上那拇指按住鼻涕猛噴一團綠油油的白光光的鼻涕出來，她也噁心得不行，卻能忍住，不像別人家婆娘哇一聲就翻了胃。

因了這，朱篾匠對他們家也大方，每次上寨子，不是捎幾樣點心，就是扯上三尺布，算是落腳費。

這大方不是喬篾匠想要的，喬篾匠想要的，是他那身的手藝。

這裏該提一提朱篾匠的手藝了，在方圓百里，唯有朱篾匠的手藝號稱滴水不漏，這個滴水不漏有名堂，就是朱篾匠用篾打的竹碗和竹杯可以裝水，一天下去不漏一滴，真功夫呢，這是！但朱篾匠輕易不顯這手藝，主要是費工夫，那竹子得尋五年左右的，老了，篾片不韌，嫩了，篾片不柔，而且，劈出的篾青要在溫水裏泡三天，再在涼水中浸三天，把水吃透了，才行！

為這手藝，喬篾匠下了真功夫，怎麼下的，怎麼個真法，沒人知曉，反正，喬篾匠藝學到了家。

在過去，學一門手藝得拜師，得一年三送，喬篾匠卻一沒行拜師禮，二沒送年茶，居然，就能手裏出活了！朱篾匠出活，別人不眼氣，喬篾匠出活，眼氣的人就多了起來。

當然是以風言風語的形式多起來的，最終得出的結論是，喬篾匠為了點手藝，硬把婆娘摁到朱篾匠的床上。

摁就摁唄，反正他婆娘被人摁過一次又一次。

於是，再有男人摁喬篾匠婆娘就有了新的話題——那個朱篾匠——

話沒落音呢，喬篾匠婆娘惱了，一掀腿，把那男人掀下床，朱篾匠比你能，怎了，人家下面上面都能流，你能麼？

完了惡狠狠穿衣服，從此不再理那個男人。

漸漸的，黑王寨和喬篾匠婆娘有染的男人都吃了這個癟，斷了來往。

只有朱篾匠，隔三岔五還上來，不做手藝，也不帶點心，就像回自家屋一樣隨便，一樣從容。

日子像山風，一年一年吹過去，喬篾匠頭上的黑頭髮都落完了，唯獨朱篾匠和他婆娘這一頂綠帽子，讓寨裏人越傳越玄乎。

玄乎不玄乎，人家喬篾匠不在乎，而且把個日子過得顯山露水起來，一如他的手藝。

朱篾匠到底死了，死在喬篾匠家裏。

滿以為喬篾匠會為這頂帽子取下來而歡欣的，偏偏那一段時間，他比誰都痛苦。

破罐子常摔，破帽子常戴，他倒戴上癮了！寨裏人這麼罵他。

喬篾匠沒還口的意思，只盯著自己的老婆發呆，他的發呆在寨子人眼裏，多少有點不正常。

然而，不正常的是他婆娘！

朱篾匠五七之後，喬篾匠婆娘又和別的男人頻頻上床了，依然有那不長記性的男人問她——那個朱篾匠——

這一回，喬篾匠婆娘沒惱，只是眼圈一紅，嘆息說，那個朱篾匠，可憐呢，一輩子沒沾過女人！

輪到男人掀開她了，男人一把坐起來，他不是和你好了幾年嗎？

他和我？喬篾匠婆娘一翻白眼，你當我能看上他？

那他給你家老喬戴這多年帽子，你家老喬能忍？

喬篾匠婆娘嘆口氣，老喬得他手藝時他得了他這份囑托，他好歹

是個男人，一輩子沒女人願意跟他，怎麼也得在別人嘴上風流一回，禾苗還怕寒露風呢，何況他個大男人。

喬篾匠婆娘把口氣嘆得幽幽地，令那些男人一個個沒了做事的興趣。

再以後，喬篾匠的日子居然清靜了起來。

朱哥啊，這名聲，我背得值呢！有一次有人看見，喝多了酒的喬篾匠躺在朱篾匠墳邊這麼喃喃自語著說出了聲。

瘸三的前程

鍋裏不缺飯，炕上不少伴！這樣的日子在黑王寨就是生活的最高境界了。所以啊，在黑王寨，哪家娃娃生下來，喜三那天在娘娘廟回香時，婆婆總會一面叩頭一面在口裏念念有詞，娘娘顯靈，保佑我娃清吉平安，保佑我娃長大口裏有飯，保佑我娃香火不斷。

至於前程，黑王寨人絕口不提，前程是啥？不就是封妻蔭子！封妻蔭子又為啥？不就為穿衣吃飯！所以黑王寨的人過日子，比那些念過書的山外人過得豁達過得舒心。

這份豁達是與生俱來的，也是後天養成的。

大凡黑王寨娶媳婦，吹鼓手總要在山門口好漢坡歇上一歇，轎夫趁機撒撒野，撒野的目的是把新娘子從轎子裏引出來。

出來幹啥呢？看山門上的對聯唄！

對聯有些年代了，字跡倒還看得清楚，上聯是：稀飯醃菜柴苑

火，神仙不如我！下聯是：老婆孩子熱炕頭，菩薩口水流！

你還別說，黑王寨這麼多年，把日子過得讓山外人眼珠發藍發紫發白又發紅的，這些眼神，黑王寨的老人孩子見了，都自豪得不行。

也有見不著的，誰啊？瞎子老五！

老五眼瞎心不瞎，會算命，會摸骨看相。其實真一半假一半的，黑王寨人也不把他的話放在心上，不就是一碗飯的事嗎？老五串上門了，打個坐，問了大人問孩子，再問五穀與六畜，有錢封個紅包，沒錢也不打緊，雞屁股下掏個雞蛋，多少總是份人情。

老天爺都餓不死瞎家雀，何況是人？是人都得防後手，沒準哪天倒霉事就落自己身上呢。

這話應驗得快！

北坡崖四喜媳婦在一個春上出牛欄糞時打下手，身子動了紅，產下一個不足月的小嬰兒來，喜三那天，四喜娘心事重重去娘娘廟還了願，爾後抱了孩子請老五摸骨，算命。

先排八字，一報生辰年月，老五眉頭跳了幾跳，四喜娘問，五先生，你說實話，這娃將來可有口飯吃？

有，鐵定有！老五使勁點了點頭。

香火呢？四喜本不待問的，可想想憋不住還是問了，老五眼皮又跳了幾跳，說我先摸摸再說吧。摸了兩隻小手，再摸腳，摸來摸去就摸了一隻腳，另一隻呢，沒摸出來，小腿以下是空的！

老五停了手，自言自語了一句，我說呢，這娃的命相挺怪的！

老五算是知道了，這娃，先天帶著殘疾呢！

一個瘸子，生在黑王寨這樣的地方，上坡下嶺的土裏刨食，哪家閨女肯上門啊，香火，怕是要招了！

偏偏老五白眼翻了幾翻，老嫂子你放心，香火也鐵定有！

哄我吧！五先生？四喜娘不信。

要哄你割了我的舌頭，行不？老五把個舌頭伸出來，我吃飯的家業就在這條舌頭上，你還不信？

信！信！四喜娘知道老五輕易不說狠話，算命瞎子嘴裏的狠話一說出來，咒得死人的！

瘸子排行老三，就叫了瘸三，黑王寨的山風硬，幾年就把他吹得滿地跑了，可惜，得拄著拐。寨子孩子都有放牛打豬草的任務，瘸子沒有，就整天跟在老五身後，當老五的眼睛。

老五有本盲文書，閒了教瘸子識幾個字，瘸子心竅好，一來二去的，竟囫圇得能看個大概了。

那天，老五衝瘸三說，你都十六了，該自己尋口飯吃呢！瘸三說，尋，哪尋呢？老五說山腳下寨河邊不是有飯吃嗎？

老五說的寨河邊瘸三知道，寨河邊正修發電站，寨子裏能動彈的老少爺們都在挑土打攔水壩呢，瘸三上工地肩不能扛手不能提的，去了也只能白糟蹋糧食。瘸子不是不知道，工地上伙食好，可好歸好，遭人白眼的白食瘸子不想吃。

瘸三嘟囔了一句，你讓我去丟人現眼啊，才不呢！

老五抓住瘸三的手說，你這手，是吃輕巧飯的手，指長掌短，相書上有說法，指為龍，掌為虎，只許龍吞虎，不許虎吞龍，去吧，你哪怕瘸了，那也是瘸龍，龍離不開水的！

瘸三半信半疑去了寨河邊，正巧碰上鄉里派人來檢查水電站建設情況，鄉里說了，黑王寨水電站一旦建成，得配一名電工，發個電，磨個面什麼的，不能當擺設，夜裏要有人值班，電工還得先去鄉里培訓兩個月呢。

寨子裏的健壯男人都在工地上，抽人，抽誰呢？誰捨得老婆孩子熱炕頭啊，老支書一扭頭，看見瘸三，說，就他吧，沒牽沒掛的，省心，他還認得幾個字，有基礎！

　　沒牽沒掛的瘸三就成了黑王寨第一個懂電的人，兩個月回來，也是水電站投入使用的日子。瘸三單腿拄拐在機器上這兒搗搗，那兒擰擰，完了，衝大夥一咧嘴喳呼說，看好了，電來！一合閘，乖乖，燈真個就亮了，那亮一直從山腳亮到山上，黑王寨的夜晚一下子亮堂了。

　　瘸三送大夥出電站時重三遍四交代說，電這玩意比老虎還厲害，不要用手摸燈頭，也不要用濕毛巾擦燈泡，會打死人的！

　　老五夾雜在人群中，翻著白眼咧嘴笑，說那不比雷公電母還厲害？提到雷公電母，寨子裏有閨女的人家就犯了心思，對了，這瘸三都十六了呢，看這說話做事的模樣，大小是個有前程的，閨女嫁了這樣的人，不吃虧！

　　鯉魚沒腿是吧，不也照樣跳了龍門，黑王寨的人第一次想到了前程，而且是為一個瘸子想的前程。

二月清明不用慌

　　開春沒多久，天就下雨，不歇氣地下，一直從驚蟄斷斷續續下到了春分。太陽像個古時出嫁的女子，偶爾才掀起紅蓋頭露一下臉，跟著又慌裏慌張掩上了，讓人心裏都能長出一層霉味來。

　　東志心裏不霉，下雨好啊，下雨可以在屋裏挺屍！這是小滿罵他睡懶床的日常用語。一個動不動就在床上挺屍的人，一定勤快不到哪裏去，東志自從打了幾年工回來，只有兩樣勤快了，一是在床上挺屍勤快，二是雨天走親戚勤快。

　　眼下，地上剛乾爽了點，東志就爬起來往門外推自行車。去哪呢？小滿一把拽住車龍頭，地上還稀爛泥的，你就出門？上哪要你管？你不是嫌我挺屍礙你眼嗎，我出去走親戚也不行！東志陰陽怪氣的一擠眼搶白小滿說。

　　你到會選日子，下雨天去了人家不好招待的，趕集買菜多不方便！小滿是居家過日子的人，曉得雨天來客人了廚房裏的難處。

　　呵，呵，這老古話可說了的，下雨走親戚，頂做小生意！東志說完嬉皮笑臉一歪車把，趁小滿不注意，人就跑了。

　　小滿知道東志走親戚是假，上茶館打牌是真，正月裏拜年小滿給親戚都打過招呼了，誰要無事留東志喝酒吃飯，誰就以後別踏她小滿的門檻，黑王寨裏誰不知道啊，東志是個酒麻木，一喝醉了就在酒桌上安排後事。

　　嫁個這樣的男人，真是晦氣一輩子！

　　小滿恨鐵不成鋼地嘆了口氣，轉身拾掇了一下，鎖上門去了娘家。過了春分就是清明，該備種子化肥了，家裏的錢孩子上高中報名帶了幾千，剩下的一千元，早讓東志在麻將桌上晃乾淨了，沒辦法，厚著臉皮找爹娘扯著借點吧！

　　小滿在爹娘那裏扯著借了錢回來，天已經擦黑了。門前，雞啊鴨啊的沒歸家，東志沒帶鑰匙出門，也在門前晃悠。看見小滿，東志很不高興地來了一句，死哪裏野去了，這麼晚才回來，你還曉得有這個家啊？

　　小滿扯錢時被嫂子頂琴不冷不熱裁了兩句，正不痛快呢，一聽這話，火了，只許你走親戚，就不許我回娘家？

　　東志見小滿翻臉，不吭聲了，他知道鬥下去的結果是小滿不燒晚飯就捂上床生悶氣，自己佔不了便宜，東志向來有在晚上喝幾盅的習慣。

　　小滿見東志低了架子，就哐啷一聲開了門，直接進了廚房，東志

到底喝了幾盅，不過喝得很沒勁，小滿沒給他準備幾樣下酒菜，這酒自然就喝得很寡淡，喝得東志長籲短嘆的。

小滿想了想，湊攏來，怎啦，喝不下去？

東志推了推面前的菜盤子，盤裏就剩幾顆鹽黃豆孤苦伶仃的。

你當我想過這樣的生活啊，你當我不想喝一杯滋潤滋潤？小滿趁機激將東志。

我又沒說不讓你喝！東志眼前一亮，你要能陪我一杯，那日子，多舒透啊！

過舒透日子得要錢啊，沒錢只能心裏涼個透！小滿看東志心動了，就勁誘導起來。

掙錢，我都奔四十歲的人了，還有多大個起色啊！東志放下杯子，人過三十無少年呢，我還拐出這麼一大截來歲數來！

睢你那志氣，酒都讓你白糟蹋了！小滿一墩酒杯，書上說了的，錢是英雄酒是膽，你怎越喝越沒出息了呢？

啥出息，四十歲了能有啥出息！東志大著舌頭問小滿，你說我還能有出息？

對啊！小滿站起來，很激動，姜子牙還七十歲拜相呢，我不信你一個高中生抵不上一個糟老頭子？

真的呢！東志的豪氣上來了，當年在高中時他東志可是學校裏的人尖子，不衝這，小滿會跟了他這苦日子？小滿娘四姑婆當了一輩子半仙，眼裏能沒水，看不清人？

三十如狼四十如虎，只要你東志肯下力做家，我就不信咱們兩雙手就比別人少一根指頭！小滿鼓勁說，到時候，我天天陪你喝一盅，也讓我們兒子在學校能抬起頭！

說到抬起頭，東志心裏一震，當年自己在學校要不是因為爹貪杯出了事，沒準自己就上了大學。對了，可不能讓兒子也走自己老路，

在黑王寨窩一輩子！

　　你是說，我們還有機會？東志底氣還是不太足，問小滿。

　　為什麼沒機會，這跟下秧一樣啊，清明前後下的種早點遲點都出穗！小滿說。

　　是啊，快清明了呢！東志恍然大悟起來，你去看看農曆，幾時的清明？

　　小滿就去翻，一翻，翻出一聲驚喜來，東志唉，連老天爺都暗示我們有出頭之日呢，今年清明節在農曆二月份呢！

　　二月份，關我們出頭什麼事啊？東志一怔，半天反應不過來。

　　你沒聽古人講啊，二月清明不用慌，三月清明下早秧！在老天爺眼裏，你就是那二月的清明，出頭之日就在眼前呢！

　　真的呢，東志臉放紅光，抬頭看小滿，小滿也是一臉的紅光，好半天，兩人沒說一句話，倒是電視上那個播音員正喋喋不休地預報著天氣情況，未來一個月，我省氣溫將逐步回升，一片艷陽……

德方的夏天

　　黑王寨的夏天來的特別短，短得像知了在樹梢上不經意地打了聲呵欠，尾音一拖，就到了秋天。

　　知了的呵欠比德方的懶腰不會長，因為這，德方對黑王寨夏天很不滿，不滿是有原因的，夏天是跟蓬勃相關的季節，而德方呢，打醒事起就沒嘗過蓬勃的滋味！

　　沒有女人的男人，怎麼蓬勃啊？哪個女人會願意自己身邊的男人，在半夜裏靈魂出竅陰曹地府晃蕩呢！這樣一說，你一準會拍著大腿猛叫一聲，原來德方是個拉陰差的人啊！這樣的人，鄉下差不多每個村子裏都有那麼一兩個，男的拉陰差，女的當神婆，都能三個呵欠二個懶腰的跟神啊鬼的連聲通氣的，好歹也可以算作一份職業，當然是窮怕了的人才操持的職業。

　　稍微殷實的人家，都不屑幹這個，半人半鬼的，像個啥呢？不屑歸不屑，敬畏之心卻是有的，老輩人說了的，信鬼有鬼，信神有神，頭頂三尺有神靈。

　　與德方相反，寨子裏的男人喜歡過夏天，赤著上身，露出一身腱子肉，搭一條汗巾在寨子裏晃蕩，也只有在這時候，女人看男人的目光才格外柔和，也格外迷惑。其他的季節，女人也不是不柔和，可農活一堆一堆往面前趕，沒時間也沒心思柔和啊！

　　有心思的時候，女人都喜歡不經意地拿著自家男人和別家男人作比較，比較的結果是，別家的男人曉得疼女人，自家男人只曉得疼牲口。

　　其實打著赤膊晃蕩的，多是寨子裏的閒人，德方也是閒人，但德方不打赤膊，偶爾下個河洗回澡，那身肉也是白的，細皮嫩肉的白，不像其他男人，古銅色的皮肉在太陽下閃著油光。

　　德方不打赤膊是有緣由的，師父傳藝給他時講過的，只有死人才光著身子的，要不菩薩老爺會說，人從生到死，不論貴賤，都是赤條條的來，赤條條的去？黑王寨要老了人，入殮時就光著身子，不過卻有講究，亡者身下得鋪褥子，而是黃色的，身上得蓋單子，必須是白色的，單子上還得寨子裏手藝最好的女人繡五隻蝙蝠，中間扎一個團花的壽字，這講究有名堂，寓意為五福捧壽，鋪金蓋銀。啥叫入土為安，啥叫早登極樂，這就是！

　　常跟德方搭檔繡蝙蝠團壽字的女人，叫秀姑，生了一雙俏手，卻

沒長一張俏臉，在外面活得有樣，在家活得卻沒點樣。男人高興，給張笑臉，要不高興了，就解皮帶抽人，秀姑的身上往往腫氣未消，又有地方起了新包。

德方懂得點草藥常識，看見秀姑有次手指被抽腫了捏不住針，就悄悄熬了草藥給她喝，還買了消炎藥給她吃，他怕耽擱喪事的進度呢，一次兩次不覺得，時間一長，秀姑看德方的眼光就迷惑起來。

迷惑歸迷惑，也不過在做搭檔，兩人配合得更密切一些，更心有靈犀一些，其餘的，秀姑不敢想，德方更不敢想。秀姑不敢想是因為德方是個童男子，德方不敢想是因為自己是個拉陰差的人。

石頭被捂久了也只是熱，能指望石頭生根發芽不成？德方在心裏就不敢存有生根發芽的夢。

那天中午，德方正在家裏歇暑，門被敲響了，德方的門從沒被敲響過，都是拍響的。不是死爹死娘的急事，誰個上他家門啊，上了門當然得拍了。

這次居然是敲的，德方心裏暖了一下，敲，或多或少對自己是一份尊重。德方從竹床上起了身，整了整衣衫，開門，陽光灑進屋裏來，德方瞇了一下眼，他沒有理由不瞇眼，門外站著秀姑。

快，德方兄弟，你去看看我男人，昏北坡崖下了，我拖不動他！秀姑懷裏正奶著孩子呢。剛出窩沒三天，身子還虛，不虛又能怎的，她才挨了男人的皮帶，手指還腫著，秀姑在這上面有點憨，每次男人皮帶抽過來都拿手背擋，每次手背都腫得像饅頭。

晌午過了，男人沒回來，秀姑尋到北坡崖才發現，男人正躺在田埂邊，男人是挖溝邊時昏倒的。

德方好不容易拖了秀姑男人上了田埂，找到一樹蔭放下來，看身上，不像被蛇咬過。蛇咬過會有兩個小牙齒印，有黑血，還有青腫的印跡，而秀姑男人身上卻沒有這些只是臉部發腫。

德方跑到田溝邊用鍬晃了一下溝邊的茅草，一窩野蜂嗡地發一聲響，飛了起來，德方迅速往稻穀田地半人高的稻子叢裏一蹲，野蜂沒發現目標，嗡了幾圈回了巢，夏天的正晌，野蜂也歇夏呢。

是野蜂蜇的，好辦！德方興沖沖跑回去衝秀姑說，快，檢查你男人腦門心，看有沒有腫包！一般情況下，野蜂蜇人往下俯衝時多數把針扎在人的腦門上，秀姑一摸，果然有個小腫包。扒開頭髮，還有一個大紅點呢。

快，擠奶，滴在腦門心上！德方聽師父講過一偏方，女人的奶解蜂毒有奇效，說完他一把抱過孩子，背轉身子。秀姑卻不動，德方催促說，快點啊，蜂毒循著經脈走，很快的！

秀姑帶著哭腔說，德方兄弟，求你好人做到底，幫我擠吧！

什麼？德方嚇了一跳，回過頭望著秀姑，秀姑不敢看他，低著頭，卻把兩隻手舉在德方眼前，手指腫得發亮，彎攏來擠奶恐怕成問題。

那我得罪嫂子了！德方眼一閉，手抖索著摸索上去，擠了一滴又一滴，由秀姑接在掌心，在男人腦門上輕輕揉搓著，如此三五遍下來，德方聽見秀姑男人喉嚨裏響了一聲，心裏一喜說，沒事了，背回去，躺躺就會醒的！

秀姑抱著孩子，德方背著雲秀男人，好不容易挪回了秀姑家門，臨走時，秀姑望著德方說了一句，兄弟，嫂子的嘴緊，你放心，我不會亂講話耽擱你娶媳婦的！

德方笑了笑，知道秀姑為自己著想，想了想他回了一句，嫂子你也放心，我會替你守口如瓶的！兩人相對著又點了點頭，德方就在秀姑的奶香中走出門去。

原來夏天也很可愛的！德方把手放在鼻子下使勁嗅了嗅，又輕輕摸了摸心口，那裏面已經有了一個秘密，跟蓬勃有關的秘密。

大老吳的愛情

雨稍停時，有人看見大老吳回寨子裏時，後面跟了個女人，雨把倆人淋得很狼狽。

能跟在大老吳身後走的女人，至少也應該是個瘋瘋癲癲的女人，黑王寨老老少少都這麼揣測。

果然就讓大夥揣測對了，一對就沒了懸念，大夥就懶得有興趣去打探女人的來龍去脈了，但碰上了大老吳，打趣還是免不了的。

喲，大老吳，還撿什麼破爛啊，不把老婆守好，小心又跑了！大老吳頭一個女人嫌他撿破爛過日子窩囊，跟一個串鄉賣塑料盆的老頭跑了。

大老吳那幾天跑遍了周圍的村寨，自然是找不著，人家搭車跑的，大老吳心疼錢，靠一雙腳板，能跑得過車輪子？能才怪呢！

寨子裏閒人就問他，大老吳，要不要再找一個啊？

大老吳拿眼翻人家，找一個好給你來拐了跑啊！

閒人忍不住哈哈大笑，你大老吳的老婆，也值得我拐，我吃屎長大的啊！

這話很有蔑視的成分在裏面，大老吳不作聲了，在黑王寨，大老吳一直是被人蔑視的對象。天生一副婁阿鼠的長相，被人蔑視說明大夥還把你當人，要是哪一天寨子裏連蔑視他的人都沒了，那才叫淒涼。

緣於此，老吳把個撿破爛的日子過得風生水起的，看不出淒涼也看不出憂傷。

大老吳撿了女人回寨後，在家裏窩了三天才出門，這一齣門吧，閒人們都嚇了一跳。大老吳身後的女人，居然還很年輕，人樣子好歹

還過得去，配老吳，顯然是綽綽有餘了！這一綽綽有餘吧，閒人們心裏狠狠晃了一下子，狗日的，破窯出好瓦呢！

閒人就衝女人搭訕，妹子是哪裏人啊？

女人拽緊了大老吳，可能認生，不說話。大老吳咧了嘴說，很遠的人，怎啦！

閒人第一回吃了大老吳的癟，不生氣，再遠也得有個場啊？

你管她哪個場啊，眼下她就在我屋場！大老吳吐口痰，是燒著你還是燙著你了，要你操心？

女人使勁點頭，對，我是他屋場的人！拿腦袋往大老吳肩上靠，很恩愛的模樣。

閒人是誰啊？曉得大老吳的弱點，閒人就衝大老吳說，我家還有塊哈拉了的臘肉，卡喉嚨，你要就去拿，不要我餵狗了。我可是專門為這事來的，為你操老大的心，還說燒著我還是燙著我了？什麼人啊！

大老吳經常在寨裏討變了味的臘肉，死雞死鴨什麼的改善生活，這樣的好事焉能錯過？

果然，大老吳眼裏發亮說，真的，你不是逮人吧！逮是黑王寨的土話，蒙人的意思。

我逮你？你當我沒人逮啊！閒人作出趾高氣揚的樣子，再晚一腳，我媳婦一準把它丟了，我是好心跟你說一聲，送給你，大小也是個人情吧！

大老吳果然慌了神，對女人說，就在這裡等我啊，火燒屁股般折回身子，往閒人屋裏跑去。

閒人摸出煙來，點上，問女人，大老吳對你好不？好！女人說得很順溜。

怎麼個好？閒人吸了一口煙沒頭沒腦地問女人。

比你對我好？女人沒頭沒腦地答。

你跟了我，我比他對你更好！閒人涎著臉，我買新鮮肉你吃！

你不會！女人白眼一翻，你只對你自己好！

閒人搞不懂了，這婆娘，大老吳給她灌迷魂湯了，神志不清的人還能說出這番話？

正納悶呢，大老吳拎了臘肉，興沖沖跑回來了，老遠衝女人喊，你不想吃紅燒肉嗎？我給我燒！

女人衝大老吳嘿嘿笑，笑完一指閒人衝大老吳說，他沒有你好！

大老吳看閒人，閒人嘴上正叼著煙發癮症。

大老吳立馬從兜裏摸出煙來，點燃，吸一口，然後塞進女人嘴裏。女人愜意地抽了一口，鼻子嗅著煙霧，很是陶醉的神態。

完了，猛一張嘴，在大老吳臉上啃了一口，說，你比他好，曉得什麼事都想著我！

不就一根煙嗎？閒人悻悻地，這女人，人來瘋呢！

大老吳不高興了，啥叫人來瘋，這叫愛情！

大老吳你也懂愛情？閒人以為聽錯了，捂著肚子笑，笑好久了還喘不過氣來，嘴裏的煙也掉在鞋上，險些把腳背燙個洞。

這鞋是媳婦昨晚才納好的呢，黑王寨的女人都不興買鞋給男人穿，自己做的，肥瘦長短都有數，男人的腳不受委屈。

閒人一想到委屈兩個字，忽然笑不出來了，媳婦要知道自己跟一個神志不清的女人裏裏連連的，會不會也委屈啊！

一念及此，閒人站起了身子，咦，大老吳呢？四下裏一看，大老吳正和女人手牽手往寨子深處走去，那場面，很有點電視上黃梅戲裏夫妻雙雙把家還的意思。

插花

春上走路不空手，拿根竹棍趕瘋狗！

貴生手裏雖說沒空著手，但也跟空著手差不多，貴生手裏端著兩塊豆腐，走過喜妹子屋場時，貴生特意先探頭四處瞅了一番，才壯著膽向前邁開了步。

喜妹子的狗，下口猛，還悶聲不響的，都說是狗隨主人，這話也不那麼絕對的。喜妹子的嘴雖說兇，可那是有名堂的，寡婦的嘴，要不狠，哪個男人都想伸出舌頭舔舔的。貴生是老實人，是沒賊心也沒賊膽的老實人，就衝這，喜妹子才能給他個好臉色，在黑王寨，也就貴生能進喜妹子家的門檻。

村長臉面夠大唄，照樣進不了，有幾回村長見了貴生牙咬得咯嘣作響，說貴生你他媽的都可以當二村長了！

二村長？老實人貴生沒反應過來，鄉里不是說精簡幹部嗎，還選我一個光棍當二村長？

村長就哈哈大笑，笑得貴生心裏直發毛，貴生好幾次看見村長灰溜溜地從喜妹屋場旁走過，手裏捏著一把掉了瓣的花，不用說，那花被人拿腳狠狠踩過。

敢採村長插的花，在黑王寨，只有喜妹子有這份膽識。黑王寨是窮山惡水的去處，但不出刁民，於男女之事也看得輕。大凡男人相中別家的媳婦，瞅個合適機會，採一束花放在女人的竹籃裏，女人若願意，笑笑，摘一枝插在頭上，晚上給你留個門，或到野外瓜棚裏一番溫存。若不願意，轉過身把花悄悄扔地上，彼此心照不宣。一個寨的人，低頭不見抬頭見的，用不著傷人的自尊。當然，這是老輩人傳下來的，還有個

好聽的名字叫插花，如同今天娶媳婦的鬧房，都有講究的。

往大了說，也是一種民俗，也是一處風情。

貴生就在這種風情裏走過喜妹的門口，奇怪的是，只要是貴生路過，喜妹子總倚在門楣邊嗑瓜子，紅唇白齒上下一合，一聲脆音飛出總砸得貴生心裏咯噔一響。眼下，喜妹子正妖妖嬈嬈衝貴生招呼著，眉眼裏全是笑。

喲，貴生啊，看不出你一個老實人，還喜歡吃豆腐？

這話很有挑逗的成分，貴生再老實，吃豆腐的引申意義他還是曉得的，貴生就紅了臉，這不是沒人弄菜園嗎，買塊豆腐拌上豆瓣醬，免得炒菜，省心！

喲，你倒挺會過日子呢！喜妹子笑，笑得貴生把頭快扎進褲襠裏了。黑王寨裏人都知道，貴生家的菜園比人家的稻場還要光溜，也是的，哪有男人會侍弄菜地的，這也叫會過日子？

喜妹子停了笑，笑一個自己喜歡的老實人，她不忍心。喜妹子就說，進來歇會腳，到我菜園裏帶把蔥回去，生蔥熟蒜，清白好看！人活著，不就圖個嘴裏快活心上好看嗎？

貴生快活不起來，一個光棍漢，哪來的快活日子啊！

見貴生還扎著頭，喜妹子不高興了，怎啦，不成還怕我一個寡婦吃了你的豆腐？

這話說得重了，貴生若再不吭聲，只怕喜妹子會喚出狗來咬他的，貴生就衝四處瞅了瞅，見沒人路過，頭一低，哧一聲鑽了進來，像做賊。

喜妹子在後面收了腿，回身，也進門，卻把狗放了出去，在門口晃蕩，像放哨。

看到這兒你一定會笑，賊都進門了，放啥哨呢？

貴生把豆腐放在廚房一個瓦盆裏，看看缸裏沒半缸水了，就去操

扁擔，寨子裏吃水老大難，要下河挑，一般的女人，吃不消！

喜妹子攔住了，別，給我慣出嬌小姐脾氣來，誰來打短工，供我吃水啊！

貴生漲紅了臉，你喜妹子的門檻外，打長工的都排成隊了，還少了打短工的！

這是實話，喜妹子模樣好，男人是因公死的，沒扯帳不說，上面還添了筆撫恤金給養大孩子。在黑王寨，這樣的寡婦比黃花閨女都金貴。

唰，老實人啥時嘴上也抹蜜了？喜妹子裝作生氣的樣子一跺腳，不許你這麼埋汰我！

不是埋汰，我心裏有數的，你連村長的插花都不收，還有誰能上你的心啊！貴生乍著膽子說出這麼一句。

喜妹子眼圈一紅，有人喜歡我當然高興，可我是寡婦你知道不，我還要嫁人的，要周周正正嫁人的！

貴生腦子一下子就蹦出黑王寨的一句戲言來，十個女人九個肯，就怕男人嘴不穩！說的就是插花這一習俗呢。

你是說？貴生不好往下問了。

喜妹子點點頭，你看村長那嘴像是能把住門的嗎？

不像！貴生知道村長喜歡在農戶家喝酒，喝醉了就亂顯擺，該說不該說的全往外倒。

那你找個嘴上把門的啊！貴生咧開嘴補了一句。

嘴上把門的我又撬不開人家的嘴！喜妹拿眼哀怨地望著貴生，不曉得人家插了花願不願意留下來過日子呢！誰？妹子要信得過哥，我去給你撮合撮合！貴生把胸脯拍得山響，給妹子留下來當長工，是難得的福分呢？

信，信得過，這樣吧！喜妹子拍拍手，我先把自己拾掇拾掇你再

去撬他的口吧！

好啊，怎麼拾掇？貴生望著臉上起潮的喜妹子說。

給我頭上插朵映山紅吧，對，就院子裏帶黃芯的那朵映山紅！喜妹子一指牆角。貴生走過去，蹲下，那朵映山紅開得正艷，雲想衣裳花想容，說的正是這吧！

貴生小心翼翼把花采下來，喜妹子正拿了一面鏡子對著臉左顧右盼呢，要說花好看，哪有喜妹子的臉生動啊！在貴生眼裏，喜妹子才艷若桃花呢。

貴生心裏熱血上湧著把花插上喜妹子頭上，忽然喜妹子人一歪，吹氣如蘭回過臉對貴生說了一句，晚上，記得早點來啊！

早點來？貴生一怔，喜妹子指了指門，它，我給你留著！

貴生心裏一激靈，自己給喜妹子插花了這是，要擱平時，打死他也沒這個膽的。喜出望外的貴生拔腳便往外跑，不知情的還以為他被瘋狗咬了。那兩塊豆腐他早忘記了，貴生跑得狼狽，跌跌撞撞的，邊跑邊喜不成聲地大叫，我要做長工了，我要做長工了……身後傳來喜妹子吃吃的笑，笑得頭上的映山紅一顫一顫地，在春風中盡情的招搖！

諸侯

水往山裏流，代代出諸侯！這話在黑王寨傳了一輩又一輩，這水也往山裏流了一年又一年。寨子裏卻沒出過一個人物，更別說諸侯了。看來傳說只能是傳說，當不得真的！

因為沒出過人物，黑王寨的人就不續族譜，不設祠堂。先人們那點掛得上嘴的事情，就靠口口相傳了。不像古時那些達官貴人，皇親國戚，正史野史閒史一大堆，到末了，連自家後世子孫也辨不清真假，反倒惹平民百姓笑話！

黑王寨姓氏雜，誰也不曾笑話誰，各人做好自己的本分事才是正經，笑話人，能把自己笑話成一個諸侯不成？

因了這點緣故，黑王寨的人多半有手藝壓身，是藝不是藝，壓身就得跡！這話，也是祖宗傳下來的。

也有不得跡的，那就是花匠老丁，掙死人錢的活路，能得多大個跡？糊個囫圇飽而已，雖只是個囫圇飽，老丁卻把活路做得特別精細。花工本身就是個細活，老丁再這麼一精細，得，那些紙糊的金童玉女，高頭大馬，亭台樓榭就栩栩如生了。可惜，擱不上半天，一堆火又灰飛煙滅了，頂多讓死者的親屬嘖嘖讚嘆一聲。

就這一聲讚嘆，於花匠老丁來說，卻是極大的鼓勵，手藝人，掙錢不掙錢，混個肚兒圓，誰都可以的。但一聲真心的讚嘆卻不那麼容易得的，寨子裏的人口拙，不興說違心話，除非你的活路真的做得頂呱呱。

黑王寨能把活路做得每一個人都嘖嘖叫的，你扳著指頭數一數，還真就老丁一人。服氣不？不服不行。

老丁膝下無子，僅一女，心眼高，高得看不上寨子裏的手藝人，從寨子外面招進一個女婿來。寨子裏有規矩，端人管，受人管！女婿就隨了老丁學花活，算是門裏師了。三五年下來，日子說長不長說短不短的，女婿自襯可以出去接活了，就對老丁央求說，爹，趕明兒再有活，您老就歇著，我替你跑腿！女婿是不想給老丁打下手呢，三十大幾歲的人了，被個老頭呼來喝去的，在外人眼裏，很沒面子的事。年輕人，哪個不好個面子呢。

女婿的心思老丁不是不懂，老丁也一向好說話，頓了頓，老丁說，行啊，哪天攬個大活了，你就去！

在花匠眼裏，大活有兩種，一是亡人的五七之期，二是三年滿孝之日。這兩宗事，多窮的人家也會傾其所有，為亡人風光一番的。

女婿就等大活來臨，五七來人請，進門煙人家奉給的老丁；滿孝的來人請，坐在上席喝酒的還是老丁。女婿心裏就犯堵了，看來這女婿還真就只算半個兒，你挖了心肝給人下酒，只怕人家還嫌腥！

女婿就沉下臉悶著頭做事，接活的話自此絕口不提，手藝倒是日漸精進了許多，越精越發現花活中的絲絲奧妙來。別說，老丁做的金童玉女，你只要拿手碰一碰，頭就點個不停，活靈活現的，那亭台樓榭，乍一看都像有微風入林呢。

日子像樹葉，枯了黃，黃了青，那日裏老丁正閉目養神呢，女婿娘家來人發喪，親家公駕鶴西歸了！

老丁喚出女兒女婿來，手一揮，去吧！見女婿光著手，老丁又補上一句，帶上做活的家什！

女婿不解，三天圓墳就燒一棟房子和金山銀山，這點小活，誰做不是做啊？

老丁眼一瞪，花匠心裏就沒有小活這兩個字，你親自做吧！

女婿再望老丁時，老丁已閉了眼。

帶上家什，女婿心急如焚和老婆直奔娘家門，那活不用說，是做兒子親自動的手。爹辛苦一輩子，沒住上像樣的房子，到了陰間，總得有個好歸宿吧！女婿一邊淌淚一邊做活，爹對他的千般好像過電影似的浮在眼前，那活路做得自然盡心，其間連鼻涕淌過河了都沒空擤一擤。

三天圓墳那天，金山銀山一齣屋，小樓就一片珠光寶氣了，親戚族眷左鄰右舍不由自主嘖嘖讚嘆出了聲。名師出高徒呢，這是！

化了紙錢，燒了金山銀山，女婿回到寨裏來，把家什剛要還給他爹，老丁一擺手，說，以後再有活了，你去接，我老了，也該離享享清福了！

可我還沒接過大活呢，怕砸了爹的牌子？女婿說。

大活，什麼大活比得過你爹過世？老丁瞇上眼，孩子，咱做花活的，時時記住，死的就是自家親人，你的活自然就做細了，做精了，七十二行，行行要用心的，主家就是我們的衣食父母呢！

女婿不說話，雙膝跪了下去。他明白老人的良苦用心了。

老丁不睜眼，繼續往下說，古人說的拜將封侯又如何？沒有衣食父母，哪來王侯將相？花活做好了，不也是一方諸侯啊！

心疼

黑王寨的男人性子粗，沒打過婆娘的，少！打過了認錯的，也少！至於打完了心疼的，更少！

打出的媳婦，揉出的面！這是黑王寨顛撲不滅的真言。當年被男人打得淚花子飛濺的婆娘們，在兒子後面長志氣時，都會用這句話訓導兒子給媳婦點顏色看看，典型的好了傷疤忘了疼。

日子一長，黑王寨男人都慣出打婆娘的毛病來，邊打邊喳呼，娘的，三天不打，你就上房揭瓦！

其實黑王寨的婆娘一個個挺冤的，說她們上樹摘野果，捋桑葉啥的還有人信，上房揭瓦？自己都會心疼的事，哪片瓦上沒自己的血汗哪！

　　受了冤也沒法子，還得下地，還得做飯，還得餵豬，餵得肥肥的，油油的，讓男人吃飽喝足了好有勁下田犁地！

　　犁地是個力氣活，靠男人使喚牛。這點上，婆娘是心服口服的，黑王寨的牛，性子野，欺生，更欺女人，得靠男人有一把牛勁才能調教得動。

　　男人的牛勁從哪來的？當然是一片片紅燒肉養出來的，哪家婆娘會養豬，哪家婆娘挨的拳頭就少些，也輕些。

　　四姑在一幫婆娘中就顯出眼來，四姑長相粗，粗才捨得力氣，粗才捨得工夫，把個豬調養得膘肥體壯的。同別的婆娘一樣，四姑不習慣在日曆牌記事，日子都在手指上繞著圈兒掐，掐亂了沒關係，有二十四個節氣來理順呢。

　　過了清明捉仔豬，這成了四姑雷打不動的規矩，請獸醫劁了養兩個月，正趕上伏天，伏天也長膘，但得伺弄好。一般人覺得吧，人都怕過伏天，何況是豬？其實錯了，豬只要不熱過頭，放林裏散養一個月，保證它蹭蹭地長肉。

　　入了秋，豬就得歸欄，秋天瓜菜什麼的充足，豬吃了長板油，再到冬天，離宰殺日子近了，四姑就會更上心了。算算，沒幾日活頭了呢，四姑還一把鼻涕一把淚的。

　　四姑男人就笑，這婆娘眼淚就是賤，我又沒彈你一指頭，哭個啥？是豬就免不了挨一刀子！

　　殺完豬，就到了年下，四姑男人閒了。閒下來的男人天天往牛棚裏鑽，上草，飲水，牽到山坡上曬太陽，四姑就笑，沒見你侍候娘老子這麼上心過呢！

　　男人揚了揚巴掌，又放下，嘿嘿笑，你個頭髮長見識短的婆娘知道啥？咱們莊戶人吃的是牛這碗飯呢，沒牛你試試看，你的日子還能動步不？

　　四姑就抬了眼四處望，房子是牛幫著挣的，田地是牛幫著犁的，沒牛這日子還真不知怎麼熬呢？男人見四姑亂轉個腦袋瞎瞅，男人就摸了摸牛頭說，你看看牛眼睛裏還有啥？

　　四姑湊攏去，往牛眼睛使勁瞅，瞅出一個黑黑壯壯人影來，是她自己的身影。

　　男人說瞅你那傻樣，沒牛，我能娶上你？這話倒實在，黑王寨打光棍的男人，基本都是沒牛的主，你不能娶個女人回來當牛使吧，即便能，還要女人願意不是？

　　四姑笑了笑，樣子傻傻的，一臉幸福的傻樣兒。

　　春去春又來，四姑的豬宰了一頭又一頭，四姑的眼圈紅了一回又一回，男人的牛也開始走不動路了，先是瘦，跟著牛便塌了架，一天到晚臥在牛棚裏，起不了身。

　　男人請了獸醫餵了藥，走時獸醫撂下一句話來，賣了吧，這牛老了，多少變幾個錢！

　　別說，這牛還真老了，男人餵的豆餅它連嗅一下的力氣都沒有了。賣，男人不捨得，跟了自己二十多年呢！錢，錢，你個當獸醫的只知道錢，怎沒法子讓牛多活一年呢？在一個月黑風高的夜晚，男人的哭聲響了半夜，牛的頭落地上了。

　　四姑覺得男人傻得可以，四姑說，我年年宰豬沒見你嘆一聲氣，今兒倒好，一頭牛活二十多年老死了倒把你心疼的！

　　男人站起來惡狠狠瞪了四姑一眼，你懂啥，男人使牛，女人餵豬，誰的東西誰心疼！

　　女人嘴巴張了一下，一句差點嘣出口的話硬生生縮了回去，男人正在傷心著呢，自己皮癢啊，討打不是？

　　青草枯了又黃，四姑過了六十後，日子便沒青蔥過，咳嗽聲一天比一天拖得長，男人不說話，只陰著臉在屋裏轉進轉出。

那天，男人衝四姑說，明天我去觀音岩燒香，求菩薩保佑，再寬限段日子，吃了年豬你再上路吧！

四姑喘口氣，你要真有那個心，求菩薩保佑我轉世投個好胎吧！

投個好胎，男人一楞，做女人不好嗎？

不，不好，我想，想下輩子做，做你身邊、一、一頭牛！四姑斷斷續續說完這話，頭一歪，人便過去了。

男人心往下一掉，眼淚便漫了出來，婆娘也是一頭牛呢，任勞任怨服侍自己，怎就不曉得心疼一下呢？粗性子的男人二話沒說，抬手就給了自己一嘴巴，手下得很重，整個黑王寨都心疼得抖了一下。

牽親

在黑王寨，媒婆可以當作職業，但牽親婆婆卻不能，所謂的牽親，其實就相當於城裏的伴娘，叫牽親婆婆是為了尊重人，只有把牽親的人身份抬高了，人家才會給新娘子賣力。

在黑王寨，娶媳婦最出彩的要數牽親的女人，當然擔子最重的也數牽親的女人，她不光得保護新娘子在被光棍男人和青皮後生鬧房時不受到委屈，還得不能讓自己被那些眼裏冒火的老光棍佔了便宜。

而在黑王寨，自古以來就有新娘接進房，媒婆摺過牆一說，在這點上，媒婆基本不生分，在黑王寨，哪個媒婆不是做過牽親婆婆多年後才敢操持這門營生的。

牽親的女人，光會耍嘴皮子不行，還得肚子裏有量，一有酒量，

二有氣量。

有酒量，才能擋得住男人的進攻，你要是三杯酒沒下肚臉就紅成了桃花，沒準洞房之夜，那些老光棍把你揉一灘泥伸手解下你的紅肚兜，二天早上滿寨子炫耀去了。有氣量，才會衝那些青皮後生的伸手動腳動笑口來開笑臉相迎。新婚三天無大小，鬧翻了臉，喜事就疙疙瘩瘩的，主家沒面子，牽親的女人，得有宰相量，肚裏不光能撐船，還能揚順風的帆。

黑王寨的風俗是，洞房之夜，新郎倌是進不了新房的，早被人灌得爹娘都認不出了，趴在桌上打呼嚕。新娘子倒是被推進了洞房，不過也做好了準備，全衣全褲不說，內衣內褲扎得緊緊的，免得被不老實的青皮後生把手鑽進去佔了便宜。青皮後生一般是兩個，可以躺新娘子床上陪新娘子睡覺，稱之為壓床，新娘哪敢躺床上呢，就有兩老光棍纏著亂侃，寨裏規矩，老光棍可以鬧房，但不能坐新床，不吉利。

唯有牽親的女人百無禁忌，可以坐可以躺，不過在這節骨眼上，別說坐和躺了，能喘一口閒氣也得瞅好大會工夫，新娘子早躲在牽親婆婆後篩著糠呢。

黑王寨牽親婆婆中，秀姑是人尖子，能請到秀姑的主家比請到村長坐首席還有面子，畢竟，新娘子面皮嫩，名聲要緊，要在新婚之夜，被人扒掉褲子，可就落一輩子笑柄了。黑王寨鬧房，扒掉新娘子褲子的也不是沒有，這會兒新娘子身邊就要有個得勁的人了，村長能得勁嗎，不能！

這次黑王寨娶媳婦的，是生貴，生貴在外面打工，找了個外地姑娘，為求到秀姑牽親，把個婚期一拖再拖，拖到了臘月二十四。

臘月二十四，是老期，只有挑不到好日子的人家才會把婚期定到這一天。這一天，是年下了，人們都忙，請秀姑這樣的當家人耽擱兩天工夫，是很難張得開口的。

沒想到，秀姑答應得很爽快，爽快得令生貴眼裏滑過一絲不易覺察的欣喜，送生貴出門時，生貴忽然沒頭沒腦地衝秀姑鞠了個躬說，姑，那天洞房就全靠你了，千萬別讓天玉被人扒了褲子。

秀姑就開了個玩笑，喲，你小子當年壓床怎淨想扒別人媳婦的褲子來著？

生貴急白了臉，不是的，秀姑您不知道……

秀姑沒往深處想，使勁擰了一下生貴耳朵，放心吧，少不了你媳婦身上一根毫毛。

臘月二十四這天，秀姑把自己拾掇了一番，整整齊齊出了門，到了生貴家門口，老光棍貴生笑著打趣，秀姑你這是扯了臉吧，亮得我眼一閃一閃的。

秀姑就笑，眼閃了好啊，最好把你舌頭也閃了，免得說話沒個分寸！

貴生沒佔到便宜，訕笑著補上一句，舌頭閃不閃，你得試試才知道，要不我在你臉上舔一舔？

秀姑把笑臉遞過去，舔，你舔啊，我家四毛打小就愛舔我的臉呢，多一個我不嫌！四毛是秀姑的么兒子，貴生不想給秀姑當么兒子，乖乖縮回了舌頭。

入洞房前，秀姑一捋袖子往新房門口一站，說鬧房鬧房咱們今兒要出點新名堂，過了我這關，煙酒糖管夠，要過不了我這關，回去睡柴房！

青皮後生水柱擠上前，笑嘻嘻地說，行啊，秀姑的名堂多是嗎，咱今天非過一過可，不信我一個初中生還怕了你個麥黃學，秀姑沒念過什麼書，只上過幾天掃盲班，鄉下人把識過幾天字叫念過麥黃學。是嗎，秀姑一撇嘴，麥黃學學好了也夠你琢磨一輩子的！

老光棍貴生擠上來起哄，對啊，文過還是武過？

　　文的吧！水柱先表態，武過他怕秀姑餵他吃奶，貴生都佔不了秀姑便宜，自己畢竟還是個青皮。

　　那好，咱們對四句，秀姑一張嘴就溜了出來，關關雎鳩在兩旁，在河之洲接新娘，窈窕淑女生貴子，君子好逑狀元郎！

　　水柱一下子傻了眼，葷的四句他倒準備了幾個，但這麼個捭文的四句，他一個也捭不出來，秀姑這個四句可雅到頭了，用了《詩經》中的關雎。

　　看水柱抓耳撓腮那個窘相，秀姑就讓了一步，房總得鬧一鬧才喜興，這不過是給水柱個下馬威罷了，秀姑就笑，說，對不上是吧，罰你們給姑我幫忙！

　　幫忙，找我啊！光棍貴生生怕漏了自己，秀姑說，新床上還差一床喜被沒縫好，你們四個給我牽著被單角，我今兒玩個新鮮的，在你們四個大老爺們手上縫喜被！不過秀姑話鋒一轉，就怕你們四個嘴上工夫行，手上功夫差！

　　另外兩個沒跟秀姑交過鋒的男人不服氣了，不就縫喜被嗎？我當千斤的擔子呢，咱們牽給你看，別以為黑王寨的男人都只會說空話！

　　貴生和水柱沒了退路，心想不就縫一床喜被嗎，頂多十多斤重的棉花套，牽就牽！

　　一牽新被單，四個男人才發覺上了當，被單軟綿綿的不得力，上面一鋪被套，可慘了，啥叫以柔克剛，啥叫四兩撥千斤，喜被上了手，是不能落地的，要不主家不高興，自己也沒臉見人，四個男人就在心裏暗自禱告，求秀姑手腳麻利點把被子縫完！

　　秀姑不急，先挑出一對紅線，穿上一對銀針，好事成雙。完了，秀姑把針扎到被子上，衝新娘子一招手說，妹子你過來，讓你聽個鮮！

　　天玉第一次見這場面，見四個男人動彈不了，也不緊張了，湊過來看稀奇。

秀姑嘴一張，念念有詞說，一對紅線又細又長，一對銀針又白又亮，往上扎是龍鳳呈祥，往下扎是鴛鴦成雙！完了一低頭附在雨翠耳邊小聲說，恭祝你們早添兒郎！

天玉臉一紅，不好意思瞅了秀姑一眼，低下頭坐在新床主忸怩起來。

秀姑可不管天玉忸不忸怩，扎一針一個玩笑，扎一個被角一個四句，急得水柱和貴生他們腿打顫腳抽筋，秀姑拿眼色使給天玉，新娘子敬煙，新娘子奉茶，煙自然抽不成，一是沒手拿怕燒了嘴，二是擔心煙火燙了喜被，糖茶倒喝了一杯又一杯，一個個脹得肚裏喔嘟作響。

一個喜被扎了大半天，貴生先熬不住了，秀姑你麻利點我要憋不住了！憋不住要鬧新娘子了啊！秀姑故意打趣，我憋不住要鬧肚子呢？水柱也求饒，他年輕，憋得更吃力！

看他們一個臉色憋得赤紅，秀姑估計他們撐不下去了，才張開口輕輕把線頭咬了。四個男人連趁渾水摸魚，在秀姑身上捏一把的心情都沒了，一溜煙往門外鑽，按黑王寨的風俗，男人一齣門，鬧房就算結束了。

結束歸結束，還有最後一關，秀姑得為新娘子洗一次澡，教她點房事知識才算完，當新娘子一絲不掛地站在秀姑面前時，秀姑傻了眼，新娘子私處竟沒一根體毛，在黑王寨這樣的女人是白虎星呢，剋夫的！秀姑定了定神，拿眼看天玉，天玉一臉的張皇，秀姑嘆口氣說，妹子你放心吧，我多一句嘴，成了家你和貴生出門打工吧，有了伢子再回來，打工是苦點，但心裏踏實。

其實那一夜，真正心裏不踏實的人是貴生，貴生怕的是秀姑嘴上不嚴實，一不小心說出這個秘密來，他爹會打斷他的腿的！

高看

　　耳高眉一寸，永不受貧困！五瞎子把根竹竿撂在一邊，衝我臉上胡亂抓了一把對我娘說，你娃命相好呢！

　　真的？娘臉上立馬像個熟透的苦瓜，透出一臉金黃來。我個瞎子能騙你睜眼的人啊，真是的！五瞎子氣咻咻地，不信你自己看啊，你娃的耳朵是不是比眉毛生得高？

　　我娘就把我扒過來扒過去地瞅，瞅完了還嘀咕，這耳朵生那麼上，難看死了，只聽有吊梢眉的沒見有呆梢耳的！

　　呆梢耳？五瞎子冷笑，拿五個雞蛋我洩點天機給你！娘呶了下嘴，爹就喜顛顛地跑雞窩裏去掏雞蛋。五瞎子在外面算命，收現錢，但在黑王寨，大家都不生分，要錢顯得促狹了，就收雞蛋。他眼瞎，不會刨菜園，雞蛋就成了他的主要菜源，要麼炒，要麼燉，要麼喝生的，老遠就能從身上聞出雞蛋味來。

　　雞蛋揣進懷裏，五瞎子又咂巴了一下嘴，意思還得上根煙。

　　爹就又點煙，一個頭都磕了還怕多作個揖？

　　五瞎子很愜意地噴出一口煙來，翻了翻白眼珠說，記好了啊，我只說一遍的！

　　我爹我娘的耳朵立馬支了起來，像拉磨的毛驢。

　　這耳為君，眉為臣，君宜上，臣宜下。耳高起過眉者，主貴，聰明好學才俊富貴也！五瞎子搖頭晃腦說出這番話後，竹竿一探，站起了身子，他得趕二家，眼下離飯點還早。五瞎子人雖瞎，但不瞎在人家屋裏蹭飯，在某些時候，他的口碑好過光棍大老吳。

　　說大老吳呢，大老吳真就在飯點趕來了，一進門就打拱，一臉喜

氣樣喳呼，恭喜大哥大嫂了！

大老吳進誰家門都一臉的喜氣，寨子裏人心瓷實，從不在飯點上趕客人。

我心裏卻不喜氣，他一來，我的炒雞蛋就沒戲了，五瞎子拿走了五個，是人家應得的，你個光棍憑什麼從我口裏奪食吃啊！

我就尖牙利齒給了他一句，恭喜啥呢？

恭喜我姪兒將來封侯拜相啊！大老吳嘴倒很光乎。

是嗎，封侯拜相在哪幾百年呢！我這話大老吳一聽就明白了，沒影的事你摻合啥呢？

大老吳不生氣，一轉身衝我爹娘誇上了，瞧瞧，我這姪兒，腦筋多能轉彎啊，不是叔我高看你，黑王寨除了你就沒個齊整點的苗子！

那倒是！我衝大老吳一擠眼，幸虧，你沒結婚生個兒子。

什麼話？大老吳沒反應過來我話裏的意思。

就你那尊容，鼻樑獨高，六親無靠，口如馬嘴，饑寒哭號！要生個苗子，只怕也是歪瓜裂棗！這話我是背裏聽五瞎子亂侃偷學的。

大老吳的臉色暗了下去，喜氣一下子就沒了。

我正得意呢，啪！頭上挨了一下子，回過頭，咧了嘴正要哭，發現娘的眼紅得怕人，爹的臉也青得怕人。

我一扭頭就跑了，跑到門外池塘邊照我的倒影，敢下手打我，哼，二天我大富大貴，好好餓你們一頓！文曲星是打得的嗎？范進中舉上那個胡屠夫打了范進手都彎不過來呢，等會你們就知道下場可悲了。

我摸著吊梢耳胡思亂，在外面轉悠到天黑才回家，尋思大老吳也該走了吧！

偏偏大老吳還沒走。

大老吳從懷裏掏東西往我爹手裏塞呢，兩人看樣子推好久了，我爹漲紅了臉，大老吳鼻尖有了汗。

推什麼呢？我懶得理他們，鑽進廚房，娘還在廚房灶門口前坐，餘火把她的臉映得紅紅的，我曉得，那紅多半是急出來的。

娘不是急我沒回來吃飯，娘急的是我明天上學的事，中考前放一天假，我們回來拿錢交中考費用。

家裏一直很乾淨，乾淨得聽不見鋼嘣響，一二百，不是小數呢！挨胎三個讀書的，大哥上高中，我上初中，妹妹上小學，娘常說自己是天天在過火焰山。

我不管，我只想先把自己的火焰山過了再說，我挨著娘坐了下來。

娘嘆口氣，摟住我，用下巴在我肩膀上蹭了蹭，我的肩膀上立馬潤潤地。

大老吳啥時走的，我不知道，我是被爹語無倫次的欣喜給弄醒的，這個大老吳，這個大老吳，多少年了，還記得！

記得什麼呢？我懵懵懂懂抬起頭，爹手裏正捧著一個紅包，裏面有新嶄嶄的三百元錢！

娘說，難為他了，當初娃不就叫了一聲爹嗎，值得他惦記這麼久？

叫他一聲爹？想起來了，我七歲時，大老吳與閒人吵嘴，閒人罵大老吳是老絕戶，死後連個叫爹的都沒有。

我當時看不慣閒人的張狂，就衝上前叫了大老吳一聲爹，叫爹是因為我爹曾說過，本來大老吳要收我作乾兒子的，但一直娶不上媳婦，這事就黃了，他怕寨裏人說爹娘的閒話，人家孤家寡人一個沒個後，不是成心賺乾爹花襪子穿嗎？

記得當時大老吳是抹著眼淚答應了一聲的，至於嗎？叫人不捨本，只要舌頭打個滾！

爹說，大老吳說了的，咱娃兒高看過他這個當光棍的人，他也要讓別人高看咱娃兒！

親熱人

在過去，醫家是有講究的，怎麼個講究法呢，你看看黑王寨馬麥家就曉得了。

馬麥家是中醫世家，說世家有點誇張，但人家代代能抓草藥也是事實。馬麥門前有棵桂樹，桂樹上懸著一葫蘆，屋後則是一片杏樹，上點年紀的人都曉得，這就叫懸壺濟世，這就叫杏林人家！

光這點古風還不算，馬麥家煎藥的水都有講究，要是煎紅參和黃芪必用屋簷下滴的雨水。至於針灸，則要在關老爺香案下放了一個月的艾蒿繩子。用馬麥爹的話來說，老天爺的雨水，關老爺的香火，不光治病，還保證病不襲人！

侍候病人的人，得了這點寬慰，就少了後顧之憂。

當然，這是眼面上的事，住在黑王寨的人都曉得，馬麥家最與眾不同的，是特別親熱人！

不論大人孩子，老弱病殘，在馬麥家總能看到一張好臉色。馬麥起先不懂，馬麥爹就說了，人家來看病，本來就背著個包袱，你再把張臉一寒，人家心裏不堵死才怪呢？所謂醫者父母心，你臉上親熱些，病人心頭就暖，藥沒入口，病就去了一半，功倍事半就是這個理呢！

馬麥本就生個喜慶相，有爹這一番敲打，就更親熱人了。

親熱人的馬麥那天單獨一人下了寨子，要過年了，他在自行車後座上帶了兩隻老母雞下寨，準備給中學的李老師送過去。李老師是他的班主任，對馬麥很好，但李老師的身體不怎麼好，經常頭暈心慌。

馬麥爹就專門挑了幾隻老母雞用中藥煨，治女人身子虛很見效的！馬麥爹說天地君親師，你得在年下給老師送去，馬麥爹身上還有

些古風一時丟不掉。

馬麥就一臉喜氣來到了集上。

剛進集市，兩個戴紅袖章的人攔住了他說，交錢！

馬麥停了腳，臉上笑瞇瞇的，叔叔，交什麼錢，買路錢嗎？

戴紅袖章的男人火了，胖點的那個發話說，看武俠電視多了吧，我這是收農林特產稅呢！

馬麥一拎後面車座上的老母雞，仍然親親熱熱的，叔叔，我送人的，不賣呢！

瘦子冷笑一聲，是送給病人的吧！

對啊！馬麥高興得一跳，叔叔您真行，怎知道我是送給病人的呢？

胖子臉一擠，個個都這麼說的，這人一到年下怎就全病了呢？完了兩人哈哈大笑起來。

馬麥也笑，病了不怕，只要吃了我家這兩隻雞，保證就沒病了！

少跟我貧嘴，快點交錢！瘦子不笑了，一把奪過雞，不交也行，關到辦公室去，等散集了，看你賣給誰？

馬麥臉上還是帶著笑，叔叔真會開玩笑，散集不散集我都不賣給誰，我送老師的，老師身子虛！

瞧這話說的，倒挺親熱人呢，送老師是吧，老師也不急等這一時，集散了再去吧！胖子說完，真的一把拎起老母雞，把馬麥推推搡搡關進了一間辦公室。

辦公室裏有兩個女人正在織毛衣，高點的女人看了看馬麥，又一個不交費的啊！

馬麥說，阿姨您錯了，我送人情的雞，不賣的！

矮點的女人停下手，拎起來看了看雞的毛色，賣給我吧！可以免收你的費稅。

馬麥笑了笑，真不賣的，我送老師補身子用的！送老師補身子，糊誰啊，說的怪親熱人的！是怕我壓你的價吧？矮個女人撇了撇嘴，把雞往地上一丟，不知怎麼的，其中一隻綁雞腿的繩子一下子散了，那隻母雞蹭一下子竄上桌子，衝毛衣就拉下一泡雞屎來。

天啦，我這一百多塊錢一斤的毛線，你得賠！矮個女人一下子白了臉，衝過來就要抓馬麥衣服。

馬麥機靈，一見雞闖了大禍，嚇得人咪溜就往門外跑。

高個女人拉開門，衝外面喊，抓強盜啊，別讓他跑了！

胖瘦兩個紅袖章就在附近，一下子堵住了馬麥，馬麥正掙扎著，一抬眼，看見李老師在人群中，馬麥就使勁喊，李老師，我是馬麥！

李老師明明聽見馬麥的叫喊了，卻別過頭去遲疑了一下，邁步走出了看熱鬧的人群。

馬麥臉上的笑一下子凝固了，剛竄上心頭的那股子親熱一下子沒了。

李老師會帶出你這樣的強盜學生？瘦子一撇嘴，我才是她學生呢，給她長臉的學生，就你，哼！也配？

被扭回辦公室的馬麥不說話了，冷著臉，任憑他們作出把母雞賠償給矮個女人的決定。

馬麥是冷著臉回到寨子裏，打那以後，寨子裏再沒人看見馬麥臉上有半絲親熱人的表情。

趕了回集，怎就不曉得親熱人了呢？這娃真是的！不明就裏的馬麥爹給母雞餵草藥時喃喃自語。

大死

　　好花看半開，古風存山寨！你別說，這話還真值得斟酌，在別的地方，人死了就死了，鞭炮一響，鑼鼓一敲，白幡一扯，靈堂一設，亡人就可以匆匆忙忙上路了。

　　但在黑王寨，這區別就出來了。

　　走順頭路的，叫大死，而那些因天災人禍意外夭亡的，則叫小死。

　　小死來得倉卒，主家沒能準備。也是的，誰會見天準備家裏死人啊，於情於理都說不過去的事呢！

　　這一倉卒吧，主家任你多排場的人也會六神無主的，於是寨子裏一個平日不顯山露水的人物就粉墨登場了，誰，道士德方唄。

　　德方走喪家多了，大致曉得是怎麼個過場，說不上一二也能扯出個三四，順理成章的就接手了。

　　也是一筆收入吧！

　　只是這筆收入擱寨裏人眼裏，顯得晦氣，賺死人錢，好說不好聽啊！好在德方是個言語金貴的人，晦氣不晦氣好聽不好聽的，也不多見他多言多語一聲，倒省了寨裏人口舌上的不少麻煩。

　　言語金貴的德方與小死之人卻話多，擦身子時自上而上，邊擦邊自言自語，赤條條的來，乾淨的去，人這一輩子，無得便無失，無生便無死，你就好好上路吧！家裏的人啊畜的不要惦記。黑王寨人迷信，要有了新亡人家裏不得安生的，就是叫亡人惦記上了，得請道士化紙送，說到底都是德方的事。德方不想添這個亂，就跟死人交代一番。

　　雖說赤條條的來，但去時還得縫一身周正的衣服，裏單衣外夾衣，嘴裏還含八顆米。

為什麼是八顆？德方不說，別人也不敢多問，大概是說亡人命裏只有八顆米走遍天下不滿升的意思吧！要不，能小死？小死的多為無福之人，這八顆米大概是讓判官記著，下輩子給亡人派一個滿升的命。

從這一點上揣測，德方還是有點菩薩心腸的。這在近鬼之人中，難得！

有點菩薩心腸的德方最喜歡侍弄的是大死之人，這裏說他喜歡你可千萬別以為德方這人不地道。原因在於，小死之人大多身上有血腥氣或者朽病氣，這兩樣，攔誰都要掩著鼻子躲遠遠的，大死之人就不一樣了，這種人多半是全身器官老得不能正常工作了，死前三天不吃不喝，靠一口氣悠著。

因為肚子沒了食物作祟，人死之後可以停多久都不會臭，德方做起事來就慢條斯理起來，主家要什麼他給安排什麼。當然，紙屋，紙轎，紙人，紙馬，金山，銀山是一應俱全！

主家若問，紙屋為什麼是藍的？

德方一準瞇了眼，天是藍的啊，天可不是廣廈嗎？

主家再問，紙轎為什麼是黃的？

德方會再瞇了眼，黃主富貴，天子可不是九五之尊嗎？

主家還問，紙人為什麼是紅的？

德方就還瞇了眼，紅是吉祥，太陽一齣鴻運四方啊！

主家就不再問了，仿佛看見亡人正駕鶴西歸於雲端之上逍遙自得的模樣，心中的傷痛便無形之中減了幾分。

主家的傷痛減了，德方的傷痛卻上來了。

一個人見慣了生死離別，應該是沒傷痛的啊！你一準會這麼想，錯了不是？

德方就有，德方往往在給大死之人開七單時會禱告說，不修今生修來生，不修自身修子孫！我來生什麼也不求，只求能大死一回，騎

上白馬，坐上黃轎，有藍屋安身有子孫磕頭便知足了！

今生德方不奢望，不奢望是因為德方知道自己有病，病在肝上，有些年頭了，中藥西藥吃過，走方郎中，江湖游醫都為他的肝動過心思，最終肝病活著，醫肝的人倒心思全死了。

德方懶得理它了，病活一天自己活一天！有點同船過渡的意思了。

只是在給四爺穿壽衣時，德方發現自己的肝活得不耐煩了。

四爺是大死的，德方就衝四爺兒子發了話，說，給四爺買雙手套，要紅的，買雙襪子，要綠的！四爺兒子卻買回兩樣白的，說個大男人戴紅穿綠的幹啥？德方當下肝火一動，炸了一嗓子，你說幹啥，戴紅穿綠，殺進殺出，不曉得孤魂野鬼都盯著四爺啊！

四爺過了八十四歲，是有福之人，誰不想沾點福氣啊！鬼可不都是人變的？

四爺兒子唯唯諾諾去了。

德方是在四爺下葬後回的家，半夜裏，想想，總覺得不靠實，回過頭又去四爺家，門嚴嚴實實關著。德方砸響門，裏面有人應了，聲音裏透著驚恐。

德方鼓足中氣說，少交代了一句，記著啊！門不要關，大死之人走得從容，他會將門裏門外，角角落落走個遍才肯上路的。

塵世點最後一點念想呢，這是！

德方交代完這些，肝疼得更狠了，走路有點晃的德方從兜裏掏出一瓶藥，掐指頭算了一算，嚥了口水吞下去幾顆，便冷下一張臉，回家。

回家卻不躺著，先將自己置辦的紅手套綠棉襪找出來，然後開始扎藍屋，扎黃轎，扎白馬，紅人就不要了，他孤寡老人一個，不習慣叫人侍候。

活是第二天晚上才完的工，有藥丸抗著，他沒覺得有多疼，至於餓，他壓根沒想過，大死之人要三天米水不進的呢。

　　第二天，他給自己洗了澡，打了香皂細細的洗，其間香皂幾次滑落下來，他實在沒力氣握住那滑膩膩的東西了。做完這一切，德方虛虛地躺進早就漆了無數遍的壽木裏，壽木裏鋪著一張紅布，繡著五隻蝙蝠，暗含五福捧壽的意思。

　　有香皂味兒的大死之人，黑王寨他是第一個呢，單是這，就能讓他閉上眼時從嘴角牽出一絲笑意來。

　　也是的，經他過手的大死之人都是在主家催促下趁身子還溫軟著胡亂擦一把了事，怕的是人一冷過勁，胳膊腿的硬得像石頭，就穿不周正衣服了，衣服不周正，後世子孫不旺相呢！

　　德方的死，很旺相！寨子裏老老少少見了，都咂嘴，說，到底是閻王身邊做過事的人，死得這麼乾淨！

熱鬧

　　黑王寨地方偏，這一偏吧，一年到頭也見不著幾場熱鬧事，逢年過節倒是熱鬧，可都熱鬧在自家門前。婆媳婦也算一門子熱鬧，可寨子裏人戶稀，一年到頭也就接那麼一兩個新媳婦，熱鬧勁還沒完呢，鞭炮紙屑就飛天上了。

　　當然，愛熱鬧的多是孩子和小媳婦，孩子愛熱鬧是天性，小媳婦愛熱鬧，就有點說不過去了。

　　說不過去的事我們可以想啊，這仔細一咂摸吧，小媳婦愛個熱鬧也沒個錯，這裏說的小媳婦，多半是在家奶孩子的小媳婦。

奶孩子是個累人纏人的活，寨子裏有古話，能挑千斤擔，不抱肉坨蛋，可見這活多壓身子。

小媳婦抱著小肉坨，一天到晚不離手，別提有多悶了，巴不得哪兒有場熱鬧。寨子裏喜歡逗孩子，再不親的也要接過手抱上三兩分鐘，逗一逗孩子，圖的是日後上了人家門有杯茶喝。

在黑王寨這樣古風尚存的地方，你可以小視人家的老人，但千萬不小視人家的孩子，這樣三兩下換一遍手過來，小媳婦怎麼也能有一個小時的空閒吧。

所以，在很多時候，小媳婦盼看熱鬧比那些半大小子還要心急。

急歸急，卻不是所有熱鬧都能看的，劁豬的，騸牛的，腌狗的，這些都不能看！剩下的熱鬧就屈指可數了，攔前些年，一年到頭還放幾場電影，這年頭，露天電影不時興了。寨子裏來個剃頭匠吧，也攬不了幾個生意，至於早先最受人喜歡的貨郎也悄悄被串鄉的蹦蹦車取而代之了。

說到這兒你一定明白了，能看的熱鬧就在蹦蹦車上，恭喜你，猜對了！蹦蹦車蹦來的不光是日常用品和衣服鞋襪，更多的是山外的氣息，能讓小媳婦為之嚮往耳熱心跳的氣息。

天玉是小媳婦中最年輕的一個，而且還是外地嫁到生貴家的。孩子剛滿月，整日叨著奶頭不放，叨得天玉心裏像蝦子夾，日子就這麼被叨下去，實在是太了無生氣了。天玉就抱了孩子跟在一群半大小子後面，天天在寨子口瞅，看那蹦蹦車什麼時候蹦上寨子來。

蹦蹦車上寨子來，是有規律的，基本是一個月一次，估摸著有人家裏缺貨了，就上來，不外乎是鍋碗瓢盆，針線頭腦，胸衣內褲，糖果糕點什麼的，打開車廂板，像個小小的日雜店，比寨子裏村主任家開的小賣部要全，而且價格合理，可以用東西換的，不一定要現錢。

寨子人本分，總覺得錢比破銅爛鐵，破膠鞋爛鞋底有用。

　　於是乎，雙方皆大歡喜，開蹦蹦車串鄉的成喜每回來都能滿載而歸。

　　像天玉她們盼成喜上寨子，成喜也巴不得天天上來看天玉她們這些小媳婦。

　　寨子裏媳婦奶孩子不避人，紅潤的乳頭常把成喜的眼光牽了過去，豐滿白皙的乳房上有淡藍的血管隱在皮膚下，像成喜隱在心裏的某些念頭。

　　成喜在給小媳婦們換東西時總會大大方方搭上一個撥浪鼓或者響鈴什麼的，不過不是遞給小媳婦，而是直接往吃奶孩子手裏塞，成喜是存了心思的，那手往往有意無意在小媳婦乳房上蹭上那麼一下。

　　就若有若無的那麼一下，一股奶香就纏繞在成喜指頭上了，要攔旁邊沒人，成喜還會故意把指頭遞到鼻孔下使勁嗅一下，閉上眼一臉陶醉樣地感慨地說，真香！

　　有那大膽的小媳婦會回一句嘴說，香嗎？回頭趴在你自己媳婦身上多吃兩口！一樣的味。

　　成喜就會漲紅了臉訕笑著說，我還沒媳婦呢！

　　那小媳婦就會笑著說，要不要姐給你量個媒啊？

　　成喜往往這會兒會盯著小媳婦的乳暈放肆地來上一句，行啊，跟姐一個樣的就行，你看著量吧！一來二去的，成喜的生意就做到那些小媳婦的心坎裏去了。天玉做新娘子時在成喜手裏買過髮卡，懷毛毛時吃過成喜捎帶的話梅，這一回，成喜該捎點啥給她呢？天玉邊奶孩子邊尋思，尋思完了又覺得好笑，憑什麼人家成喜一定要給她捎點啥啊！人人都這麼讓他捎，人家那還怎麼攢錢娶媳婦啊。在天玉的尋思中，成喜的蹦蹦車上到了寨子裏，半大小子們一擁而上，天玉剛要擠上去，見成喜衝自己使了個眼色，天玉就遲疑了一下，繼續坐在樹蔭下奶孩子，奶孩子歸奶孩子，天玉明顯感覺到成喜的眼光烙在自己乳

頭上，天玉的臉一下子羞紅到脖子根，愈發顯得嫵媚動人了，剛生過孩子的天玉水色亮著呢。

半大孩子們看熱鬧是湊得快也散得快，各人得了該得到的東西一窩蜂跑了，剩下天玉和成喜，成喜拿眼四下瞅了瞅，從駕駛室摸出一個包裝精美的塑料袋，小心翼翼衝天玉胸前塞過去，手背輕輕滑過天玉的乳房，癢癢的麻酥酥的，天玉嗔怪地瞥了成喜一眼，啥啊，這麼漂亮的包裝！

內褲！成喜聲音低得像蚊子。

內褲啊！天玉掩了嘴，搞那麼講究做啥？

這不是一般的內褲，成喜急出汗來，收腹的！

收腹的，做什麼用？天玉倒是第一次聽說。

你不是生小孩了嗎，可以讓你身材恢復到做姑娘時的那種內褲，高科技產品呢！成喜壓低聲音解釋。

為什麼對姐這麼好？天玉掂著收腹內褲臉上飛出一團紅雲來。不為啥，就想看姐給我多湊幾回熱鬧！成喜撓了撓頭說，姐一來，我生意就好做！這話不假，天玉是黑王寨的人尖子，她說好的東西別的媳婦都會跟著叫好，其實這話成喜還吞進肚裏一半，成喜喜歡天玉有些日子了，只是這樣的喜歡在黑王寨只能算旁邊人湊熱鬧，真有什麼點非分的想法，那樣只會顯得成喜做人不夠厚道。

光棍兒洗澡

黑王寨有句戲言，叫寡婦洗澡，自摸。

至於光棍洗澡，卻沒個明確說法，沒說法也正常，黑王寨的光棍多唄。

這裏說的光棍，是男的，黑王寨的女人都金貴，所以說那些寡婦沒一個洗澡時是自摸的，想摸的人都排著隊呢。

當然排隊的都是那幫光棍兒，也有不排的，比如德方，德方名字起得頂天立地的，德行方正！人卻沒有方正起來，像根燈草，這樣的男人，在寨子裏不吃香。

男人不光要會下地使喚牛，更要會在床上使喚女人，燈草一般的身板，使喚自己的影子還差不多。

還別真說，德方使喚上自己的影子了。

光天化日之下，德方拖著自己的影子在日頭下行走，那幫光棍兒躲在樹蔭下招手說，德方，一個人晃悠啥呢，樹蔭裏多熱鬧！

德方撇一下嘴，啥叫一個人晃悠？我跟影子一塊熱鬧，跟你們，切，一幫光棍兒！

道士德方不把自己當光棍兒，這話很新鮮，在黑王寨，大凡新鮮點的事兒都自己能長腿跑。

一來二去的，大家都知道德方有伴兒，跟影子作伴，他一作伴兒倒好，愈發沒媒人上門了。

沒媒人上門就沒唄，也沒見德方把日子過得有多苦，烈日炎炎的正午，你打個盹醒來，醒來是因為你聽見狗叫了。狗叫必然有人，黑王寨的狗不善於撒謊，你推開門往外望，準能看見德方頭上冒著油

汗，踩了腳下的影子在寨子裏走，他走得很急，生怕把腳下的影子踩痛了似的。

就有那被吵了瞌睡的人罵上一句，狗日的光棍兒比老子還有精神頭呢！

這樣的精神頭也不是天天有，攔上陰天雨天雪天，德方就沒了人更沒了影。

哪去了呢？其實沒走遠，躲家裏了！

家裏亮著燈，一百瓦的燈泡。德方一會兒站一會兒坐，一會兒躺，一會兒臥，找一個最容易看見自己影子的位置，一男一女的腔調自問自答起來。

下雨了呢，媳婦，委屈一下！

不委屈，不是有哥你陪嗎？

這雨不能老下吧，再下你就霉了！

不霉！有人說心裏話怎叫霉呢？

那可是，不霉！

霉叫啥伴呢，真是的！

有寨子裏長舌婦經過，嚇一跳，神經了不是，自個跟自個說話！話傳到四爺嘴裏，德高望重的四爺使勁一砸煙袋，啥叫神經了？少見多怪！人家這叫顧影自憐，真是婦人之愚。

四爺念過私塾，喜歡四個字四個字從嘴裏往外搬詞語。

這一搬，長舌婦們馬上也顧影自憐起來，狗日的，自家男人還不如德方呢，德方對影子都這麼好，要討上個女人，不定要好到哪兒去！哪像自個男人，使喚得稍不稱心，巴掌皮帶就遞了上來，這麼一顧影自憐吧，往後再看德方的眼光就柔媚了許多。

柔媚歸柔媚，德方的日子還是沒多少起色，一晃就又到了年下，沒起色的德方有點淒惶了。

年下對人來說是很鄭重的，臘月二十四那天，家家戶戶能動不能的，只要能喘口氣的都會洗一個大澡，除去一身的污垢，有錢沒錢，乾乾淨淨過年。

德方當然想乾乾淨淨過一回年，洗澡的事，影子是指望不上的。

一沾水，影子就沒了！

德方就燒了水站在門口發呆，要有個女人幫忙搓搓背就好了。

這念頭剛一冒出來，就有個女人闖進了眼神裏，一個瘋女人，瘋女人可能也聞到了年味，眼光少有的清澈，女人問德方，想什麼呢，大哥？

德方順了口溜出來說，想洗澡！

行啊，我也想洗澡，咱們一起洗？瘋女人拍了一下手。

德方還沉浸在有個女的幫忙搓背的遐想裏，德方恍惚著讓開門說，洗澡可以，那你得幫我搓背！

女人順從著點點頭，兩人就三兩下褪去衣服，跳進澡盆中。

瘋歸瘋，女人搓背還是一板一眼的，搓完背，德方也給女人搓，搓好了，女人身上的女人味就濃了起來，德方忍不住，貪婪地吸了兩口氣。

末了德方閉上眼，從家裏找出老娘活著時留下的一套乾淨衣服遞給女人說，穿上吧，回家去，乾乾淨淨過個年！

家讓女人神情恍惚了一下，女人沒頭沒腦穿上衣服，嘴裏又開始嘟嘟囔囔起來，家，不回！他，打我，皮帶打！

德方眼前就晃過女人被打的影像來，德方眼裏噙著淚，咬了牙，還是把女人一個勁往外推。

女人剛被推出門，德方就回過頭，衝院子裏跪了下來，德方說，媳婦啊，別怪我，我只是想乾乾淨淨過個年！

德方跪著的地方，有他的影子，影子沒說話，但德方還是聽出了

影子的嘆息，一個光棍兒，身上幹不乾淨不要緊，關鍵是心裏要乾淨才行！

一個不相干的人流淚

秀姑發現，娘近來越來越喜歡流眼淚了，先是為相干的人流，比方說為秀姑，秀姑有時跟男人爭了嘴，一個人生悶氣，生著生著，啜泣聲就響了。秀姑嚇一跳，自己明明沒哭啊，側了耳朵一聽，是娘嘴裏吧嗒出來的聲響。

秀姑踮了腳尖進去，娘平躺在床上，眼眶裏的淚是一絲絲的望眼窩外滲。秀姑就又踮了腳尖出來，心裏惱火得不行，這人一過八十眼窩就這麼淺，淺得裝不下一滴淚了。

秀姑是坐堂招的夫，從心裏講，男人還是不錯的，擱了誰，一個老人癱個十年八年不早把她掃地出門了，男人卻沒有，還讓娘睡乾淨的上房，得了閒，男人還會把娘抱到牆根的躺椅上曬太陽。

黑王寨老老少少見了，都伸大拇指衝娘說，您老好福氣，八輩子修來的！

八輩子修來癱床上？這話秀姑娘一想就想歪了，人一老，思想就走了岔道，秀姑娘心裏盤算著，瞧瞧，連不相干的人都嫌自己了，怎就還不死呢？

十年前，秀姑娘剛過七十時差點就死過去了，偏偏就沒死成，沒死成的秀姑娘悠悠醒轉時，重孫子毛孩正哭得呼天搶地的，一邊哭一

邊拿腳跺地，毛孩聽太奶奶說閻王爺是住地底下的，玉皇大帝是住天上的，大概是毛孩跺得閻王心裏躁了，一鬆口，得！秀姑娘又活過勁來了。

那時死了就多好，毛孩的哭感動多少人陪著掉眼淚啊，而那麼多的眼淚，都是為她一個人流的，秀姑娘一度以為，一個人死了，別人為你流淚的多與少是一個人講究的最後一次氣派！

幹嘛那時候不氣氣派派閉了眼呢？

為這事秀姑娘生了毛孩好一陣的氣，只不過沒人曉得罷了。

也是的，一個人心事一重，就沒人能揣透了，秀姑娘生毛孩氣是因為後來毛孩的一句話，那是秀姑娘剛倒床的頭一年，一天，秀姑娘伸出乾枯得像老竹根一個糙的手摸著毛孩的頭問，趕明兒太奶奶死了，你還會跺著腳哭麼？

毛孩歪了歪頭說，不哭了，讓閻王爺帶您去享福！毛孩聽爺爺奶奶口角時發怨氣說，閻王爺收走了那麼多人，怎就不把娘帶走了，這樣活法還不如死了享福呢！

秀姑娘就曉得，大家嫌她是老不死了。

每每到了這，秀姑娘眼窩裏就慢慢沁滿了淚。

再以後，只要寨子裏一響落氣鞭，秀姑娘就會使勁拿手敲床板，癟著嘴，無聲地哭。

秀姑很不解，問娘說，死的一不跟您沾親，二不跟你帶故，您哭個啥？八輩子不相干的人呢。

秀姑娘往往就會攢足一口氣，氣急敗壞說了一句，明明歸我死的，他憑什麼搶我頭裏了？

這話秀姑不愛聽，搞得做兒女的多嫌老人似的。

愛聽不愛聽不打緊，秀姑娘一天比一天渴望死了，早點死好啊，趁著大家只是嫌棄還沒厭惡她，好歹有人圍著她掉幾場淚吧，一個人

要死了沒人哭出點氣氛跟做喜事沒人響幾封鞭是一樣的。

連個捧場的人都沒有，那這輩子不是白活了！

秀姑娘不想白活，一個滿了八十的人要一輩子落個白活的名聲不光自己沒臉見閻王，兒孫也沒臉活人呢，秀姑娘就愈發愛為不相干的人流淚了。

別人看不看見不要緊，老天爺看得見的！

這天，秀姑剛和男人把娘搬到牆角，北坡崖那邊響起了落氣鞭。

一般人都曉得，北坡崖住著幾個孤寡老人，男人是村會計，望了望秀姑，秀姑說你去吧，待會我就來燒紙，寨子裏有規矩，老了人，村會計必須出面牽頭的。

秀姑娘扳著指頭算了一下，北坡崖就剩於老貴和張四婆，四婆身板還硬的，昨天陪自己曬過太陽，多半就是於老貴了。

於老貴名字取得響亮，可到老也沒貴氣過一回。

怎麼也得讓於老貴貴氣一回吧！

這是人最後在世上的一點風光！秀姑娘想到這兒就開始一點一點攢力氣，她要等於老貴的棺木經過自己屋場時好好為於老貴哭一場。

最好是能哭出響來，淚飛頓作傾盆雨她是做不到了，但她可以讓淚一點一點在空氣中擴散，擴散成水分子，總有一粒水分子會附在於老貴身上，帶到陰間去，那樣於老貴就不會在黃泉路上孤孤單單了。

眼窩裏沁滿淚的秀姑娘就那麼靜靜地躺著，秋風過處，一片梧桐葉搖了搖身子，沒落下來。

要是有一場雨，這葉子還可以在樹上多待幾天的，秀姑娘腦海裏迷迷糊糊地想，想完又覺得對不起於老貴，這麼重要的時候怎能分心呢？該死！秀姑娘罵了自己一句，既然給於老貴捧場，就要不帶一點假的，這麼一想吧，於老貴在世的千般好就過電影樣在眼前了。

要不是那一聲淒涼的嗩吶響起，秀姑娘會把這場電影過完的，嗩

吶一響，秀姑娘的眼淚就開始往外漫，秀姑男人雖說五十多了，可他耳朵還尖，他明明白白聽見一聲熟悉不過的啊啊聲從嗩吶聲裏彈了出來，等他再仔細尋找時，卻沒了踪影。

這當兒，有人氣喘吁吁來給他報信，說他娘哭岔了氣，剛剛上了路！

男人怔了一下，心說，這於老貴，死了還不忘邀上一個伴！回頭去找秀姑時，一片發黃的梧桐葉正緩緩飄落下來，那落葉不知怎的，竟砸了給他報信人一個趔趄。

那人一下子傷心起來，邊抹淚邊說，你娘，也苦呢！

男人心裏煩躁躁的，苦不苦我能不曉得，為一個不相干的人流什麼淚呢，你也真是的！

閨女總歸是門親

自打嫂子過了門，馬蘭就發現，娘一點兒也不像娘了。

先前吧，娘嗓門大得可以振動屋頂上的茅草，現在不了，現在娘說話細聲細氣的，像家裏剛學會打鳴的那隻小公雞，不同的是，小公雞是奶聲奶氣的。

其實，馬蘭自己還是奶聲奶氣的一個娃呢，在黑王寨，沒過十二歲娃的都叫奶娃，大人訓他們時往往眼一瞪，嘴一撇，奶毛都沒乾的娃！曉得個啥？

但馬蘭這回硬是曉得，娘不像娘了。

　　娘對嫂子那份客氣，馬蘭懂，新接的媳婦三天香嘛，馬蘭聽寨子裏人說過無數遍，可娘怎好端端對自己也客氣了呢？

　　就說嫂子過門那天吧，娘把馬蘭叫到一邊，先是給了她一把糖，跟著娘還蹲下身子，估摸著娘兒倆一般高了，娘才說，馬蘭唉，娘今兒求你一件事！

　　啥事輪著娘求自己啊！馬蘭剝了顆糖塞進嘴裏，感覺不是一般的甜，馬蘭就含含混混說，啥事啊，娘？

　　娘就很鄭重地指了指新房的婚床說，待會嫂子進門前，你千萬別坐到床上去啊！

　　馬蘭說，我才不坐呢，不就多了兩隻水鳥在床上面，誰稀罕啊！馬蘭不知道那對水鳥叫鴛鴦。

　　不坐最好，不坐最好！娘噓了口氣，寨子裏風俗，新床要有女的先坐了，兩口子不能到白頭的，當然牽親婆婆可以坐，睡都可以的，牽親婆婆一般都是夫妻團圓兒女雙全的女人才能擔任的，這樣的女人把新娘隨便一牽，就能牽出個美滿幸福的人家，誰個不想啊！

　　噓完氣，娘想了想，又衝馬蘭說，待會兒，嫂子要是跨門檻，你記得給掀門簾兒啊！

　　憑什麼要我掀？馬蘭口裏的糖化了一半，掀門簾，在過去是丫環做的事兒呢！馬蘭不想當丫環。

　　娘說，丫環掀，丫環能有紅包得？

　　馬蘭眼一亮，掀門簾嫂子還給紅包？

　　娘使勁點頭，摸了一把她的後腦勺，沒紅包我捨得叫你巴巴在那守著啊！

　　娘這話說得很體己人，以前娘才不呢，以前馬蘭要敢強嘴，娘會拿著掃帚追她圍著院子竄好幾圈的。別看娘是醫家的人，對外人親熱，對馬蘭卻狠得要命。

嫂子在嗩吶聲中進門了，大哥背的，進了堂屋，跳完火盆拜了天地，嫂子順著鋪的紅紙走到新房門前，馬蘭急忙掀門簾兒，嫂子的紅繡鞋從門檻上唰就邁了過去。

紅！紅！紅！馬蘭見嫂子都邁進新房了，紅包還沒到手，一著急，連喊了三聲紅，那個包硬是沒急出來。

一屋人哄笑起來，紅好，紅好，多好的彩頭！

那一回馬蘭不光從嫂子手裏得了紅包，還從娘那兒得了一瓶擦臉的香。

娘說你該擦擦香了呢！

馬蘭的臉一向像個花貓子，這麼香的東西擦臉上，糟蹋了呢。

娘捧起馬蘭的臉，說什麼花貓子臉，一擦，保險比畫上畫的還好看！娘的客氣就打那會兒開始了。

再一回客氣，也還與嫂子有關。

大哥結婚一年後分的家，分家那天，馬蘭正睡懶覺，娘在床前叫，說馬蘭你起來，待會走親戚去！

馬蘭一聽走親戚，麻溜爬起來，洗臉，穿衣服，擦香，還梳了兩條溜光小辮，打扮停當了，卻沒見爹回來，問娘，娘說上街置辦禮物去了。

爹這一置辦吧，直到中午才回來，馬蘭有點惱了，都中午了，還怎麼走親戚？

娘笑著說這親戚近，不要老早就動身的。

馬蘭就扳著指頭算，最近的親戚也在山腳下，要走小半天的。

娘就點了馬蘭一額頭，這回的親戚啊，近，近得腿一抬就到了！完了衝隔牆呶了呶嘴，隔牆住的是大哥大嫂，昨天晚上還一起吃的飯呢，今天就成親戚了？

娘見馬蘭不大明白，娘就笑，哥嫂今天單開火，接我們去踩門呢！

　　這門還要踩啊，閉上眼馬蘭也能踩個千八百回的，爹娘更不用說了，自己親手壘的房子夯的地，哪塊磚頭沒過手過腳啊！

　　是要踩的，你二哥在學校，你今天是主角呢！

　　我是主角？馬蘭不相信。

　　不信也不由她，居然，一步之遙的一道門，一進去，馬蘭受到哥嫂隆重的款待，哥給搬的椅子，還用袖口在椅子上蹭了又蹭，嫂子給沖的糖水，拿嘴在上面吹了又吹，一個怕髒著了她，一個怕燙著了她！

　　馬蘭老大的不自在，拿眼看娘，娘卻不看她，兩眼圈紅紅的。

　　爹忤了娘一胳膊肘子說，高高興興的分個家，你眼紅個啥，這叫枝繁葉茂，懂不？

　　哥撓了撓頭，雖說這人大分家，可我們還在您眼皮底下，枝枝丫丫連著的，能分多遠您？娘您也真是的！

　　嫂子拿眼色瞪了瞪哥，說，你曉得啥，娘給馬蘭想的遠著呢！

　　替馬蘭想的遠？哥一怔，沒悟過來。

　　是啊，閨女總歸是門親！今兒是馬蘭主角你忘了？嫂子說完話就拿手揉眼睛，邊揉邊往門外張望著，娘拿衣裳揩了揩眼，也站起來和嫂子一起瞅著門外邊，嘴裏自言自語著，按說也該來了啊！

　　馬蘭心說我不是主角嗎，我不是來了嗎？可瞧嫂子和娘那陣勢，還有重要客人呢。馬蘭就從椅子上溜下來，打嫂子和娘的身子中間擠出小腦袋往外瞅。

　　遠遠的，老老少少幾個人有說有笑地走過來，為首的那個女人，眉眼裏有八分是嫂子的影子呢！馬蘭剛想回頭印證一下，嫂子已雀兒般撲出了門，遠遠衝那人叫了聲娘，那聲娘叫的好親惶！

老五看見的女人

在黑王寨，一個男人如果過了四十，還沒女人攏身的話，那他這輩子算是白活了！黑王寨裏除了水金貴，就數女人金貴，四十歲的寡婦坐堂招夫，三十歲以上的光棍可以排著隊就人家挑。

沒辦法，女人本來就少，加上這年月，好多女孩子出去打工，一打就沒了音訊。一來二去的，連女人的聲音都貴氣得不行。

瞎子老五就是快過四十的男人了，跟寨裏別的男人相比，他更值得同情。別的男人吧，找不著媳婦不要緊，可以盯著人家媳婦的臉蛋和胸前瞅，膽子小的也可以偷看人家閨女扭動的腰肢和圓鼓鼓的屁股，老五就不行，一個瞎子，拿鼻子看，還是拿耳朵瞅？

還真讓你說著了，老五看女人，就是拿鼻子看的，結了婚的媳婦和未出嫁的姑娘他只抽一抽鼻子就能曉得個八九不離十。老五瞅女人，也真用耳朵瞅，高矮瘦胖的女人只要入了他的耳他也能猜准七八分。

神了吧，其實也尋常，人瞎心不瞎唄！未出嫁的姑娘身上有股子淡淡的體香，也叫處子香。像槐花，似有若無，結了婚的媳婦身上也香，卻是梔子花的香，沁人肺腑。至於高矮胖瘦，聽腳步和喘息聲就可以端詳，高的走路輕巧，矮的落地沉穩，胖的喘息急促，瘦的出氣悠長。

當然，這些訣竅，老五不會告訴任何人，不告訴人卻並不等於沒有人知道，他的妹子馬玉就知道。

馬玉不是他親妹子，是他娘在世時撿的一個病得奄奄一息的丫頭，居然叫黑王寨的水土給養活了，養活了就養活了吧，這山風一滋潤吧，居然出落得銀盤大臉的招人愛惹人疼的。

　　娘原本存了心思的，如果馬玉長大了，是個八面不受看的醜丫頭，就配給老五。偏偏馬玉面面受人看，好馬配好鞍，娘一狠心，把馬玉許給了山下的人家。

　　老五沒想多的，妹子本就不是寨子裏人。出嫁那天，老五背著妹妹上的花轎，老五一只手要摸索著探路，另一隻手托著妹妹的大腿，妹妹怕掉下來，把個老五脖子摟得很緊，整個胸緊緊貼在老五背上，整個脖子歪在老五鼻子一側。送走妹妹，老五發了好一會呆，娘當時沒在意，以為老五對馬玉特好，心裏捨不得。

　　第二天才發現不對勁，老五居然把被子搬到妹妹睡過的床上，娘才想起來，老五也是個男人呢，雖說瞎了，可身上其他部位不瞎啊！

　　後來老五還養成一個習慣，動不動摸自己脖子，動不動就使勁抽自己鼻子！

　　脖子上有妹妹手臂的清香呢，鼻子裏還殘存著妹妹汗香呢！

　　瞎子老五第一次知道女人身上有那麼多的味道！

　　知道了才更遭人同情，打那以後，老五走過的地方總要響起連綿不絕的嘆息聲。老五知道，嘆息中夾雜著女人的憐憫。

　　男人不嘆息，男人都幸災樂禍的，要是老五不瞎，寨子裏好姑娘一準會跟了老五，老五長的膀大腰圓，在黑王寨，這樣的男人一等一呢。

　　一等一的男人老五在四十歲生日這晚流了淚，四十歲，有福氣的在黑王寨都當爺爺了。自打娘過世後，妹夫給妹妹定了規矩，不許馬玉單獨來看老五。雖說是兄妹，可畢竟不是一根腸子爬出來的，好說不好聽。妹夫這會在外面打工，馬玉不會傻到自己往褲襠裏糊黃泥巴。

　　一個人下了碗長壽麵，老五悶悶地吃，淚開始順眼窩往下滾，一碗麵沒吃完，老五聽見了開門聲。

　　老五的門在夜裏從來不上閂，一個瞎子，人家就是明火執仗打劫他也看不見啥，何況，瞎子有什麼值得打劫的？

門開了又關，居然傳來了上閂的聲音。

老五放下碗，問了聲，誰啊？

卻沒人答話，來人似乎踮著腳尖，幾步躡進了屋，把個手捂在老五嘴上。

很好聞的雪花膏味道一下子擊懵了老五，來人不說話，只把老五往床上拉。

老五聽見了衣服脫離皮膚的聲音，老五的血開始上湧，一定是借種的！

這樣的事在黑王寨不稀奇，有些女的，自個男人不能生育，在外找個男人開後門懷上一個，但那是有規矩的，要付人家一籃子雞蛋。

而且，還有麻煩，假如那男人不知足，看人家姿色尚可，隔三岔五尋上去風流快活也不一定。

老五是個老實人，不會給人添麻煩。這樣一想老五就釋然了，一個瞎子想給人添麻煩也不可能啊，你連是誰都不知道呢！

老五把頭埋了下去，女人就手往他耳朵裏塞了兩個小棉團，老五一點也沒在意。他太激動了，天地一下子沉寂下來。

女人自始至終沒有吭聲，有汗從老五背上胸前冒出來，女人身上的雪花膏味開始被汗水沖淡，老五貪婪地把鼻子嘴巴湊上湊下的嗅，嗅到女人脖子上時，老五忽然停住了，老五豎起了耳朵問，你是誰？

女人沒說話，一把掙開老五，開始急急往身上套衣服。

老五的耳朵轟響起來，什麼也聽不見，老五拚命去掏耳朵，掏出兩個小棉團來。

一陣輕巧的腳步聲迅速跑了出去，風裏傳來梔子花的清香！

老五三步兩步摸到水缸前，一瓢涼水澆在頭頂，老五惡狠狠抽了自己一嘴巴，畜生啊畜生，你老五眼睛瞎了鼻子耳朵沒瞎啊，怎做出豬狗不如的事來？哭聲中，老五腦海中清晰地看見一個熟悉的女人身影。

苦夏

　　一入伏，黑王寨的人都怕熱了起來，最怕熱的男人中，頂數柱子。

　　你只要看見一個人穿著襯衣，穿著大褲衩老遠踢踢踏踏走過來，那人一準是柱子，黑王寨別的男人也光膀子，但上半身或明或暗都有穿過背心的印子，唯有柱子，上半身是一水的白襯衣，發著白光。

　　怕熱是一回事，少穿衣服免得縫補也是一回事，柱子是個單身漢。在黑王寨，沒過三十沒成家的叫單身漢，過了三十還沒成家的就叫光棍漢了。

　　柱子剛過了二十九，離三十就剩一個門檻了，跨了這門檻柱子將步入水深火熱中了，在黑王寨，這樣的日子往往叫苦夏。

　　柱子卻不覺得有多苦，眼下他正背著噴霧器給春香的棉花田裏打藥，紅蜘蛛這玩意，毒著呢，小不點在桃葉上竄上竄下幾回，花就落了，剛坐的伏桃就掉了。

　　春香幫著挑水，一擔水可以打兩桶藥，這樣不誤工。汗，劈點子從大頭身上往下滾，柱子沒理會，想理會他也騰不出手來，他一手握搖桿，一手晃噴槍，白花花的藥霧罩著他，春香的眼光也罩著他，這點他心裏明鏡似的。汗冒著，柱子的心思卻滾到春香身上了，春香穿著長衣長褲，汗水在她身上乾了再濕，濕了又乾，該挺的地方挺，該凹的地方凹，那汗珠一定全滾到凹裏去了，柱頭想。

　　這樣好的女人，他男人怎說不要就不要了？還罵她紅蜘蛛托的生，不就是懷了個毛毛沒保住嗎，換誰也保不住啊，黑王寨有哪個女人牛一樣在地裏死做啊，也就春香，挺著大肚子打藥，棉花桃是坐住了，可肚子裏的毛毛沒能坐得住，掉了。

真是的！柱子喉嚨裏響了一下，口乾了。

春香心思密，拎了瓦罐過去，倒滿一碗，端著送到柱子嘴邊，柱子仰了頭，碗一傾，就聽咕隆咕隆一連串的響，水順柱子喉嚨下去了。

春香順著柱子喉嚨往裏望，心說，要能望見柱子的心就好了。

知道柱子心裏想啥，自己可以趁早拿主意。

自打被男人甩了後，春香再看男人，總覺得有點拿不住。

柱子為自己跑前跑後的忙，圖個啥呢？女人是一滿碗水，潑一次就收不回來了，離了婚的女人要再潑一次，連碗都沒了，春香覺得自己眼下就是只空碗了。

沒水潑不打緊，但首先不能讓自己這只碗就碎了吧。

打了這桶藥，露水也該上來了，我回去燒飯，等你吃！春香抬頭往西邊望一眼說。

柱子停下手，騰出來在額頭擦把汗，說飯就不吃了，我得回去洗澡的。

幹嘛不吃啊，我可不想背個剋削人的罵名，春香笑，你洗澡完了來吧，我等你！春香把等你兩個字咬得很重。

剋削，多大點事？柱子往上抖了一抖背後的藥桶，上面的背帶勒進肩膀上的肉裏了。

狗日的，它也想吃肉呢！柱子開了句玩笑。

春香臉一紅，吃肉在黑王寨男人嘴裏是另有所指的。

它想吃肉，未必你不想吃肉？春香就著柱子嘴接了一句。

柱子臉一下子紅到胸脯上，剛才嘴邊漏下的幾滴水珠正趴在那兒，柱子結結巴巴地，春，春香妹子，我，不是，真不是，想佔你便宜的！

知道！春香把毛巾從肩上扯下來，橫搭在柱子兩邊肩頭，塞進藥桶背帶下面，塞完春香還笑著在柱子背上擂了一下如釋重負說了句，

這下好，它想吃肉也吃不成了！

春香只顧開著心，沒看到柱子在前面，眼珠子一下暗了許多。

香蔥炒雞蛋，臘肉煎粑粑，外加苦瓜拌青椒，春香手腳麻利幹完這些，夜色就蓋了下來。

柱子還沒回來，春香不急，夜色蓋得越緊越好，夜色是容易撩撥人的，自打和男人離婚後，春香才曉得了夜色會撩撥人，要是柱子喝上兩杯酒，酒勁一上來，別說吃肉，柱子吃了她她也會願意。

一個人的日子，苦啊！苦夏有多苦，一個人的日子就會有多苦。

柱子也一定夠苦了！那條褲衩都毀得看不清顏色了。

柱子的皮膚是古銅色，在燈光下會是什麼顏色呢？春香心裏潮潮的，待會一定就著酒勁好好看一看。

看一看能有多大個損失呢？看一看是不會打碎自己的！

踢踢踏踏聲踢碎夜色，在春香腦子中清晰起來，是柱子！

春香幾乎是小跑著拉開門迎上去的，迎上去，卻呆了。柱子居然穿著長衣長褲立在門口，古銅色的皮膚，藏裏面了，柱子的心呢，藏更深處了。

春香口氣軟了半截說，進來坐啊，酒菜都涼了！

柱子搓了一下手，說不了，我吃過了。

春香冷冷一笑說，吃過了，水泡飯吧！

柱子就扎下頭，不說話了。

春香賭氣起來，我這裏有你想吃的肉呢，怎了，不敢下口，還是怕腥？

柱子往後退一步，把毛巾遞給春香，說，苦夏呢，日子長著，這毛巾你收回吧！

春香忘了自己給柱子塞毛巾時說的話，「這下好，它想吃肉也吃不成了！」春香看也不看毛巾，心說，有這麼不解風情的男人嗎？喔

嘟一聲閂了門，跟著就門裏面傳出了碗碎的聲音。

春香只聽見自己弄出的聲響，一點也沒聽見柱子在外面癱坐在地上的哭喊聲，你為啥不收回毛巾啊，收了它，我才敢進你家的門啊。

黑王寨的規矩，女人送毛巾給男人，是堵男人的嘴呢，堵了嘴也就堵了心，春香只顧心疼柱子的肩頭被勒出肉槽，一點也沒想起這個流傳了多年的風土人情。

丟魂

春香衣服解到一半時，心沒由地一慌，說，不對，外面有腳步聲，你聽！

朱五正把個頭拱在春香小肚子上，他聽見的，除了春香急促的心跳就是自己一長一短的喘息了。

鬼毛都沒有一個呢，你擔心啥？

春香受不了朱五在身上拱來拱去的，身子一熱頭腦也熱了，衣服就三二把扯了下來。

鑽進被窩時，春香又問了一句，你肯定她們娘兒倆不回來？

朱五說，回來，這黑的夜，除非她的生魂跑回來。

春香咬了朱五耳朵一下，那你不得天天給她喊魂啊！

我喊！我喊得你失魂落魄的，信不？朱五嬉笑著把手探上春香裸露的白條子魚般的潤滑肚皮。

新媳婦的肚皮就是不一樣，哪像自己婆娘，出了一窯貨，肚皮就

鬆鬆垮垮的了，沒半點彈性。

　　黑王寨的人喜歡把生孩子叫出了一窯貨，春香只不過是個二婚的新媳婦，但沒生過孩子，所以也可以劃在新媳婦之列。

　　風起得大了些，把兩人的喘息聲刮得老遠，再遠柱子也聽不見。

　　光棍柱子成了春蘭的第二個男人，他正月間出門打工去了，家裏就剩下瞎婆婆和春香。

　　做完事，躡手躡腳回了屋，春香發現，瞎婆婆屋裏還亮著燈，春香沒敢攏屋，亮就亮吧，反正要不了幾度電錢，人瞎了，點再多的燈又能看見啥？

　　春香無聲地笑了一下，躺下，朱五身上的氣味還殘留在身上，她滿足地打了聲呵欠，睡了過去。

　　到底是瘋得狠了，春香第二天醒來時，發現院子裏已有陽光照進門楣了。

　　春香心裏惴惴的，起床迅速擦把臉，弓著腳尖出後門，繞到前門，裝出下了地的樣子衝正給雞摸索著撒食的婆婆說，要割麥了，我今兒趕集給柱子打個電話，讓他回來搶黃糧！

　　婆婆停了手，慢條斯理說，是該回來了，一個人老在外面，魂丟了都不曉得！

　　春香就怔了一下，魂丟了都不曉得，婆婆這是說誰呢？

　　趕集的路上，春香和朱五碰了面，春蘭憂心忡忡的，咱以後還是斷了吧，我這心裏不踏實！

　　朱五不捨得春香白瓷樣的身段，說，人不知鬼不覺的，有啥不踏實的？

　　春香說你不知道，我婆婆無緣無故說什麼魂丟了都不曉得！

　　朱五就嬉笑，她一個瞎子能曉得啥？

　　可春香還是覺得不踏實！

晚上回家時，春香看婆婆，婆婆凹下的眼眶總是那麼深不可測，婆婆說，那隻蘆花雞你吃完飯把它捉出來，我有用！

春香捉了雞給婆婆，婆婆摸索著捉住雞頭，往回一扭，把雞頭壓在翅膀下，使勁在手裏轉了幾圈，然後往地上一放，那隻蘆花雞被懵得失了魂，撲了幾下翅膀，才歪歪斜斜站正身子，一步一晃走到雞籠裏。

婆婆咂了咂嘴，拿耳朵聽雞進了籠，臉上才有了點笑模樣，說，還找得到魂啊，難得，本來我想殺了它給你補身子的！

婆婆說完這話就進了屋，剩下春香一人怔在雞籠那兒發呆。

第二天，朱五又在對面山頭衝春香招手，春香猶豫了一下，過去了，朱五剛要把春香往樹林裏拉，春香說，算了吧，以後咱們不見面了！

朱五才不呢，使了猛勁去抱春香，春蘭沒反抗，任由他抱了自己硬邦邦的身子，臉上冷冷的，沒半點表情。

朱五手探進春香衣服一半時，縮了回來，朱五一臉的無趣說，大白天你失了魂啊！然後悻悻地走了。

春香臉上才還了陽般，有了正常人的顏色。

柱子是趕在麥收前回來的，瞎娘忽然就倒了床，還啞了口，臨嚥最後一口氣時，春香看見婆婆把一根手指先指向對面的山頭，跟著又指了指自己家，頭一歪，手就垂了下來。

對面山頭有啥呢？春香的心無端地揪了起來。

柱子不說話，只是跪下去，拚命給娘磕頭，完了，把娘埋在了對面山頭。

對面山頭是朱五的屋場和自留地，當過村主任一貫爭強好勝的朱五這次讓了步，沒為難柱子。

柱子很奇怪，說，朱五失了魂吧，居然，沒跟我們叫勁？

春香輕描淡寫說了一句，死人大過天！他不失魂又能怎麼樣？

　　春香是在給瞎娘燒三年滿孝時有的喜，春香給婆婆燒了紙，說，婆婆你魂靈在天多多保佑我們，讓我們也好有個後！柱子在一邊笑，說，春香你這是迷信呢，要是娘真有魂靈，她也該投胎重新做人了！

　　笑歸笑，隔月春香就有了喜。

　　有了喜的春香小肚子上現在經常遊走著一隻手，還有一個人的頭也動不動的就在那兒拱上一番。

　　手和頭的主人，是柱子。

　　春香有時會嘆口長氣一想，柱子這麼好的人，怎當時還覺得不如朱五呢？丟了魂呢，那是！

見老

　　老丁是個不見老的人。

　　在黑王寨，不見老的人只有石頭，河裏的水嘩嘩地流，石頭卻一直老模老樣呆那不動，老丁倒是在動，但怎麼動也就五六十歲的樣兒。

　　不見老的老丁不光會花活還是個吹鼓手，專門給人坐喪的吹鼓手，這樣的吹鼓手總給人不喜慶的感覺，但老丁自己把日子過得很喜慶，常常騎一輛彎樑小輕騎在寨前寨後竄，寨裏有那嘴巴刻薄的人見了，打聲招呼說，老丁叔，您這是恨人不死啊！

　　也是的，在老丁嘴裏不知道送過多少老人上山了。

　　老丁坐喪鼓，坐得自己都不好意思了，有多少明明該走在老丁後面的，偏偏要老丁唱著喪歌送別人最後一程，有時一通宵喪鼓坐完，

老丁會使勁在自己眉頭和臉上搓一把。

那皺紋怎就不加深呢！

加深的是他口袋的錢，寨裏人都曉得，老丁有錢歸有錢，卻一分也不現婆娘的眼。

婆娘是個上不了檯面的人，一個有同情心的人，是不肯多看她一眼的，老丁當然有同情心，而且有很大的同情心。

婆娘就成一件擺設了。

這也是老丁坐喪鼓格外賣力的原因。

一般人坐喪鼓，簡單，天黑開場，一人唱前半夜，一人唱後半夜，從亡者的生唱到死，唱出亡者在世的千般好來，可孝子賢孫卻不覺一點好，昏昏沉沉地靠在牆上，耳朵伊伊呀呀的不明所以。

到了老丁名下，可能是送的人太多，一回加一點內容，一回弄點玩頭，居然形成一個程序，整出八個步驟來。

從開場，唱歌，叫碗子，開爐，奠酒，招魂，轉陽，到送神把個亡者天堂之路安排得停停當當，這其間，孝子賢孫是不得閒的，要配合！當然主要是看新鮮，喪事在鄉下是不亞於婚嫁的大事，得隆重，得講究，得有說法。

比方說叫碗子，是請亡人吃飯。

比方說開爐，是為了壓陰氣。

一點做得不周正，喪家就會不開心。

死人大過天！這話在黑王寨傳了至少好幾百年。

這一回，寨上死的是老書記，老書記兒子在外地做事，看樣子日子過得瓷實，請老丁時就一句話，只要您老唱得到位，過場走得好，我爹走得順當，工錢雙倍！

雙倍，這在黑王寨屬破例呢，老丁自然也就破了例，唱得淒涼而哀怨，婉轉而動容，其悲傷之情自喉嚨自胸腔一分一分往外漫。

整個夜晚，黑王寨就籠罩在這悲聲之中，有點秋風秋雨愁煞人的味道！

婆娘是來給老丁送禦寒的棉大衣時聽見這悲歌的，聽見了就怔了一下，狗日的老丁自己的爹過世時都沒唱出一絲哭腔來，這回倒好，字字帶血句句帶淚呢。

婆娘忿忿然夾了大衣回去了，親情溫暖不了的人，讓錢暖他身子去吧！

老丁的嗓子是在後半夜唱破的，因為投入，就有點悲從中來的意味，招魂時他剛淒淒切切叫了聲，回來喲，跟我走橋過路喲，就塌了氣！

怎麼能在這麼緊要關頭塌氣呢？招不了魂的人是轉不了陽的，書記兒子臉上寫滿了不悅。

老丁腆著臉喝口熱茶，再提氣，強逼著自己啞著嗓子把過場勉勉強強走完，人卻沒了半點精神。

書記兒子沒食言，錢給了雙份，老丁捏著雙份錢騎上彎梁車氣憤憤往家趕，狗日的死婆娘，棉衣都不曉得送！回去看老子怎麼收拾你。

因為帶了氣，老丁就騎得不像平日樣四平八穩，在一處石坎上巔了起來。

結果是，老丁結結實實躺在了地上，躺下時，他明明白白看見老書記在前面衝他招了招手，莫不是老書記的魂真沒招走？老丁臉上一下子失了血色。

人是被婆娘扶回去的！

請醫生看了，說是熬夜熬得很了，人有點虛脫。調養了一個月，老丁再出門，寨子裏老老少少見了，嚇一跳，說，老丁叔，怎這麼見老啊！

老丁自己也嚇一跳，拿手在眉頭和臉上使勁揉，卻沒半點感覺。

真老了呢，連手勁都沒有了！

老丁快快坐上一塊石頭，一股陰冷之氣襲上來，老丁打了個寒顫，悲悲切切唱了起來。

唱的是招魂那一齣，只有招了魂才好轉陽的！老丁想。

心硬

能做撿生婆的女人，大都心硬，心腸軟一點的，做不了這個活路。你想啊，產婦死去活來的叫喊，比鬼哭狼嚎差不了多少，剛露頭孩子柔弱無助的掙扎在血水中，光這場景，想想都怕，還別說動上手了。早先的臍帶子，都用牙咬，說用剪刀容易得臍帶風，四姑婆就是這樣一個心硬的人。在黑王寨，大大小小扳著指頭點一遍試試，有幾個不是四婆從他娘胯下生拖硬拽弄出來的。

四姑婆的心硬，硬得很有人情，走到哪兒歇個腳串個門，總有一碗糖水奉上來。

誰個不生男生女，誰家不指望四姑婆呢？但自打小露出生後，四姑婆卻成了誰也指望不上的人了，四姑婆人沒老眼也沒花，卻金盆洗了手，任誰多大的面子，多大的人情，都請不動一步。

為啥呢？四姑婆是有苦衷的。

接生小露時，四姑婆費了九牛二虎之力，小露是盤胎生，臍帶全纏孩子頸上了，四姑婆把個小人兒倒提著，使勁在屁股上拍兩巴掌，小人兒卻沒哭的意思。

　　寨子裏有個說法，生孩子要是不哭，大不吉呢。

　　四姑婆就狠了心，拿起別在袖子上的銀針，衝小人兒手指扎了一下。

　　十指連心，總要哭一聲吧。

　　偏偏小人兒只咧了咧嘴，一星半點淚光也沒現。

　　這孩子，心硬，只怕養了也白養！四姑婆洗淨了手衝兩個幫忙掐腰的婆子說，我這碗飯吃上頭了！

　　四姑婆幹這一行有忌諱，碰上不哭的孩子，再弄這營生，會失手的。

　　別的營生可以失手，生孩子的營生，人命關天呢！四姑婆當天晚上就及時戒了煙和茶。

　　在黑王寨，煙和茶是一筆不小的開支，受用得起這兩樣的女人，除了接生婆就是媒婆。

　　小露心硬的傳說就一下子被山風吹到了各個角落。

　　說是養了也白養，卻不見得，小露倒潑皮勤快，不病不災就長個長身體了，就是有一宗，不見眼淚，也不長話語。

　　娘的掃帚動不動就飛到她身上，你個討債鬼，怎不曉得嚎一聲，養你這麼大，哭聲娘都不會！

　　哭一聲，是指望家裏有點生氣呢！小露爹是個啞巴，娘一人進進出出沒個應聲的，怕了這無邊的寂寞。

　　小露任掃帚落在背上，屁股上，腿上，不哭，只拿眼定定看著娘，看得娘心裏虛了，手裏軟了，然後抱上她痛哭一場。

　　娘心裏還是疼小露的！可疼有什麼用，白養的孩子呢，連哭都不會！

　　那天四姑婆來串門，問小露娘，這孩子，聽話麼？

　　娘的眼淚就嘩嘩下來了，可強了，非得要上高中，一個女娃娃，

認得名字算得帳就行了，念那麼多書能飛啊！

就能飛！小露忽然搭了言，你沒聽說啊，山窩飛出金鳳凰。

娘惱了，你先等老娘這把骨頭飛進黃土再說！

小露看一眼娘，不說話，出門給她爹送茶水去了。

四姑婆就嘆氣，這娃的福你怕享不上了！

小露娘一撇嘴，指望享她的福，哪天我跟她爹死了她要能掉一滴淚下來就是天大的福了！

小露最終沒念上高中，在娘的掃帚把飛舞中小露進了城，啞巴爹送她去的，在醫院，啞巴爹用賣血的錢送她進了一家工廠。

爹走的時候，小露站在廠門口，使勁揉眼睛，揉得通紅通紅的，卻乾巴巴沒一點水分。

小露自言自語說，我真是鐵石心腸不成？

鐵石心腸的小露一轉身，又走進了學校，原來，血也可以賣錢的，小露就一咬牙一狠心走上了賣血求學的道路。

啞巴爹要死時，小露正高考，寨裏人找到了小露時，小露連頭都沒回一下，面無表情進了考場！

兩個寨裏出來給信的人面面相覷著，這娃，是真心硬呢，虧她爹賣了血供她念書！

小露不知道，這麼多年來，啞巴爹每月都要替她往學校交一筆錢。

不然的話，啞巴是可以多活幾年的！

小露剛展了翅膀，她爹倒先把一把骨頭飛進了黃土。

小露回家時，她娘不讓她進家門。

娘說啥時在你爹墳上擠出一滴淚來，啥時你進這個門，你爹抽出去的血夠換你一滴淚的！

小露是跪著去爹的墳的，小露知道，那個只會用眼神給她微笑的男人永遠走了。

　　小露開始咿咿啊啊地哭，鼻子也一陣一陣發酸，可眼裏依然乾乾的。

　　這當兒四姑婆來了，四姑婆心也硬，硬得有人情的四姑婆教給小露一個法子，說，小露你把淚腺通通，沒準是淚腺給塞住了，當年四姑婆也沒淚呢，就這麼給搗弄出來的，小露這才曉得在人眼睛的兩個內角處，各有針尖大的一個孔，用豬背上的毛捅穿了，會有淚流出來的。

　　一個人，怎麼可以沒有淚呢！四姑婆說。

　　小露就依四姑婆說的，用四姑婆給的豬毛往淚腺裏捅，四姑婆交代說，不要捅得太深，會傷了眼睛的。

　　小露小心翼翼捅，感覺捅穿了，都能從淚腺往外透氣了，可淚水呢，依然不見一滴。

　　小露眼前出現啞巴爹在醫院伸出乾瘦胳膊的情景，那根銀亮的針管扎進去，多少血水湧出來啊！對了，針！小露臉色一凝，起身猛一把從四姑婆袖子上抽出了那張從不離身的銀針，使勁對著一隻眼睛扎了進去。

　　這一回，有淚湧了出來，居然有顏有色的，紅的是血，黑的自然是瞳仁裏的黑水了！

　　四姑婆嘆口氣，這娃，怎這麼心硬呢！一向不怎麼落淚的四姑婆眼裏一下子盈滿了淚，啞巴是有福的人呢，這閨女沒白養！

福臨門

　　小桂是在半夜裏被一陣撲稜撲稜的聲音給弄醒的，揉了揉眼睛，小桂的第一個反應就是房間進了老鼠，在黑王寨這樣的鄉下，老鼠跟人一點也不陌生，特別是大姑娘的閨房，老鼠就更愛來串門了。

　　大姑娘的房間裏，哪個不是香噴噴的啊，加上女孩子愛貪個零嘴啥的，更惹老鼠了！

　　開了燈，小桂學了一聲貓叫，卻不管用，撲稜撲稜聲居然來自房間的頂棚。小桂一抬頭，媽也，啥時候房間裏飛進了兩隻蝙蝠來。

　　蝙蝠在黑王寨，也叫燕老鼠，意思是像燕子一樣會飛的老鼠。

　　兩隻蝙蝠果然就燕子般靈巧地在房間盤旋，找不到落腳點也找不到出路的那種盤旋。

　　擾人清夢的傢伙，打不死你才怪！小桂順手操起一根頂桿來，在房間追著蝙蝠打，卻打不著，兩隻蝙蝠像蝴蝶般在頂桿上下翻飛著。

　　打鬧聲驚醒了小桂的娘，娘打了個呵欠，趿上鞋，把頭探進房來，老大不小的姑娘了，半夜起來瘋瘋癲癲的，鬧啥？不怕傳出去找不著婆家！

　　小桂二十一了，還沒個提親的上門，娘有些著急呢。小桂不著急，小桂說，找不著婆家我就坐堂招夫哇！

　　娘嗔了小桂一眼，還不快點睡去，瞎嚼個啥？

　　睡不著，有蝙蝠，等我打死它們了就睡踏實了！小桂說。

　　什麼？蝙蝠！哪兒？娘一下子呵欠沒了，眼光賊亮賊亮地在房間掃描起來。

　　喏，那兒呢！小桂一指頂棚角上，剛才鬧著可歡啦，這會倒老實

了！完了操起頂桿爬上床又要去打。

打不得的，乖乖！娘一伸手奪下了頂桿。

有啥打不得？一個燕老鼠還當活寶啊！小桂心裏不服氣。

蝙蝠落定，福氣進門！你還小，不醒事的！娘臉上喜滋滋的。

不就兩隻蝙蝠嗎？小桂不以為然哼出了聲。

娘說小桂你還記得姥姥過八十大壽掛的那副百壽圖嗎？

記得啊！小桂很奇怪，姥姥過八十大壽時鄉里派人專程送了一幅百壽圖，結果姥姥硬是活了百歲才過世。

那圖上就有五隻蝙蝠呢！娘說這是有講究的，叫五福捧壽！

小桂就依稀想起來，真有五隻蝙蝠團團圍著中間那個最大的壽字。想起來歸想起來，小桂還是沒好氣，我又不打算活一百歲，活老了討人嫌的！

那你總想尋個好婆家吧！娘說，古話講了的，禍不單行，福無雙至！放心吧，就這兩天，秀姑準會上咱家的門！

這麼肯定啊？小桂不以為然。當然了，兩隻蝙蝠呢，你以為那麼巧的啊！娘很認真。秀姑是黑王寨最出趟的媒婆，哪家姑娘被她惦記上，一準就掉福窩裏了。

剛才，小桂做夢就夢見秀姑正跟自己搭言呢，所小桂才惱火要打蝙蝠的。

半信半疑送走娘，蝙蝠也靜下來了，小桂的心卻靜不下來，秀姑真要進了門，會給自己找什麼樣的婆家呢？迷迷糊糊想到了日上三竿，小桂還沒起床呢，就聽見了狗叫，莫非秀姑真上門來了？小桂嚇一跳，三下兩下對著鏡子梳了頭，還撲了點粉，門口一看，卻沒半個人影，爹娘早下地了。

小桂有點失望，咬了咬嘴唇，便生火做飯。喲，好香的菜啊！這回狗沒叫，人卻進了屋，小桂一抬頭，真是秀姑呢！

秀姑穿得很齊整，不像要下地的樣兒。

想到昨晚的事，小桂就紅了臉，問秀姑，姑您有事？

沒事，就路過，跟你爹媽說句話！秀姑一邊搭腔一邊拿眼尋小春爹媽。

我爹娘下地了，馬上就回來！小春低眉順眼剛說完，爹娘真就回來了，約好了似的。小春見狀，悄悄退回了房間。

眼裏望著頂棚上那對蝙蝠，心裏卻跳得歡，莫非蝙蝠還真帶福氣進門了？

門虛掩著，小桂明明白白聽見秀姑說，四嫂子，咱家小桂有相宜的人家沒？

沒，沒呢！小桂娘說，秀姑你香腳寬，給小桂留意著啊！他爹，還不倒茶！

秀姑一聽樂了，有倒有一門，就怕小桂瞧不上！

怎瞧不上？我家小桂又不是金枝玉葉，只要人家小夥子不缺胳膊短腿就行！娘也樂了。

小夥子倒不缺胳膊短腿，但眼下缺房子，跟哥嫂一塊住，就怕小桂受不了這份委屈！秀姑喝了一口茶說。

小桂娘楞了一下，這樣啊！

秀姑說要不問問小桂意思再說吧。娘就進來問小桂，小桂紅了臉，只要小夥人品好，兩雙手還怕蓋不起三間屋？

秀姑一聽這話，伸了拇指說，你家小桂能啊！這會挑的挑人樣，不會挑的挑家當！你猜那小夥子是誰啊？

誰？小春娘趕忙問，小桂也支起了耳朵。

馬麥啊，剛從農校進修回來的馬麥啊！秀姑一拍大腿說。

這好的娃，他會看中小桂？小桂娘傻了眼，他家不缺房呢！呵呵，這是馬麥的點子，他讓我這麼對女方說的！秀姑笑了，馬麥說找

媳婦吧，就得找個有主見的，以後在他做事業是個幫手，我可是問遍了寨裏姑娘，一聽沒房好多閨女都搖了頭，就你家小桂沒搖頭，福臨門呢，這是！秀姑話剛落音，兩隻蝙蝠撲稜一下子從小房裏飛出來，燕子般穿繞著倒掛在屋簷下。

秧好一半穀

　　天才麻木亮，秀姑就催男人起床，說我昨夜看了三遍種子呢，有一半破了膛！

　　男人從床上一打挺爬起來，急急忙忙往外走，秀姑說，催死鬼趕來了啊，鞋都不穿！

　　男人說你不知道，這高溫破膛，低溫長芽，要把捂著的穀種散開晾一晾，不然一旦高溫就燒了心，出芽率就低得可憐！

　　秀姑笑，你這會還怕燒心啊，燒了眉毛你也只會在夢中著急吧，指望你怕是廟修好了，和尚老了。

　　男人一聽這話，不慌了，他知道秀姑是個精細人，這穀種她一定晾開了。果然，男人回頭穿上鞋套了衣服出去，谷種全攤得均勻地晾在曬席上，白白的芽嘴兒已鑽了出來。亮晶晶，白瑩瑩的。

　　該把秧田再平一遍了！男人自言自語說了一句。在黑王寨，只有秀姑家平兩遍秧田，一般人家嫌煩，都只用平田板在秧田裏過一遍。

　　平田是個技巧活，也是個力氣活，別人家的婆娘都耐不了這個煩。平田時，須得男女雙方一人一邊將一塊三米長的木板平放在泥巴

上，弓著腰，撅著屁股不歇氣地從田上頭推到田下頭，木板下面有三個方木塊釘著，剛好走出三條槽，可以一次趟出兩個秧廂來。一畝地，最少也得趟四十廂，四十廂，二十趟呢，沒幾個女人吃得消。

但秀姑吃得消，男人當村會計，很多活路都是她張羅的，秀姑有句口頭禪，這年頭，沒幾個人是做死的，辛苦討來快活吃！所以在黑王寨，秀姑一家的日子過得快活，是用汗水浸泡出來的那種快活。

吃了早飯，男人在前，秀姑在後，兩人準備去北坡崖下的沖田，隔壁閒人看見了，故意打張說，喲，今兒才平秧田啊？其實他知道秀姑是跟男人去平二遍秧田的。

秀姑男人老實，就實話實說了，秀姑講了的，秧好一半穀，秧田整得細，秧苗就生得好，產量才會高！

細？高？好？閒人陰陽怪氣地笑了笑，把秧田整細，還不如把婆娘肚里弄細，那裏的苗比啥都管用，比啥產量都高。

這話有由頭，秀姑跟男人結婚都三年了，還沒要孩子。個中緣由，秀姑男人心裏清楚。秀姑說書上講了的，女人最佳生育年齡在二十四至二十八歲之間，眼下她才過了二十四，準備把日子過殷實了，才要孩子的！

孩子光生也不行，還得養，有計算有投資地養，不是黑王寨老輩人嘴裏說的養兒子不算飯錢的那種養。

秀姑在後面聽見了，不生氣，秀姑衝閒人一笑說，那倒也是，同人不同命，這苗也認土地呢，落到瘦處一根苔，落到肥處一棵菜！

閒人聽了這話，不吭聲了，他婆娘自打嫁過來就見天和他打嘴官司，三五天不吵，寨子裏人都覺得稀奇，比看見鴨子抱窩還稀奇！

天天吵，日子就過得窩囊，兩人都不敢一同出門，一個瘦得像釺擔，一個細得像鞭桿。秀姑和她男人，一個個倒豐潤得不行，臉上油光瑩瑩的，水色十足的好，黑王寨的山水其實也養人。

下了田，秀姑一捋袖子跟男人叫起勁來，一趟沒下地，秀姑胃裏一翻，酸水上湧。秀姑要強，衝男人笑笑說，這歇了才幾天啊，人就變嬌氣了！

秀姑說這話是有原因的，年前他們出了幾天門，在縣婦幼醫院聽了幾次課，對孕期知識作了些瞭解，倆人商量好了，打算今年要一個孩子的。開春送肥，她都沒怎麼下過苦力，孩子是大事，得養精蓄銳不是？

男人悶，心裏卻活泛，會不會是有了？

秀姑說，哪這麼巧，想要就有了，你當自己是神仙吹一口氣就能懷上個毛毛？

男人笑，說神仙能趕上我嗎，在黑王寨，誰不知道我有個神仙老婆？

看把你美的！秀姑輕輕拍了拍心口，壓下那股酸水，又低頭弓腰推起了平田板。

二十趟，說說笑笑也就過去了，秀姑胃裏的酸水卻越翻越兇，終於忍不住，哇一聲，吐了！

男人心疼了，把平田板一扛，牽了秀姑往家裏走，剛平過的田，曬一天，明天撒種正好。下午帶秀姑上醫院去檢查檢查，沒準就是一樁喜事呢！

檢查回來，男人眉眼裏全是笑，秀姑真的懷上毛毛了，四十五天了呢！

撒種，上秧水，都是秀姑指導，男人動手。秧苗一天天茁壯起來，秀姑也沒閒著，買了胎教音樂，天天放在身邊聽。

閒人很奇怪，就算是秧好一半穀，沒聽說過不見天的毛毛還能聽音樂！秀姑不跟他解釋，解釋了又能怎的，寨裏人心眼實，只看結果，不注重過程，秀姑想讓事實來告訴他們。

秋收轉眼就到了跟前,秀姑家的稻子佔了苗好加科學管理的光,一畝田硬是比別人多收一兩百斤,這看得見的實惠讓寨子裏人都眼紅得不行。

冬月間,秀姑的兒子也出生了,喜九那天,寨子裏人都見了比鴨子抱窩更大的稀奇,那個剛睜眼沒幾天的毛孩子在襁褓裏一聽見音樂響就會手舞足蹈的,一臉興奮地把個小嘴一張一合地像合著節拍。

媽的!閒人多喝了幾杯喜酒衝秀姑男人含糊不清地說,狗日的,你小子說的沒錯,秧好一半穀,我服了!

光秧好,還不行!秀姑男人衝閒人一笑說,後面還有一句呢?你沒聽說啊!啥,還有一句啥?閒人沒明白話裏的意思。

妻好一半福啊!男人回頭衝閒人擠了擠眼,撇下閒人在那發呆,端起一海碗豬蹄煨冬瓜往秀姑房裏走去。月子裏的女人,餓不得,冷不得,這點男人心裏有數。冷了餓了,他的一半福不就沒了?

送了月亮才算子

閒人端著一瓢穀,嘴裏咯咯咯地喚著雞,像個驕傲的將軍引領著他家大小近百隻雞往合秀的黃豆田裏走。

近百隻雞,一瓢穀,也只有閒人做得出來,雞可是生就的雞扒命,到合秀黃豆田裏不把人家那豆莢連根扒完才怪,扒完了能怎樣,合秀這會兒不在家,等她回來也不好拿雞出氣吧,長了腿的東西,你能拎著綁著?

　　閒人很得意自己這點小聰明。

　　不過，也有人不得意他這點小把戲，誰啊，世旺唄。

　　世旺從北坡崖管水回來，正好撞上，世旺就做仗義執言了，閒人你不像話吧，睜大眼看看，整個黑王寨有你這麼給雞撒食的嗎？

　　閒人使勁拍了一下瓢，瓢底的幾粒秕穀彈了出來，跟著彈出來的是閒人冷調怪樣的聲音，喲，那怎麼給雞撒食啊？把你那套教教我。

　　世旺一下子啞了口，他家的雞走瘟全死光了，連個打鳴的公雞種都沒有了，撒什麼食啊。

　　閒人向來得理不饒人，衝雞使勁跺了一下腳，雞們受了驚，全都撲稜著翅膀往黃豆田深處鑽去了，兄弟你要什麼時間饞雞肉雞蛋了，跟哥打聲招呼，哥請你吃個雞屁股還是捨得的。

　　世旺本想低頭走人的，聽了這話有點打耳朵，世旺就粗著脖子回了一句，是嗎，殺到盆裏才是雞呢！這話你沒聽老輩人講過啊，沒準黃鼠狼，蛇呀老鼠什麼的先下口了呢！

　　閒人也刻薄，聽過，當然聽過，我還聽老輩人講送了月亮才算子呢。

　　殺到盆裏才算雞，送了月亮才算子！這是黑王寨的老話了，意思是說雞殺到盆裏才能說是你的口福，老人被送上山了，才算你養的兒子，月亮暗指老人。

　　世旺沒抬頭，抬頭天上也沒月亮，再者世旺只生了四個閨女，在黑王寨，沒兒子是很傷人自尊的事兒，相當於絕了後呢。

　　在閒人的趾高氣揚的腳步聲中，世旺狠狠盯了那群雞一眼，拎了個土坷垃，準備砸到雞群中去，想一想雞跟自己也沒仇，順手又丟一邊，快快往家裏走。

　　路上，碰見合秀，合秀上鄉里兒子家住了兩天，這會才回來，她那兒子史貴打小就仁義，念完大學招到鄉里做鄉長後，更仁義了。

要攤上這麼個兒子，死了不讓他送上山，也值！世旺在心裏這麼想，想完嚇一跳，給鄉長當爹，折福的事呢。

合秀男人死得早，合秀一沒坐堂招夫，二沒改嫁偷人，硬是把史貴拉扯成了人。倒是世旺為她默默偷出過一身蠻力氣，大凡女人家做不了的活路，都是世旺月亮天裏為她趕的工，世旺女人這點上倒好，不計較男人給合秀賣力氣，可好人不長壽，世旺女人五十歲那年得肺結核，甩下世旺先走了人。先走是福啊！起碼每年自己會到她墳前坐一坐，抽根煙，培圈土，輪到自己上山，只怕連個掛清明吊子的人也沒了，黑王寨的規矩，嫁出去的閨女，潑出去的水。就算閨女有心，每年掛一串吊子燒一把紙錢，她能坐你墳頭陪你說話？女婿不罵閨女有病才怪吧！

看世旺不高興，合秀收住了腳步，怎啦，不待見我回來啊！

待見，待見！世旺急忙搭言。

待見還像個悶頭雞？合秀嗔怪了一句，她喜歡看世旺撒膀子給她趕活時龍精虎神的樣子。

說到雞，倒給世旺提了個醒，世旺嚅了下嘴巴，剛才，閆人的雞又禍害你的黃豆地了呢！

合秀是個細心人，一聽這話就揣出八九不離十來，是不是為雞跟閆人打嘴官司了？

也沒！你看我像喜歡跟人打嘴官司的人嗎？世旺很委屈，我就說了句真話！

還沒？攔閆人那人，準是又拿話戳你痛處了！合秀盯著世旺，你給我說說看，你們到底說些啥？

我，我就說殺到盆裏才是雞！世旺咧開嘴苦笑了一下，他欺負我沒雞屁股吃！

那他一定說送了月亮才算子了，這閆人，狗嘴裏吐不出象牙的，

也難為你像個悶頭雞了！合秀笑了一下。

還笑！世旺擰了一下脖子，事不為你起，我能受這氣嗎？

好好！合秀拿指頭點了一下世旺額頭，事不為我起，事不為我落，我給你受頭行不？

你給我受頭，怎麼受？世旺覺得奇怪。

想不想有個我家史貴那樣的兒子將來送你上山？合秀打了一下忍問世旺。

想也白想啊，可能嗎？世旺擺了擺手，你這不拿我開心嗎！

想就好，我回來就是找你說這事的，史貴說他哥養了我這麼多年，眼下他日子安穩了，要我賣了房子跟他到鄉里享清福去！合秀說。

那關我什麼事啊？你享清福，我受清苦！世旺苦著臉說。

我家史貴仁義你不曉得啊！合秀說，怎被閒人氣得不曉事了呢你？

世旺說我怎麼不曉事？他不仁義你就不會離開黑王寨了！

他仁義我就非得離開黑王寨不可啊？合秀翻了一眼世旺。

你是說？世旺心裏咚地跳了一下，很響。響什麼呢，世旺不敢往下尋思了。

我家史貴說了，除非我在寨上能找個老伴，他就不讓我賣房子下山！合秀拿眼盯著世旺。

世旺心裏一激靈，你是說，我們合，合家過，對不？

不合家，你指望史貴將來不明不白送你上山？他好歹是一鄉之長，做不明不白的事多不仁義啊，真是的！合秀拿腳使勁踩了世旺一下，怎跟木頭似的，說你悶頭雞還高抬你了。

幸福來得太突然，世旺大腦還短著路，其實做木頭也挺好的啊，起碼是實心的，實心人有好報呢，這是。

春分

春分是二貴媳婦，人名，與節氣無關。在鄉下，尤其在黑王寨這樣的鄉下，叫清明叫立秋跟節氣沾邊的名字太多了。鄉下人不可能叫倩啊頤的，那樣叫起來總覺得生分不說還拗人的口。

黑王寨是山裏人家，好多時候你要根據節氣安排農事，一準會遭老輩人笑話的。所以啊，黑王寨的人下種子施肥啥的都比寨子外面遲半個季節，沒多大的依據，但祖祖輩輩人這麼傳下來，莊稼倒也沒少收幾粒。

在黑王寨的媳婦中，春分是比較打眼的一個，一個婦道人家，結了婚不安心養娃，天天抱著書啊報紙和電視過日子，不像話！當然，說這話的都是手裏抱了娃吃奶的媳婦們。

像不像話得二貴說了算，看那樣子，二貴倒對春分很滿意，沒使過一回臉色，而且還樣樣聽春分的。聽春分的結果是，他家第一個用上了自來水，應了古話，扁擔倒了都可以不伸手扶一下。有水吃了，他家的挑水桶就英雄末路了，一副壯志未酬樣歪在豬圈外看著屋簷滴水想心思。

裝自來水是春分的主意，春分屋後有一汪山泉，長年不息地沁出一汪清水來，任多旱的天也未見乾過，春分量出山泉比自家房屋高出許多後，吩咐二貴趕集買回塑料管，二百米長的塑料管，從山泉一直牽到自家廚房水缸口上。用木頭削個木塞，要用就拔開木塞，得，就跟城裏人吃水在一個檔次了。而且他家吃的是山泉，比那廣告上說的有點甜的農夫山泉還要甜幾分，城裏水質有這個好嗎？沒有吧！

討個這樣的媳婦，二貴還會說不像話，誰要說不像話誰來幫二貴

每天挑三擔水試試，黑王寨的吃水要從寨下河裏挑上來，體質差的男人望一望水缸心裏就會發麻。二貴的體質打長成小夥後，就不敢跟水缸較勁。

這天，節氣還沒過春分，二貴就往地裏送肥了，準備沃仔秧田。四喜見了，捂了嘴笑，笑完了不陰不陽問二貴，喲，二貴啊，又聽媳婦指揮啊！今年清明節在二月十八，不用慌的！四喜說這話有講究，古話說了的，二月清明不用慌，三月清明下早秧！

二貴說我家春分講了的，今年打春早，雨水前就該送肥呢！

打春早怎啦，四喜不明白了。

春早節氣往前趕，秋早糧食不睜眼！二貴說這下你該明白了吧.

四喜還是不明白，再早的節氣在黑王寨也不頂用啊，黑王寨季節遲。二貴就解釋說，春分看電視講了的，去年全國都是暖冬，這全球氣溫變暖，咱們種田也不能守著農諺了，該根據氣候下種子催芽的，這不，你看看，我們寨子裏哪年二月不完開過桃花？

四喜四處一看，果然有幾處桃花正探頭探腦在風中展示笑靨呢。

四喜是個固執的人，桃花開了能說明什麼呢？碰巧唄！這年頭，碰巧的事多著呢！但對送肥下種子，四喜不想碰巧，哪有大老爺聽婆娘使喚的，呸，在黑王寨，這是頂頂沒出息的事呢。

二貴在四喜的不屑中走出老遠了，回過頭，見四喜還站那兒跟幾棵桃樹較勁。二貴就好笑，聽婆娘話沒出息，你四喜倒是有出息，出息得到處借錢買種子化肥，這叫過的大老爺們日子？換我早從寨子北坡崖上跳下去了。

北坡崖下有一沖田，二貴的肥就是往那兒送的，別家都用化肥下秧，二貴不，春分說了的，長期使用化肥會導致土地發生板結，酸鹼度失衡，得多送農家肥才對。土地是莊稼人的命根子，可不能忽視的。

整個黑王寨，用農家肥沃仔秧田的，除了二貴已找不出第二家

了，二貴邊下肥邊想春分的話，今年季節往前趕了，莊稼成熟期肯定會短個十天半月的，要趕不上時節，到時候秋風一起，等著收秕穀吧！為這二貴還專門翻了老皇曆，還真是的，今年立秋在陰曆六月二十六，比去年七月十四立秋提前半個多月呢。

這春分，還真沒白看報白讀書呢，訂那麼些報紙不冤，總比把錢打了麻將強，二貴幹得一身的喜氣。送完肥回來，四喜還在桃樹下發呆。

二貴笑，四喜啊，你在等桃花仙子下凡呢，這是？

四喜陰陽怪氣的，仙子，我可沒福等，你家春分才是仙子呢！瞧，春分在苦楝樹下等你呢。

二貴望過去，春分正拎著菊花茶在衝他笑呢，有菊花的清香飄過來，二貴貪婪地吸了吸鼻子，一臉幸福地奔了過去。

狗日的，這春分真是個仙女呢，看二貴那樣兒，過的還真像是神仙日子！四喜眼裏酸酸地望著二貴和春分親親熱熱走了，一回頭，轉身大踏步就往家裏走去，牛欄裏的肥也真該除了，往北坡崖送唄。人閒久了骨頭也會疼的，地不也是一樣嗎，把仔秧田好好翻整兩遍，我四喜也是人，幹嘛不能也過過神仙日子？

四喜邊走邊戀戀不捨地回頭望了一下，剛才，他正準備把借來的種子錢抽幾張出來去麻將桌上顯一下身手的。

一小時後，北坡崖下多了一個顯身手的人，是四喜！

春分陪二貴送二遍肥來，看見四喜，很驚訝，春分故意逗四喜，嘞，你個大老爺們，怎聽我一個外面婆娘的話？

四喜把扁擔往地上一放，我這不也想學學二貴嗎，啥時候扁擔倒了也可以不伸手扶一下！

春分聽了這話望著二貴，二貴做個鬼臉再望了望四喜，三人忍不住哈哈大笑起來，把北坡崖上的桃花笑得一顫一顫地。有風吹過來，把春分的臉映得像早春的桃花。

仁義的狗

在黑王寨，三歲小孩可能不知道村主任是誰，但絕對曉得仁義大伯。

曉得仁義大伯了，自然就曉得仁義大伯家的狗，那是一條讓寨裏人寶貝得不行也羨慕得不行的狗，嚴格地說，狗比人還仁義。

這狗是有故事的，三年前，它救過仁義大伯一家的命，要擱古時，這狗就得叫義犬，可以上地方志，也可以上史書，死了還能立義冢的，多大的榮譽！即便在黑王寨這樣偏塞的地方，也足以口口相傳一輩又一輩人的。

眼下，這狗正和一群小孩兒在寨口的大槐樹下撒歡兒，它一會兒拿嘴拱拱這個孩子的大腿，一會兒用舌頭舔舔那個孩子腳丫，但更多的時候，它把眼睛盯在路口，尾巴豎得高高的，耳朵支得楞楞的。

孩子們都曉得，它這是在等仁義大伯，單等大伯一下車，它的尾巴就會搖得像車輪，耳朵扇得像鐘擺往上撲，拿嘴使勁在仁義大伯身上拱，拿腰身拚命往仁義大伯腿上蹭。

仁義大伯也一準會仁仁義義地笑著蹲下來，把它抱在懷裏，用臉貼著它的頭，用手摸著它的頸親熱一番，還不忘往它嘴裏塞一根火腿腸的。末了，仁義大伯才會站起身給孩子每人一顆糖果或一塊餅幹什麼的，以前趕集回來都是這樣的，何況這一回，仁義大伯可是趕的更遠的集，是省城呢！

掰開指頭數一數，黑王寨五十往上走的人中，有幾個上過省城？大城市呢，要多大有多大，大得黑王寨人有限的想像無法延伸下去。

仁義大伯去省城，是看兒子的，兒子念過幾天書，心野，非得出

去打工，一跑跑到了省城。

出去有什麼好呢，在家千日好，出門一時難！仁義大伯勸也勸了，罵了罵了，可不頂用，有幾個五十歲的人能看得住二十歲的大小子？

這不，曉得出門難了吧，托人從省城帶了口信，要仁義大伯去一趟。

本來仁義大伯想帶上狗一起去的，可他出不起兩個人的車票，狗在仁義大伯眼裏，同人是沒區別的，狠一狠心，仁義大伯在出門前狠狠踢了狗一腳，狗才委屈得不行，沒跟下寨子。往日裏出門，哪次不是仁義大伯背了手走在前面，狗撒著歡跟在後面，有時狗也會衝到前面，翹起一隻腿，撒一泡尿，低頭嗅嗅又扒拉點浮土蓋上，狗這是留記號呢，怕回來迷路。

說到路，路口果然從雜樹林中竄起一股黃煙來，滾著滾著捲到了寨子口。

狗在撲來的塵土中緊閉了嘴，兩眼不錯地盯著車門，它知道，仁義大伯一定會最後一個下車的，他習慣了在任何場合謙讓別人，但這一回，狗的思維沒跟上仁義大伯的步伐，居然是他第一個擠出的車門。

狗沒來得及調整歡迎的儀式呢，仁義大伯就陰沉著臉夾著帆布包踉蹌著往回走，一臉的漠然，任憑狗在後面如何咬他褲腿也沒回一下頭。狗以為，仁義大伯會放下那個帆布包抱著它的頭象徵性親熱一下的。

但是，沒有！連親熱都沒了，那根見面禮火腿腸自然也沒見著，狗有點生氣了，對著帆布包使勁咬了一口，以提醒仁義大伯該對它有所表示的。

這一咬，仁義大伯果然有了表示，他惡狠狠瞪了狗一眼，罵了一句，找死啊！

狗很委屈，我明明是找食，你卻裝糊塗說我找死，我倒要看看，

你帆布包裏裝了什麼，比我還寶貝。

　　彆彆扭扭回了家，一進門，仁義大伯忽然像見了陽光的雪人樣癱在了地上，拚命捶自己的頭，揪自己的頭髮，嘴裏含糊不清地嗚咽著，叫你不出門，非要不聽，這下好，連個屍首也沒落下！哭完了，仁義大伯想起什麼似的，飛快閂上門，把帆布包拉鏈打開，取出兩個紅布包著的東西，一樣是方方正正的紙，上面有紅紅的人頭像，另一樣很奇怪，就一根慘白的圓柱，莫非是新式的火腿腸。

　　只見仁義大伯把那根圓柱放在臉頰上蹭來蹭去不說還放到嘴巴邊嗅了又嗅，末了又用紅布包好，警惕地看了狗一眼，重新裝進帆布包。

　　一定是好吃的東西！仁義大伯向來這樣，好吃的金貴的東西總要放得快不能進嘴了才慢慢地，心有不捨餵進嘴裏，邊吃還邊咂摸不已。

　　狗的口水忍不住流了出來，長長的不斷線的滴到地上。

　　仁義大伯把包放到桌上，轉身尋了柄挖鋤出了門，一會兒，院牆外的樹林裏傳來他吭哧吭哧的刨坑聲。

　　狗這一回沒仁義，它跳上了桌子。

　　那根新式火腿腸卻沒往日的好吃，沒熟，裏面有血腥氣不說還帶著骨節，狗吃完後伸長舌頭尋思，這年月，城裏人也太不仁義了，一根火腿腸還弄得不三不四的。

　　狗是在半瞇著眼被仁義大伯一挖鋤敲在頭上震醒的，被敲懵了的狗張大嘴，舌頭上還沾著一點沒吞進去的骨頭渣子，它眼中的仁義大伯正瘋了般的把挖鋤又一次掄圓了，仁義大伯眼珠子是紅的，脖子上的青筋像蚯蚓般鼓漲著，他一準是瘋了，狗搖搖晃晃爬起來，想湊攏仁義大伯，給他一點安慰。

　　偏偏，又一挖鋤掄在自己頭骨上，狗嘴裏白沫噴出來，白眼翻了幾翻，從喉嚨裏發出不連貫的嗚咽來，它想不通的是，這麼仁義的人，進了回省城怎就不仁義了呢？

　　仁義大伯忽然跪了下來，抱起狗的頭，一任血和白沫濺在自己身上，你太不仁義了，你怎比城裏機器還不仁義呢，我兒被城裏機器吃得只剩了一根手指，你不該連他手指也吃了啊！你是條仁義的狗啊，你該曉得的！

　　狗好像真的曉得了，很仁義地垂下了頭。

頭水奶

　　蹦蹦車把一車人的骨頭都抖得散了架，生貴還是覺得慢，到底是做了爹的人，曉得啥叫歸心似箭了。

　　生貴這次回來，有點開弓沒有回頭箭的意思，走之前，工頭吝得志一副小人得志的嘴臉威脅他，不就生個娃嗎？還請假，告訴你走了就別想再回來，這是工地，不是你家菜園子門，想進就進想出就出的！

　　生貴嚅著嘴巴，又一輩人呢，我當爹了你曉得不？在黑王寨，生娃是最大的事，人活著，不就圖個傳遞香火？

　　吝得志才不管生貴傳不傳香火呢，在工地上他就是一個小菩薩，享受生貴他們的香火，行，回家傳你的香火吧，工地上的規矩你知道的，這個月沒做上頭，工資你別指望了！

　　生貴心裏疼了一下，但做爹的喜悅淹沒了這點疼，不就一個月工資嗎？只當月大了幾回的，鄉下人別的沒有，就有一把子力氣，出出汗對身體還有好處呢！

　　生貴知道，他出這點汗跟媳婦天玉出的那身汗不能比，媳婦生

娃，骨頭縫裏都裂開了，不光流汗，還流血，過了一遍鬼門關，老話怎說的，娘奔死來兒奔生。

　　生貴這會兒一下車，哪兒都不奔，一個勁往寨上家裏奔，好幾個寨裏長輩衝他打招呼說生貴你回來了，生貴你升輩了呢！

　　生貴知道按寨子裏規矩他應該回一句說，搭您的洪福，多了個叫孫子的！但生貴只曉得傻笑了，嘴張著，笑出一臉不遮不藏的幸福。

　　今兒個，喜三呢！生貴從請假到結工錢再搭車緊趕慢趕才趕在了喜三這天回了家。

　　娘卻把他堵在了屋門口。

　　生貴正要往屋裏擠，娘敲了他額頭一下說，先洗把臉，瞧你一身的汗！

　　洗了臉，生貴又要往媳婦屋裏鑽，娘卻端過一瓢水來，生貴這才想起口還真的渴了，咕一通喝了個精光，水從喉嚨吱一聲流進了腸胃。

　　娘不樂意了，說，水是給你照臉的，沒想照你那花花腸子！

　　生貴才想起寨子裏講究來，喜三這天是給媳婦下奶水的日子，有汗的人不能進月房的，照臉是怕走遠門的人身上帶了不乾淨的東西，果然，生貴就著娘的另一瓢水還沒照完臉，娘抽出一條新毛巾使勁在他身前身後各揮了三下，據說，這樣可以趕走孤魂野鬼和夢婆婆，月窩裏的孩子，最惹這三樣東西了！

　　生貴這才換上踏了後幫的拖鞋進了屋，天玉屋裏奶香和尿臊味熏出生貴一臉的滋潤，生貴使勁吸鼻子，說香，真香！

　　天玉笑，說，香你多聞幾下，我可要被熏昏了！

　　生貴腆著臉要去逗兒子，天玉拍了他一巴掌，說，你那糙手，別把兒子嫩生生的皮肉弄傷了。

　　生貴就把嘴貼上兒子露在小被子外的臉蛋上，毛茸茸的小臉蛋讓生貴很受用，難怪老人喜歡叫毛娃子，還真是毛得可愛呢。

親完了兒子，生貴就開始掏錢，邊掏邊問，奶水夠不夠，要不要再去買幾條鯽魚回來下奶。

天玉一撇嘴，等你買了鯽魚回來下奶，兒子只怕早給餓壞了！生貴一聽天玉這口氣就知道娘一準買了鯽魚了。

生貴說，你不知道，為回來看你們娘兒倆，吝得志個王八蛋扣我一個月工錢呢！生貴沒說工頭威脅不讓他回工地的事，那樣天玉會慪氣的，這年頭打工找事不容易，但月窩子起了病更不容易治，生貴是拎得清輕重的人。

天玉剛要接嘴呢，外面響起一個聲音，誰罵我王八蛋呢！我這不給你送工錢來了？跟著門簾掀開，吝得志晃了進來。

生貴一怔，有點不相信自己的眼睛。

果然吝得志手裏捏著一疊錢，吝得志說，生貴兄弟，你走後經理罵我了，說不該剋扣你工資，這不，經理還託我送你一個紅包呢！

經理送自己紅包？打死生貴兩口子都不信，半信半疑打開一看，居然是二千元現金，生貴立馬結結巴巴說，這無功不受祿的，怎好要經理破費呢？

吝得志笑，你媳婦有功啊！

生貴摸不著頭腦，說，跟我媳婦八竿子打不著啊！

吝得志一努嘴，外面走進一穿金戴銀捂得嚴嚴實實的女子來，女子手裏也抱著一個孩子。

女子很客氣，說，大姐，能借一口奶水給我娃兒吃麼？

天玉心說，一口奶水而已，就掀開被子坐起身給那娃兒餵奶。

生貴見吝得志退出門衝自己擠眼睛，曉得裏面有文章，也跟出去了。

吝得志小聲說，知道她是誰麼？

生貴搖頭。

　　吝得志笑笑，說，經理的新夫人呢。

　　生貴說，關我什麼事？

　　吝得志說事大了呢，經理說了，只要你媳婦把奶水分一半餵他的孩子，每月給你媳婦二千元，而且還讓你在工地上管基建。

　　在工地管基建，相當於跟工頭平起平坐了，生貴呼吸一下子急促了許多。

　　經理夫人為了保持身材不想給孩子吃奶，這點生貴知道的，牛奶也吃不成了，裏面有三聚氰胺這點生貴也知道，經理是啥人物，生貴更知道，得罪不起呢！

　　生貴說，我跟天玉商量商量。

　　天玉剛給那孩子餵完奶，感到心裏空得慌，天玉說，非得給他孩子吃奶麼？

　　生貴不敢看天玉，生貴把那疊錢翻來覆去地數。

　　天玉說，我這是頭水奶，雖說有營養，可要供兩個孩子吃，就總有一個飽一個饑的！

　　生貴臉上就有了汗，不敢看自己兒子了。

　　天玉又說，拿了人家的錢就得先管別人孩子飽，你曉得？

　　生貴自然曉得，眼圈立馬就紅了一半。

　　天玉見生貴怎麼都不吭聲，就知道這事板上釘了釘，天玉抹了一把淚說，你曉得就好，欠孩子多少將來還孩子多少，給我使勁掙錢，長大了把娃給供出去，免得娃的娃也被人搶了奶吃。

　　生貴不說話，只是拚命地流淚。

　　生貴想我這淚要能變成頭水奶，該多好！

頂上一朵花

雨剛偷偷喘口氣，還沒歇過勁，二貴就抓了幾捧芝麻裝進小布袋，急趕急扛上犁牽了牛，吆吆喝喝往北坡崖上走。

聽見吆喝聲，春分趕緊餵了豬出來，二貴已經只剩個背影在路的拐彎處了。春分丟了豬水瓢，喊二貴，去哪兒啊你，招呼都不打一個？

二貴回了頭，搶墒呢，還有閒空打招呼？

春分一聽就明白了個大概，北坡崖的棉花苗全被漬死了，連陰雨加山洪，不漬死才怪呢，黑王寨的坡田，都指望靠天收的。真等老天爺一放晴吧，隔天又沒墒了。果然，遠遠近近吆喝牛的聲音在寨子裏響了起來，不用說，都是搶墒去補種的。

搶墒搶墒，種什麼也得有個合計才成啊！春分說，都快當公公的人了，還這麼冒失？

二貴挨了訓，不發脾氣，還笑眯眯地，在居家過日子上，春分就是比二貴會合計一些。春分看了看二貴手裏的小布袋，怎的，打算種芝麻？

不行嗎？二貴笑，芝麻葉，焦焦黃，打花鼓，接花娘！二貴是打算下年給兒子把媳婦接上門呢，做大事，香油可是費得最多的。

行是行，可得看季節啊！春分拿眼扎了一下二貴，沒聽老人說啊，六月種芝麻，頂上一朵花！你打算拿朵花去搾香油啊？

拿花搾香油！二貴沒這份能耐，但二貴嘴上不輸人，沒香油做喜事，一個鄰居都沒有，你糊上大門朝天走！

黑王寨娶媳婦的規矩是桌上得十冷十熱二十個菜，這十冷必須得靠香油涼拌，不拿香油拌涼菜，別說鄰居了，連親戚都會覺得你小視人。

春分說，你不曉得種豆啊，用豆賣了換香油！

二貴沒想到這一轍，摸了摸後腦勺，憨憨地笑了一聲，種豆你有把握？

怎麼沒把握？頭伏芝麻二伏豆，三伏還能種綠豆！眼下不剛入伏嗎？春分說。

二貴說你看農曆了？春分說農曆就在我心裏過，還用看？於是就改種豆了。

種豆得打藥，黑王寨的兔子多，得打三九一一，那藥毒性大。頭一回打藥，二貴差點累趴下，從家裏挑了一擔水上山，打了兩桶藥水，太陽毒，加上藥一熏險些中暑。

春分說，虧你個大老爺們，打點藥還差點累趴下，二回看我的！

二貴說，你別嘴裏說成一朵花，上山了照樣得趴下！

可二回上山打藥，春分不僅沒趴下，反而哼著小曲回了家，手裏還摘了朵不知名的野花頂在頭上，差點把二貴氣趴下。

二貴狐疑地望著春分，藥全打了？

打了啊！春分笑，不打我還喝了不成？

沒唱空城計吧？二貴不相信，那塊地走一遍也得大半天呢，這麼快就回來了，莫非？

放心，我唱空城計，還得兔子依啊！春分眉眼全是得意。

那一準是有野男人幫了忙！二貴突然變了臉，老實說，哪個野男人獻了殷勤？

野男人？春分笑得臉上黑油油的發亮，寨子裏有誰比我拿不出手啊，就你把我看成一朵花！

這倒是事實，春分人長得也不是很差，但粗手大腳也就罷了，還不愛打扮，要不是心思細密，整個就一傻大姐的模樣。

二貴不往野男人身上想了，人卻往北坡崖跑得勤了，地裏的黃豆苗可是正在開花呢。居然，真沒一塊讓兔子糟蹋的，怪了，二貴坐在田邊發了半天呆也沒想出個所以然來。

想不出來就放眼望，看附近的坡田，倒也有幾塊補種芝麻的，苗長得挺旺相。

二貴很眼熱，回家衝春分說，瞧人家二柱的芝麻苗，歡勢得很呢！

歡實是眼面的事，立了秋你再看！春分笑了笑說。

立秋說來就來了，二貴的黃豆開始長莢了，二柱的芝麻才拔節。

其間還是春分打藥，二貴偷偷跟著上了幾回山，才發現春分的竅，原來三九——毒性大，兔子一聞就暈頭，春分打藥，只圍著田邊走一圈，藥的濃度大，兔子早繞道而行了。

而且，這樣的豆子收起來時，農藥殘留少，搶手！

果然，收黃豆那天，二柱也來了，站在田邊不無妒忌衝二貴罵，狗日的二貴，憨人有憨福呢！

啥憨福？二貴咧開嘴笑，手裏不忘揮動鐮刀。

頂上一朵花，還沒福？二柱說，你兒子做大事那天，老子不鬧你家新娘子了！

不鬧新娘子鬧誰？二貴真的有點摸不著邊了。

鬧你家老娘子，沾沾她的喜氣！二柱接了嘴，狗日的真是頂了一朵好花呢，老子們白背了個名譽，六月種芝麻，啥花也沒頂上！

二貴被罵得一臉幸福，看二柱的田，果然，芝麻苗全都旱得縮了水，花苞沒打開就黃了，遠遠地，倒是有朵花開了過來。

是春分，給他送茶水來的！

躲五

　　大鳳在五月初五這天起了個大早，在黑王寨起這麼早的孩子不多見，不是黑王寨的孩子有多懶，而是孩子們都在學校裏住著讀書，不到放假不會回來。

　　難得端午節成了國家法定假日，但孩子們都還在夢鄉裏呢。大鳳起得早是因為大鳳這個星期請了病假，都在家待得發了霉。都是叫那個疥瘡給惹的，大鳳為這事氣得不行，就是得個別的病也行啊！大鳳雖說才念小學二年級，可門門功課都佔第一的，第一個得疥瘡可不是她想要的。

　　大鳳自然就覺得委屈了，她可是最愛乾淨的孩子呢，都怪學校條件差，那麼多孩子擠一屋，不長疥瘡才怪呢！

　　難得在家過個端午，大鳳覺得這總算是不幸中的萬幸。

　　割了艾蒿回來，大鳳就搬了凳子出來，墊在腳下，探著雙手往門楣上插艾蒿，聽媽媽說，五月端午這天插的艾蒿以後煮水洗澡，身上可以不癢的。

　　這疥瘡可讓她癢得難受呢！

　　插完艾蒿，大鳳就去媽媽床上抽絲線，媽媽床頭拴了各種顏色的絲線，據說用處大著呢！比如說今天吧，往年的今天，媽媽會給大鳳手腕上繫五彩的絲線來躲避妖怪，媽媽嘴裏所謂的妖怪，不過是蛇啊，蜈蚣，蠍子，蜘蛛黃蜂等五毒之流，老輩人傳下來的習俗，繫了五彩絲線，五毒就不敢近身了。所以端午節在黑王寨，又叫躲五，去年端午，大鳳是在學校過的，大鳳沒給繫上五彩絲線，結果，巧不巧？大鳳就得了疥瘡。

　　大鳳今兒就自個來挑絲線了，別看大鳳才八歲，可已經曉得愛美了，媽媽老眼昏花，哪次不是挑的黑線白線多，紅的黃的紫的才幾根，根本沒點五彩的意思。

　　媽媽在廚房裏包粽子，大鳳就先抽紅的，再抽黃的，紅配黃喜洋洋！又挑了綠的，最後扳著指頭算了算，才象徵性挑了兩根黑線和白線，媽媽說了的，戴了五彩絲線的孩子，未滿十二歲的，心腸好的，可以看見金環五爺呢！

　　金環五爺，那可是傳說中的神仙呢，聽說誰要被金環五爺摸了頭，能一輩子無病無災的呢。

　　大鳳就低了頭，編五彩線，想像金環五爺的模樣。

　　粽子沒包到一半呢，爹從寨下賣了黃鱔回來了，今天是端午，黃鱔一下寨子就被販子搶購一空了。

　　爹很開心，數著票子說，難得大鳳在家，我們一起到街上過端午吧！

　　媽媽說行啊，就怕大鳳吹不得風！

　　爹說，哪那麼嬌貴啊，是長疥瘡，又不是出風疹！

　　大鳳一聽去趕集，當然高興，大鳳說行啊，我早就想上街了呢，編完五彩線我們就走！

　　媽媽笑大鳳說，人家街上人不興戴五彩絲線的！大鳳不信，說那他們街上人怎興過端午呢？

　　媽媽沒話了，媽媽說你麻利點，我們得趕在太陽出來前下寨子，待會太陽一齣來，能熱死個人呢！

　　大鳳說行，你們先下去吧，反正摩托車一趟也坐不下三個人！

　　爹媽想想也是，就換衣服，一迭聲催大鳳快點快點。日頭那會兒已經在往山尖上爬了呢！

　　爹一溜煙下了寨子，等他又一溜煙爬上寨子時，門口卻沒了大鳳

的人影。

去哪了？爹正四處張望著呢，大鳳回來了，後邊還跟著一個人，是五爺！

大鳳手上纏著五彩絲線，五爺手上也纏著五彩絲線，爹說大鳳你做啥呢？

大鳳晃晃手腕說，請五爺出來躲五啊！

爹生氣了，說五爺又不是小孩子，躲什麼五？

大鳳嘴一嘟，你們平時不都說五爺是老小孩嗎？老小孩不也是小孩，不也得躲五啊！

爹就沒話了，大鳳患疥瘡，還是五爺把家裏藏了三年的艾蒿拿出來給大鳳燒水洗的澡呢，五爺是個老光棍，往年都在他家過端午的！

聽說兩家祖上同宗呢。

爹就紅了臉，說實話，這次下寨子過端午是媳婦的主意，媳婦說過個端午，老攪和一個外人，像啥話呢？尤其今年，五爺得了支氣管炎，動不動就咳上一嗓子，很讓媳婦不舒服。

爹帶了五爺和大鳳往寨下騎，太陽這會已經升起來了，老遠，娘就看見大鳳了，在大鳳身後，金紅的晨霧從雲中一層層透下來，落在一個老人的頭頂上，車在老人頭頂一抖一抖的，紋出一道道光環來。

金環五爺呢！媽媽忍不住叫了一聲。

叫完了，媽媽又自言自語說，也就碰上大鳳這好心腸的娃兒，金環五爺才肯現身的！

穿堂風

天玉剛捂上被子，門就被穿堂風拍響了。

沒人捂腳的天玉身子抖了一下，然後整個身子蜷成一團，往被窩裏裏。男人生貴出去打工了，天玉就覺得夜晚難熬起來，以前的夜怎那麼短呢？短得天玉總要和男人比著睡回籠覺。

回籠覺，二房妻！這在黑王寨是美氣的兩件事。

天玉是女人，當然就爭回籠覺了，好在生貴寵她，每次都是天玉爭個贏，生貴則輕手輕腳爬起來掃院子，開雞籠，弄早飯火。

生貴對天玉好，天玉不是不曉得。

所以，任閒人怎麼糾纏，天玉硬沒鬆過口，閒人說，天下怎有你這樣的苕女人囉，多一個男人疼，多美氣的事啊！

天玉說我男人對我那麼好，不差別個疼的！

閒人就笑，說好不過野男人，冷不過穿堂風！你沒聽說過啊？

天玉當然聽說過，但天玉沒感受過，男人在家的日子，讓她伸手不拿三根草，冷了熱了餓了病了給她擋得嚴嚴實實的，野男人插不上手討好呢，至於穿堂風更冷不著天玉了，生貴長得壯實，一上床就差把她給覆蓋給包裹了，哪兒冷去？

但這會，天玉感到了冷，天玉就尋思，要有個熱水袋捂捂，多好！

正尋思呢，門又被拍響了，不過這一回，拍的是院子門，天玉怔了一下，誰呢，這麼晚敲門。

披了棉襖下床，天玉頂著穿堂風裹了身子在院門口隔著門板問外面，誰啊？

我！閒人在外面壓低嗓門說。

有事？天玉遲疑了一下，身子情不自禁往後退，閒人的心思她明白。

你開門吧，給你送個東西！閒人對著門縫往裏遞話。

不行！天玉說，這麼晚了開門，好說不好聽的，我一個女人家的！

那，我把東西放門口，你自己拿吧！閒人想了想說。

天玉就側了耳朵，聽閒人腳步聲確實走遠了，才悄悄撥開門拴，然後猛一把拉開門，把門口的東西一把搶了進來，她怕閒人躲在不遠處殺回馬槍呢。

卻不見閒人的影子，關上院門，天玉回了房，找開東西一看，竟是一床電熱毯！

天玉心裏熱了一下，死閒人，怎就曉得她的心思呢。

都送上門了，不用白不用！天玉把電源插上，幾分鐘後，一股暖意在全身擴散開來。

要擱以往，捂這麼暖和的被窩，天玉一定會和生貴好好溫存一番才肯罷休的。

春寒歸春寒，擋不了火苗在人心裏蹭蹭燃燒。

眼下天玉就被這把火燒得兩頰飛上紅雲，可惜生貴看不見，記得生貴曾說過，最喜歡天玉臉上的紅雲了，像天上的霞光！

只有仙女身上才帶著霞光呢，這不是變著話兒誇天玉是個仙女嗎？天玉就迷迷糊糊在霞光中沉睡過去，夢裏，生貴一遍又一遍的溫存讓她一遍遍舒展開自己的身體。

門外的穿堂風依然肆無忌憚拍著門，一直拍到天大亮了，才把天玉拍醒。

回籠覺是睡不成了，天玉起床，剛拎了掃把開門打算清掃場地，卻發現稻場上乾乾淨淨的，閒人正衝她在門前場上笑呢。

天玉嚇一跳，說，閒人你不怕你媳婦罵啊，跑我這做事？我媳

婦，她睡回籠覺呢！閒人說，今天趕集不，去的話我帶你，在寨子口
等我！

天玉還沒搭腔呢，閒人已經往回走了，他也不想讓別人看見大清
早的他和天玉在一起。想不到閒人挺有心計的，天玉臉上又熱了一
下，他怎知道自己要趕集呢？

天玉趕集，是想和生貴打個電話，生貴去那麼多天了，一個口訊
都沒捎。

閒人是騎著摩托車下的寨子，把天玉一直送到郵電局門口，那兒
有公用電話，天玉接通電話，生貴說，忙，工地上又沒公用電話，所
以就顧不上了。

天玉覺得男人這話不是理由，沒公用電話就用手機打，能花多少
錢呢，顧不上是假的，忘了自己是真的！

生貴就在那邊小聲笑，說哪能忘呢，我天天夢裏和你溫存呢！

天玉就紅了臉，在生貴遠隔千山萬水的溫存中心滿意足掛了電話。

往回走時，天玉還沉浸在男人的親暱中，不自覺地就抱緊了閒
人。閒人不動聲色，悄悄把摩托車騎到一僻靜處，從懷裏掏出一套內
衣，塞給天玉，說要她試試尺寸，不合適的話還來得及拿回去退。

天玉是在試內衣時被閒人抱住的，當時她明明看見閒人走遠了，
以為他跟頭天晚上一樣不會殺回馬槍的。

天玉沒掙扎，春氣起來了，天玉心裏需要有春水滋潤一下。

閒人很耐心，也很溫存，天玉想起那句老話來，真的是好不過野
男人呢！

天玉心說，要是晚上閒人也能陪自己就好了，電熱毯哪能跟人
比啊。

晚上，果然閒人又來了，這一回，閒人沒耐心也沒溫存，直接就
進入了主題。

完了，天玉抱緊閒人說，別走了，我一人睡冷！

閒人皺皺眉，說不是有電熱毯嗎？

天玉不說話了，把臉埋在電熱毯裏，她沒想到閒人心裏這麼快就冷了自己。

天玉說你走吧！

閒人走得很急，連回一下頭的意思都沒有，一陣穿堂風在他身後卷起，天玉人雖縮進了電熱毯裏，可身子還是忍不住抖了一下，冷的！

子財

子財名字取得好！

不過這好卻讓他白佔了，子也好財也罷他一頭都不靠。

黑王寨老話說得好，有子無財慢慢來，有財無子不如死！擱子財身上是慢不得也死不得的事，要擱別的男人身上，只怕早急死幾回了！

但子財不！

不光不，人家子財這會兒悠閒地背著手在黑王寨下的河邊耍著手看魚產籽呢。

一看就看入了神，蹲在一叢蘆葦邊眼珠都不錯一下也就算了，還有口水一滴一滴連綿不斷往下滴，把一隻勤勞的小螞蟻給淹了進去。

狗日的子財，發癔症啊！一個聲音這麼吼起來。

是朱五！

朱五以為自己還當著村主任呢！子財漠然收回口水，站起身子，

怎啦，發癔症還扣工分不成？

這話把朱五哽了個半死，都什麼年代了，拿工分說事，分明是提醒朱五今時不同往日了！

朱五哽歸哽，嘴裏話還是暖人的，朱五說你子財好歹也算是有手藝的人，怎就不尋思立個門戶呢？

這話子財愛聽前半句，是的，子財不光有手藝，而且還有幾門手藝，邋遢泥瓦臭漆匠，烏龜裁縫賊木匠，他樣樣都沾一點邊。後半句子財一聽就來氣，是他不想立門戶嗎？是那些女人瞎了眼不願跟他！當然這話要往十好幾年前說，去掉十好，那時子財正當年，媳婦也訂了一個，爹媽健全，算是寨子裏殷實人家，可再去掉幾年前，日子就像遭到淪陷似的了，爹患病死了，娘臥床把個家當臥個精光，媳婦自然就從少了走動到跟著斷了來往。人是三節草啊，他子財總還會有一節好的，幹嘛那些女人都繞過他跟別人立門戶了呢！

這一繞，就把子財繞過了四十歲的坎！

四十歲的單身男人，在黑王寨還是有點希望的，希望在哪呢，那些寡婦身上唄！

子財一想到寡婦兩個字，心裏就熱了一下，也就一下，跟著又冷了，寨裏人的寡婦現如今就啟秀一個，那可是比姑娘還金貴的寡婦。

啟秀是英雄的遺孀呢，還有個遺腹子在肚子裏，每月都有政府給津貼，這樣的寡婦不是比姑娘金貴是啥？黑王寨這麼多年來，哪個女人坐屋裏能領政府發的錢啊。

子財就悶了頭又坐下來，尋那隻淹在口水中的小螞蟻，子財覺得自己就是那隻小螞蟻，一天到晚蹭蹭蹭四處忙乎，卻活在人的口水中。

要知道，在黑王寨，沒媳婦的男人是遭人取笑的對象呢，而且多半是女人的取笑。

儘管如此，子財還是喜歡那些女人沒大沒小地使喚他，眼下，寨

裏男人都出去打工了，女人們碰上天陰下雨，倒了豬圈，壞了桌椅，漏了雨水，總要張著嗓門宛宛囀囀叫一聲，子財，幫個忙哎！

子財往往就拎了家業屁顛顛尋上門，盡了心盡了力地任女人們去使喚。反正閒著無事，無事是小事，關鍵是無趣。女人一支使吧，這日子就有趣了，流一身汗，在女人的打趣聲中喝兩杯酒，看女人為自己奉菜奉煙奉茶，怎麼著也是賞心樂事啊！

這忙幫得當然值了！

不過，子財最想幫的是啟秀，是怕幫的也是啟秀。啟秀腆著大肚子，彎個腰都難，可以說事事都要人幫忙，但子財卻知道，有些小事他是不能幫的。太殷勤了，人家會怎想？說他癩蛤蟆想吃天鵝肉！朱五啥時走的，子財不知道，子財只聽有腳步聲遠了又近了，子財就頭也不抬說了一句，你吃飽了撐的啊，圍著我轉魂？

怎，轉不成啊！啟秀好聽的聲音響了起來。

天啦！子財嚇一跳，蹦起來，是你，找我有事？

沒事不能找啊？啟秀眼一挑，說跟我幫個忙去！

子財說，行啊，你先走，我回去下就來。

回去？怎，跟我走掉你醜啊？啟秀撇了一下嘴。

我得回去拎家業啊！子財急白了臉解釋。

家業在你身上呢，啟秀嗔了他一下，說走吧，別磨蹭了！子財就只好跟了啟秀走。

居然，村主任陳六也在啟秀家。

這個忙，還真得子財幫不可，是人家部隊上過天要派人來看啟秀，一個寡婦人家過得怎麼樣，還不得仗著有人幫襯，寨裏意思是，讓子財給啟秀打短工，就說寨子裏安排的，顯得多少有人情味不是？

但這短工，寨裏一時沒錢付，先記在帳上。

啟秀請他來，就問三個字，願意不？

願意就正式表過態，當村主任的面，省得人說閒話，子財點了頭，有什麼不願意呢？喜歡還來不及呢！

就泥啊水的重新粉了院牆，又漆啊刮的重新刷了門窗，還鋸啊刨的再度置了桌椅。

到底是有了男人氣息的院子，啟秀看子財時，眼裏目光就柔了幾許。

晚上，啟秀燒了幾個菜，打開一瓶酒，算是犒勞子財，子財喝到八分高，笑意就伴著醉意往外漫。他環顧一圈數落說，這新粉的牆是我的，重漆的門窗是我的，新打的桌椅也是我的，末了子財大著舌頭哭起來，說啟秀你要是我的該多好啊！

啟秀站起來，抱著子財的頭貼在自己肚皮上柔聲說，你要真有那個心，不光我，連兒子都是你的！

子財就在自己的一切中憨憨睡了過去，睡得前所未有的踏實。

清明帶雪

清明帶雪，穀雨帶霜！

生貴早上起床時，見天色有點晦暗，就回過頭衝媳婦天玉說，該不是要下雪了吧！快起來！

天玉是新娶上黑王寨的，揉了揉眼說，都二月尾了，還下雪？說胡話吧你！

胡話？三月還下桃花雪呢，那一年，雪粒將桃花全打落了呢，你

是沒見過，漫天的白裏裹著漫天的紅，天地都成水紅色了！生貴把眼望著窗戶，窗簾是水紅色的，眼下被天一暗，成暗紅了，媳婦汪著水紅色的臉蛋興奮起來，真有那景致麼，你們黑王寨？

生貴不高興了，啥叫你們黑王寨，眼下你嫁給我了，就該說我們黑王寨，不然叫爹聽見了，多生份！

瞧瞧，一句話而已，搞得人五人六的，你爹你爹，當我沒爹啊！媳婦話沒落音，爹的咳嗽聲就在堂屋裏響起來，爹說，生貴你趕緊點，天要落雪了，下山去買幾刀紙！

買紙做啥？媳婦小聲嘀咕著問生貴。

這不是清明節要到了嗎？生貴邊穿衣服邊說，買紙做清明吊子上墳用啊！

可我聽說上清明前十天不為早，後十天不為遲啊，非得瞅個陰天去買紙？媳婦也想趕集，但她不喜歡陰天去趕集，天陰，心就開朗不起來。

生貴怔了一下，衝外面說，爹，要不改天吧，天落雪時不能上清明的！

要落也只能落雨，書上說過，清明時節雨紛紛！爹說完這句話後咳嗽聲像被掐斷了似的，一下子沒了。

生貴被媳婦又拽回被窩，春困秋乏呢，眼下正好睡回籠覺！媳婦拽生貴時還俏皮地學了一句黑王寨老話，說回籠覺，二房妻，這可是你們男人八百年遇不著的美事！生貴就美美地啃了媳婦一口，笑，你說的啊，二回我找了二房妻你不許生氣！

就你那藥罐子爹供家裏，還二房妻，等下輩子吧！媳婦奚落了一句，兩人就縮進被窩裏了。

太陽升到半天雲時，生貴被尿憋不住了才起的床，四處一看，院子裏居然沒了爹的身影。

莫不是爹下山趕集去了？生貴往爹房裏探了探頭，果然爹的黃挎包沒了，爹出門喜歡背個黃挎包，這是早年當民辦教師時的習慣。

爹的習慣一堆一堆的，都被咳嗽給淹沒了，就剩下最後一點之乎者也的書生意氣沒被淹沒，可惜，沒人喜歡他這顯山露水的之乎者也習氣，包括生貴，他唯一的兒子。

爹是正午時分趕回來的，天開了一些，還是有雲，爹回來了也不說話，開始裁紙，黃的紫的白的三種顏色，白色居多，爹喜歡自己做清明吊子。生貴皺了皺眉頭，說，買一個，又簡單又好看，費那工夫值麼？

爹慢條斯理地裁著紙，這不是值不值的問題，這是對祖宗的一份心！

生貴撇撇嘴，祖宗遠在另一個世界，能看見？

爹不裁紙了，停下手，拿眼剜一下生貴，說祖宗雖遠，祭祀不可不誠，你沒聽說過？

生貴不撇嘴了，他知道再說下去，爹會罵他聽婦言，乖骨肉，不是丈夫！

見生貴低下頭，爹又專心做他的事，做完吊子，還得包福錢，鄭重其事把香和燭都用托盤裝了，敬祖宗嗎就得有敬的樣子。

完了，爹衝生貴呶呶嘴，說走吧！

生貴沖自己房子裏望一眼，說要不要帶上她？

爹遲疑了一下，你不是說她有了嗎？懷孕的女人是不能磕頭敬祖宗的！

這講究，生貴知道，生貴猶豫了一下，想張口，沒張開，就隨了爹去北坡崖。

北坡崖上的墳多，像黑王寨多出的一個村落，生貴的爺爺奶奶和娘都埋在崖上面的麥田中，活著是一家人，死了還是一家人，多少有

個照應！黑王寨人一向這麼以為的。

爹把步子邁得很謹慎，生貴剛大大咧咧把腳伸進麥田，爹忽然火了，爹說，昆蟲草木，猶不可傷，虧你還上過高中！

生貴腳趔趄了一下，爹今天說話有點傷人呢，怎的啦？

到了墳前，爹開始把托盤裏的東西一份一份分勻，爺爺奶奶那兩份，爹不讓生貴插手，爹說上輩不管下輩人，爺爺奶奶是我的事，你只把你娘給侍候好了就行。

生貴不會侍候，就看爹。

爹折了一根枝條插墳上，把彩紙剪成的吊子掛上去，有風吹過，紙條嘩嘩作響，爹跪下來，撐開衣裳擋風，點火紙，燒福錢和香，看一頁頁火紙化成灰蝴蝶飛上半空，爹就響了鞭，一地紅的白的碎紙屑漫上墳頭，爹虔誠地跪下磕頭，一個，又一個，再一個，很莊重。

完了爹坐在爺爺和奶奶墳中間，慢條斯理點燃一根煙。

生貴問，就這麼著？

爹說，不這麼著能怎麼著？

生貴就過去，給娘上墳，掛清明吊子，響鞭磕頭。

磕完了，回頭看爹，爺爺奶奶墳頭的白紙吊子一張張舞開，把爹的頭裹得平平實實的，只見白，那白壓得生貴喘不過氣來，自打娘過世後，爹明顯老了呢！

生貴忽然想和爹說幾句話，生貴走過去，挨爹坐下，生貴說，爹你告訴我，清明為啥叫清明，不叫別的節呢？

爹把頭上飛過來的白紙條掀開，說，不濁為清，不迷為明，謂之清明！清明是一條紐帶呢，老祖宗通過這種方式告訴我們，人活著，最重要的是要不濁不迷，做什麼事，祖宗都在另一個世界裏看著呢！

生貴不敢抬頭望娘的墳了，娘一定望著他呢，他怎那麼濁那麼迷呢？為哄媳婦開心竟跟爹撒謊說媳婦懷了孕，真的愧對娘於泥土間對

自己透出的無處不在的關詢啊！

　　這麼一楞神的工夫，雪忽然就落了，很輕很輕的雪花竟把生貴心裏砸得很疼很疼！

窮的是命

　　冷的是風，窮的是命！四爺眼一閉，很響地喝了口茶，頭就仰靠椅上了，跟著從牙齒縫裏漏出這麼一句話來，四海你死了這條心吧！

　　這是趕客走呢。

　　四海不死心，四海說，四爺你好歹幫襯我一把！

　　四爺說，我幫襯你一把，那誰來幫襯我一把？黑王寨想要幫襯的人多了，我就是千手觀音也忙不贏啊。

　　四爺不是千手觀音，但在黑王寨，四爺是可以通天的人物，人家女兒女婿在縣上做事呢，吃皇糧的人，在黑王寨人眼裏就是有通天的路了。

　　四爺這會兒卻沒了菩薩心腸，臉一冷，說，任你四海從天上說到地下，這忙我幫不上腔，你趁早自個想心思，別在這會消磨時間是正經！

　　四海就知道沒戲了，快快往外走，人心思一恍惚吧，撲通一下就給門檻絆倒在地上。

　　四海罵了一句，狗日的人不高，門檻還怪高的！

　　四爺聽見了，不生氣，四爺身子矮了一輩子，門檻到老了高一回也沒什麼不對。

其實，四爺是個耳朵軟的人，之所以對四海下面情，是他想逼一逼四海。

兔子逼著急了會咬人，人逼著急了會發奮，這點四爺有譜，老牛鬧圈拱槽不吃草，黃狗對天狂叫咬日頭，為的啥？肚裏藏著牛黃狗寶唄！四海其實肚子裏是個有貨的主，問題是，人窮了命才顯著苦來。

四海想鬧騰點動靜出來，四爺不是不知道，但就這麼輕而易舉幫襯他，只怕四海會看輕這份心。

人，錦上添花容易，雪中送炭卻難！

四爺是想四海能把這炭的溫暖烙在心裏頭，那樣他的血液才會是滾燙的，成事的激情才能到達一個沸點。

四海其實想做的事其實要不了多大本錢，他是想把北坡崖下那兩畝楸梨樹給承包下來。

寨子裏計劃把那兩畝楸梨樹給砍伐了種板栗，四海卻對這些酸得不能上口的楸梨動上了心思。

四海跟四爺這樣說的，您說吧，這楸梨它剛下枝頭是酸，可過個一秋半冬，逢上年下，酸氣從裏往外透，解酒著呢！

四爺擠兌他說，解酒也解不到你四海頭上啊，你一年到頭能聞幾次酒？還解，不解都透不了墒的！

四海當時臉就白了一下，有自尊心的人臉才會白呢！四爺眼裏一亮，想聽四海再怎麼說。

四海就說了，這楸梨逢年下到城裏大酒店，準能賣個好價錢，您是不知道，這年月，城裏人都講究吃個綠色食品，講究吃個無污染，蘿蔔能賣肉價也未必呢！

這話不假，四爺女兒大鳳和女婿每次回來，總要她娘弄野菜。連平常寨子裏豬都挑食的紅苔藤兒子都能吃得滿口生津，那楸梨果，他們可沒少往縣裏帶。

　　四海是個有心人呢！四爺心裏動了幾動，想想，又按下去，他得把四海再逼一逼，讓他曉得不管什麼錢，來得都不那麼容易，就是借也得磕頭掉腦髓才能如願。

　　四海弄到承包錢時，楸梨樹都開了花，錢是四爺託一個遠房親戚借的，四海不清楚。

　　不清楚也沒關係，四海只要清楚這兩畝地楸梨屬於自己就行，借錢時立了字據的，要是四海不好好侍弄那些楸梨樹，四海的三間祖屋就得改姓。

　　四海不怕祖屋改姓，他怕楸梨改姓，人就索性在北坡崖下搭了一茅草棚住下。

　　四爺抽空去了一趟北坡崖，見四海在梨花叢中比蝴蝶蜜蜂竄得還歡，四爺就笑，說四海你快跟楸梨樹成親了吧！

　　四海陰著臉說，冷的是風，窮的是命！四爺您說過的，像我這樣的人也只配和樹成個親。

　　這話很打人的臉，四海以為四爺會難堪的，偏偏四爺只是笑，笑著從一棵楸梨樹下走過，或蹲下身看一看樹根，或踮起腳攀一攀樹枝。

　　看著看著，眉頭慢慢就皺了起來。

　　四海沒看見，四海只看見滿樹鴨蛋青的楸梨果在酒店被一雙雙保養得很好的手掂起來餵進一個個油光滿面的嘴裏。

　　葉子枯了黃，四海揣了票子去換字據時，遇到了一點小麻煩。

　　人家不退房子給他。

　　四海說，為啥不退我房子？

　　那人笑，說你見了四爺就曉得了，字據他捏著！

　　四海就去找四爺，居然，四爺在北坡崖他的楸梨樹田裏。

　　四海氣鼓鼓地，說，還我房子！

　　四爺說，房子是你的跑不了，但這楸梨樹你得毀了！

眼紅了？四海冷笑，我窮的是命，您冷的哪門子風？

四爺的遠親嘆口氣，說，四海你有點拎不清呢！

四海疑惑不解了，我怎麼拎不清了，是你借錢給我，又不是他，他沒那菩薩心腸！

遠親發了話，菩薩也有冷臉的，四爺逼你是讓你起心勁呢，那錢你當我造的啊！四爺不笑，說不提錢了，說正經事吧，這楸梨樹品種差，掛果少，趁樹正當年，嫁接甜白香梨，果汁大不說，還香中帶甜帶酸，比人參果味不會差。

四海半信半疑地，四爺火了，當你大爺錢多了沒地方燒啊！完了一把從身上掏出字據，三兩下撕成碎片。

有風吹過，碎片紛紛揚揚飛上空中，像滿樹的梨花飛舞呢。

四爺的話飄過來，人窮的不是命，是志氣，你四海應該有這份志氣的，四爺我走不了眼！

換茬

春酒還沒吃完，春分就開始刨園子了。

園子裏其實沒啥可刨的，除了不包心的白菜就是菠菜，小青菜也有，不過都像紐扣似的扣在地上，春寒剛過，還沒來得及舒展葉片。

春分是對那畦老韭菜動上了心思，二貴跟在春分身後，不情不願的。二貴說，春捂秋凍，園子的菜剛緩過勁兒，還得在土裏再捂捂才好！春分白一眼二貴，是你自己想捂酒杯子才對吧，當我不是黑王寨

的人？二貴就沒話好還嘴了，春捂秋凍是說氣候和穿著上的事呢，跟園田無關的。

春分把鍬遞給二貴，說，你把韭菜給全挖出來，我把根分一分，去掉老根老系，選那壯實的，芽旺的，重新排！

排在黑王寨就是栽的意思，韭菜根小，得一叢一叢排一起，擠著長，那長相才歡實。

二貴還是不想動鍬，二貴就扯由頭說，小剛來電話了！二貴知道春分最惦記小剛，年前一聽說他打工不回來過年，連臘貨都少備了一半。

春分這回卻沒把寶貝兒子的電話當寶，只淡淡嗯了一聲，來就來了唄！哪天他不來一回電話？二貴只好快快下了鍬，氣不順使勁就大，一鍬翻起一大叢韭菜根來，春分彎下腰，拎起那叢韭菜，用鏟子敲散土，把韭菜一根一根理開，揀那根壯出了芽的用剪刀去了根須，往一邊放，準備待會排。二貴撇下嘴說，這不是脫褲子放屁嗎，好端端的長土裏，非得挖出來再排進去，當是移栽油菜，能增產啊！

春分不吭氣，她知道二貴有情緒，男人的德性得順了毛摸，吵煩了他一甩手去別人家喝春酒也不是做不出來。

二貴見春分不上當，只好嘟噥說，小剛說，去年形勢就不怎麼好，那個廠今年怕呆不下去了！

春分說是嗎？換個廠也好，新環境才有新機遇！完了春分慢條斯理的，不看二貴，看韭菜，看一根一根去了須，整整齊齊碼在地上的韭菜。

二貴說，你當是金銀草，看不夠啊，兒子要換廠也不見你有這麼上心。

春分就笑，說地不換茬不長，人不挪窩不旺，兒子想換新環境跟這看韭菜地換茬不也一樣嗎？一茬一茬剪得齊齊整整的韭菜根帶著芽就在兩人你一句我一句的閒話中重新排進了土。

排韭菜芽時，小剛的電話又來了，這次是打給春分的，小剛說，娘，我聯繫了個新廠！

春分說，好啊！

小剛說，新廠離市區遠，我不想在廠裏住，條件差！

春分冷了口氣說，那你回來住吧，家裏條件不差，有爹有娘侍候著！小剛就沒了聲音，主動掛了電話，小剛聽出娘是話裏有話。二貴說你怎這樣跟孩子說話呢？春分說，出門在外就要吃得苦，不然啥能耐也不會長！

二貴還要說話，春分說，你忘了去年那畦蘿蔔啊！二貴就想起來了，去年入秋時，二貴把一車雞糞全肥進那畦蘿蔔地裏，結果臘月裏，那蘿蔔全燒得空了心。

莫非你也想兒子出去幾年成個空心蘿蔔回來啊！春分又白了一眼二貴，二貴就悻悻地閉了嘴。

反正是春酒沒得吃了，二貴乾脆一甩外套，做就做個夠，順手把那行蔥也給分了吧！二貴知道分蔥眼下還早了點，故意拿話擠兌春分。

哪知春分一拍手，說我正想說呢，這幾天我聽了天氣預報，說一周內溫度回升，分蔥正是時候呢！

二貴懊惱地拍了一下自己腦門，怎睜著眼往槍口上撞呢，好在分蔥比排韭菜簡單，一窩蔥可以分好幾窩的，三根一排，上面蔥葉剪掉一半就行。二貴不是懶人，一旦幹順了手，就覺得眼裏的活都該幹，當春分還在排蔥時，二貴已抽空回了趟家。春分以為二貴口渴了回去喝茶，沒曾想二貴卻從屋裏拎了水桶和瓢來，他是給韭菜澆定根水呢。

才開春，地裏雖說有墒，但墒不大。

二貴三兩瓢就把韭菜地給澆了，跟著又氣喘吁吁拎了桶要澆剛分好的蔥。

春分手一伸，別添亂，這蔥不能澆的！

二貴很奇怪，說，怎啦，韭菜能澆，蔥不能澆？

春分說，那韭菜是老根，水分少，老根扎進新土，得定根，讓芽吸收水分往上長，這蔥就不一樣。

這蔥就不一樣啊？二貴沒想到，種個菜還那麼多學問。

蔥白裏水分多，你就是挖起來放一邊剪掉葉，過三五天它也會從裏面長出新葉的！春分說。二貴一想也是的，放久了的蒜啊蔥啊還真是這麼回事，能從裏面長出新葉。

還有一宗你不曉得，春分停了一下又說，這剛分的蔥得等上面的葉給太陽曬破葉管，新葉才能鑽出來，有時候，環境惡劣點也未必是壞事！

萬物有萬物的活法呢！二貴感嘆說。

所以啊！春分意味深長看一眼二貴，我先前才會那樣口氣給小剛說話。

二貴放下水桶，憨憨地笑，說，我怎就沒想到剛才你是給小剛在換茬呢！

你啊，吃春酒吃昏了頭，只曉得換酒的茬，哪記得換人的茬！春分說完扛起鍬，大步跨過那畦菜地，一陣風吹過，新排的韭菜和蔥苗舒伸開來，一片新綠呢！在二貴眼前。

活路

　　鄉下人活路多，多在婆娘的嘴裏，多在婆娘的眼裏。

　　找到一個會安排活路的婆娘，於男人來說，是好事，也是壞事。

　　於中貴來說，卻好事壞事都不是，中貴沒婆娘，沒婆娘的中貴卻被寨子裏每個婆娘使喚過，安排過活路，中貴懶惰，是懶得燒蛇吃的人，這是中貴娘死之前罵他的話。

　　中貴勤快，是勤得腳不落地的人，這是寨子裏婆娘使喚他後表揚他的話。

　　照這麼一說，你就明白了，中貴是那種家懶外勤的男人，這樣的男人，在黑王寨多半是光棍。

　　婆娘們安排中貴的活路，中貴總是不折不扣地完成，做完了活路，如果離吃飯還早，中貴還會挑起糞桶，幫婆娘肥上一遍園子，不知情的路人見了，還有點黃梅戲裏你挑水來我澆園的意思。

　　寨子裏有那見識短的婆娘就會一臉得了便宜賣乖的表情跟別的婆娘咬耳朵，真不知道中貴長了個啥腦袋，別人家的事，拿命拼了做！

　　也是的！那個婆娘附和，早先用這一半的勁做自家活路，還怕討不上婆娘？

　　其實，這話失了偏頗，中貴討不上婆娘，是被娘的病拖累了，爹死得早，娘做得狠，把身子做塌了架，等中貴成了人，娘已癱在床上，不成個人了。

　　嫁漢嫁漢，穿衣吃飯，中貴侍候癱娘，連自己都穿不上衣吃不上飯，哪有錢來討婆娘？討婆娘的錢都叫娘的呻吟聲給吞走了。

　　癱娘死時，給中貴安排的最後一個活路就是，找個婆娘，正正經

經過日子。

中貴的日子卻沒正經起來，因為那會兒，大姑娘找對象已經曉得家底的重要了，中貴的家底薄，薄得人家一眼就能看穿，就算姑娘看不穿，媒人做事也促狹啊。

穿針引線不就為落雙鞋子穿？沒白跑的理呢你說是不！

中貴自己還能打光腳時堅決不穿鞋，能有多大指望？這麼一來，中貴自家的那個活路就擱了淺。

寨子裏婆娘中，中貴喜歡給水秀做活路，水秀一次跟別的婆娘拉家常，扯到中貴身上，那婆娘鄙薄說，活該中貴討不上婆娘，跟別人做個活路，下那麼大死力，苕得不沾三弦呢！

水秀就嘆口氣，說你哪知道中貴的苦啊，他把人家活路當自家活路做，是把別個家當自個家了，沒家的男人幹活沒心沒意呢，你設身處地想過沒？

別人設身處地想過沒，中貴不知道，但中貴自己設身處地想了幾回，還真是這個理，中貴給別人就做得更攢勁了。

在鄉下，再忙也有半個月的閒，那就是年下，年下一到，中貴就明顯沒了精氣神。這個時候，別人家的活路，都由門外忙到門裏了，這門裏面的活路，中貴是插不上手的，人們兩口子洗個床單曬床被套，你一個不相干的人摻合個什麼勁呢，沒準人家床單和被套上有點什麼小故事小秘密就著年下的喜慶勁兒要拎出來洗洗曬曬呢。

還有的，人家男人外出打工，或者子女在外做事，大包小包回來，那份不可為外人道也的親熱與期盼在血管裏早就沸騰了十遍八遍，你冷不防插進來也不合適不是？

中貴門前就顯得落寞起來，落寞是好事，說明中貴識大體。

水秀是臘月裏唯一經常登中貴門的婆娘，她男人出外幾年也沒個音訊，賺錢不賺錢你總得回家過年啊！

　　早先幾年，水秀還這麼念叨過，以後就不念叨了，隱隱約約聽人說，男人在外有了相好的，天天做相好的安排的活路，錢當然就拿不回來，拿不回錢的男人是沒臉回黑王寨的。

　　這種人比家懶外勤的光棍還讓人看不上眼睛。

　　中貴眼下就盼著水秀登門給自己安排活路呢，去年水秀當著寨子裏老老少少放過話，他男人要今年還不回家，她就要坐堂招夫了！至於犯不犯重婚罪，這詞離黑王寨太遙遠，男女之事，民不舉官不究的。要舉，黑王寨也得舉那不做家的野男人。

　　這一盼，盼到了臘月二十八，中貴就坐不住中軍帳了，中貴不是諸葛亮，也排不起八卦陣，中貴就自己出了門，假裝出門轉悠，去望水秀的門。沒準是水秀臉皮薄，要想中貴主動點呢，這種事，男人主動了，女人才會覺得貴氣！雖說水秀男人不要水秀了，但並不等於水秀自己就該看賤自己啊！

　　中貴剛出門，發現水秀正在自己門外屋場不遠的路上，一臉的猶豫，把個步子往中貴家方向邁兩步，又縮回一步，再邁兩步，再縮回一步，中貴見了，打趣說，怎了，學古時小姐走路，風擺楊柳？

　　水秀還真成了風中搖擺的楊柳，昨晚，男人居然回來了，是由人送回來的，被人打斷了兩條腿。其中的原委男人沒臉講，水秀也沒心思問，癱在床上的男人倒是放了話，水秀你走吧，我這是活該！

　　水秀定定神，撩一把額上的亂髮，衝中貴說，先前我說過的話，你當刮了一陣風的，沒了！

　　中貴急了，說那你一大家子的活路，誰個做？

　　水秀咬咬牙，我自個做！完了又補上一句，我男人，他回來了！

　　回來了？中貴口氣軟下來，失望地說，他那麼多年不做活路，怕早忘了吧！

　　不忘也指望不上了！水秀眼一紅，他癱了！

中貴眼一亮，癱了你更需要男人來扛重活不是？

水秀說我是需要，但我不能坑了你，跟了我你得養他一輩子的！

中貴瞇上眼，說水秀你看輕我了，養他又怎樣，不就多樣活路嗎？

簡單

黑王寨的男人，找媳婦簡單，往往就是一句話，會做飯就行！當然，這話裏有戲謔的成分，哪個男人不是把媳婦考究了又考究，才娶上門的。

那些被娶進門的媳婦，不單是會做飯，還會料理家務，更會下地幹活，一句話，是出得廳堂又入得廚房。

真正把這簡單落到實處的，是三瘸子。

在黑王寨，瘸子是可以跟廢人同日而語的，肩不能扛手不能提上個坡下個坎還得指望一根棍子幫忙，這樣的男人在婚姻上想不簡單都不行，你複雜了試試？包你連女人是幾根手指頭一輩子都摸不清。

三瘸子腿瘸心眼卻不瘸，常拄了根拐棍在寨子裏轉悠。一般人轉悠吧，是對野雞野兔香菇木耳的上心，他倒好，只對花花草草的感興趣。也是的，一個瘸子就算碰上個瘸兔子病野雞只怕也只能乾瞪眼，花花草草的除在風中抖抖身子，怎麼也移不動半步路的。

是三瘸子幫它們移的步！

黑王寨上花花草草不少，但惹人眼的不多，三瘸子卻偏偏在這些不惹眼的花草中做足了工夫，居然讓他弄出了點名堂。

這名堂跟蘭草有關！

三瘸子從寨裏挖回了大批蘭草，豆腐坊房前後院內外都栽，他看過電影《聊齋志異》中的那個〈秋翁遇仙記〉。人家秋翁一輩子侍弄花花草草的，和仙女居然有了緣分，三瘸子不奢望有一天仙女降臨他的小屋，他只是想讓屋子裏有點生機。

有鳥語有花香，這日子總強似一個人家徒四壁冷冷清清吧！三瘸子承認自己的豆腐坊是家徒四壁的，但他決不承認自己日子是過得冷冷清清的。

古人有梅妻鶴子一說，三瘸子書念得少，上升不到這個境界，三瘸子只覺得吧，在花花草草中打發日子，倒也不那麼淒惶！

那些蘭草倒爭氣，開出姿態汪洋的一大片。

日子久了，便惹上人的眼了。

惹人眼的是三瘸子培育出的幾個新品種，三瘸子的培育有點無心插柳一說，所以三瘸子並不知道，他的蘭草中，有虎爪金蘭，有紅粉佳人，有玉玲瓏等等值錢的珍品。

其實在三瘸子眼裏，珍品不珍品的都是一株草，能開花亦喜，不開花也欣然，他圖的是一片生機。

別人圖啥，他懶得揣測，三瘸子在待人處事上是簡單的，不設防的那種簡單。

就有人領了女人上門了，問三瘸子，要媳婦不？

三瘸子剛過了想媳婦想得發瘋的年齡，他知道自身條件太高，高得瘸子差不多要斷了這個念想。

三瘸子就笑，要也得人家願意啊！

來人說，啥條件？

三瘸子張張嘴撓撓頭，簡單啊，能做飯就成！

來人就將背後的女人推到三瘸子面前，說，你瞅瞅，合適就留下。

　　三瘸子就瞅，瞅出女人一臉的茫然，有點遲疑也有點忐忑。

　　來人解釋說，人是呆了些，但肯定會做飯！

　　三瘸子知道沒退路了，潑出去的水收不回來，說出去的話也舔不回來！

　　謝媒自然簡單，任來人挑走了幾盆蘭草。

　　洞房花燭夜卻不簡單，媳婦吃了喝了一上床就縮床角睡了，三瘸子收拾了碗筷又收拾了自己，心旌動搖著爬上床，手還沒碰到女人胸脯呢，女人就狼一般又是撕又是咬的鬧了起來。三瘸子未曾防及會有這樣的場面，稍一楞怔，就被女人踹下了床，那條好腿猝不及防扭了筋骨，幾天不能出門。

　　好在女人倒是真的能做飯，一日三餐能端到三瘸子面前，三瘸子就這麼著算渡過了蜜月。可憐的是，他這個新郎一直到蜜月完了，人依然是新的，沒有進入婚姻的實質階段。

　　就這樣，也認了，總不能把娶進門的媳婦再掃地出門吧，畢竟，是個有病的女人，掃到哪裏又會容她的身呢？

　　三瘸子在黑王寨人的冷言冷語中扎下頭來，依然侍弄著他的花草，間或，在女人發病時也侍弄一下他的女人。

　　女人是不曉得報答的，她只曉得一日三餐把飯煮熟，當然，也有把飯弄得夾生不熟的時候。

　　三瘸子頂多是多哽一下喉嚨，照樣有滋有味往肚子裏嚥。

　　夾生不熟的婚姻都能嚥，何況一頓飯呢？天底下恐怕也只三瘸子能把日子過得這麼簡單。

　　日子去了又來，青草枯了又黃，女人終於在一個冬日掉進黑王河結了薄冰的水裏。

　　三瘸子在埋女人時流了一場淚，沒人能知道那一刻，三瘸子的心裏是悲還是喜，總之，三瘸子就那麼一言不發地坐在一塊石頭上，一

直到天亮了又黑天黑了又亮。

有人勸他，說不值當的，為一個瘋女人！

一貫好脾氣的三瘸子忽然生了氣，什麼叫值當，什麼叫不值當，夫妻一場，你以為就這麼簡單？

勸的人懵了，能有多複雜呢，一個連飯都做不全熟的女人！

鬧喜

新婚三天無大小，得鬧！

娶親的隊伍才出門，這邊看熱鬧的已經在摩拳擦掌了，也有不摩拳擦掌的，像貴生。他就沒，而是挑著水桶下了河，黑王寨做喜事，得專門請人挑水，人多，席面大，水用起來就費。一般人家做事，都請兩個壯男人挑水，不為別的，好事成雙唄！但這兩人中間一定有一個是貴生，貴生幹活肯出死力。

出死力為的啥？為了求個好人緣，貴生是光棍，只好在這方面上討好女人了。

但女人，是那麼好討好的麼？比如說喜妹子，他討好了那麼多年，滿打滿算要娶進自己屋裏的，到頭來依然成了別人媳婦，而且進門茶就要喝他貴生挑水燒的呢，而且就在今天呢！

貴生能去鬧喜嗎，鬧死還差不多！

貴生在河邊發了一會呆，發呆是他想從粼粼的波光中看見喜妹子的影子，昨晚，就在河邊，喜妹子約貴生在河邊見面，先是抱著貴生

喊哥哥，跟著就哭，哭得貴生心裏像鋸條在拉。再後來，喜妹子一顆顆解開了衣服的扣子，那皮膚在月光下，可不就閃著粼粼的波光，喜妹子在這片波光中柔聲說，貴生哥你要了我吧！

貴生當時多想把手伸在喜妹子胸脯上摸上一把啊，那是貴生今生最大的夢想呢。

貴生不敢奢望得到喜妹子的身子，黑王寨講究大，誰家媳婦要過門前被別人破了身子，那是殺世的冤仇呢！貴生不怕什麼殺世的冤仇，貴生是怕喜妹子嫁到婆家後連帶娘家人也一輩子抬不起頭。

畢竟，喜妹子男人家也在黑王寨呢，兩家就隔了一座山頭，那男人雖說苕點，可苕也是人啊，貴生不想做讓苕記仇一輩子的事。

呆發了沒多久，貴生被嗩吶聲驚醒了回過神來。黑王寨的花轎娶親很奇怪，花轎出門要是走東邊一條路，花轎回屋就得走西邊一條路。明明對門望的兩親家，平常抬個腳就能走到的，這會兒得繞老大一個圈，可能圖的就是團團圓圓這個意思吧！走回頭路是不吉利的，所以花轎就繞到了山下河邊了。

繞遠點，後生們歡喜，遠了鬧喜長輩們看不見，不會罵他們胡來，其實都一個寨子裏的人，再怎麼胡來也有個譜吧！

貴生著了急，他得把水趕在頭裏挑回寨去，讓喜妹子喝口剛上灶的茶，這可是今兒第一桶水呢。

偏偏，娶親的後生們攔住了他。

說貴生你不來鬧鬧新娘子啊。

貴生偷眼看了一眼花轎，說娶進門了我去鬧！

後生們知道貴生喜歡過喜妹子，不放他走，說趕早不如趕巧，就這會鬧吧！

貴生悶了頭要走，後生一擁而上，把水從他肩上卸下來，說，這樣吧，讓新郎新娘玩跋山涉水好不好！

　　爬山是要新郎在眾目睽睽之下解開新娘外衣，手象徵性的在乳房上摸幾把，涉水就有難度，要新娘背著新郎過橫在兩隻水桶上的扁擔，還不能帶翻水桶。

　　苔覺得很好玩，笑嘻嘻去拽花轎裏的喜妹子出來。

　　喜妹子不肯，苔火了，蠻勁上來，硬把喜妹子拖了出來，一扯一拉的，喜妹子外衣上的紐扣就蹦掉了幾顆。五月的天氣，喜妹子裏面紅肚兜露出了一角，貴生喉嚨乾了一下，紅肚兜旁邊有粼粼的波光閃了他的眼，苔的手就勢往裏面貼上去。

　　喜妹子眼一閉，貴生的血湧上臉龐，攔昨晚，那應該是屬於他的領地呢！

　　爬完山，該涉水了！纖弱的喜妹子最終沒能順利越過那根扁擔，整個人撲倒在地上，苔被甩在了一邊。

　　鬧喜的人要的就是這效果，一窩蜂擁了上去，假裝攙扶新娘子，手卻一個個混水摸魚往喜妹子胸脯攢了上去，貴生的手也不失時機插進了那粼粼的波光裏。

　　是怎麼柔媚的波光啊！貴生剛在心裏感嘆了這麼一句，啪！臉上挨了清脆的一耳光。

　　是喜妹子，居然！

　　貴生怔了一下，問喜妹子，幹嘛打我？

　　喜妹子不看他，拿手掩衣服。

　　貴生又問，幹嘛不打他們？

　　喜妹子仍然不看他，掩完衣服往花轎裏鑽。

　　貴生火了，他們鬧得，我就鬧不得，當我不是人啊！

　　喜妹子在放下轎簾前遞出了一句話，他們鬧我，是人，但你鬧我，是畜生！

　　貴生悟不過來，捂了臉在那兒發楞，我怎麼就是畜生了，昨晚你還求我要了你的啊！

哭其實不難

　　江小東在北坡崖下的茅草路間蹲下來，假裝繫鞋帶，瞅瞅前後沒人，迅速把兩邊長得要交頭的茅草挽在一起，繫了個絆。寨裏男人上北坡崖做農活，往往喜歡仰了頭看天氣，粗心的人，被茅草繫的扣一絆，不摔跟頭也得絆個趔趄。

　　江小東這個絆是專為陳玉梅的爹設的。

　　陳玉梅的爹是黑王寨最粗心的人，但打起人來也最下得了粗手。

　　陳玉梅的眼淚在他爹的粗手下就沒擰乾過，像梅雨季節的雲層，隨便揉一下，就能揉得江小東心裏濕濕的。

　　能把陳玉梅的爹的手絆個骨折就好了，江小東想，那樣陳玉梅眼裏就可以像出了梅的天氣，要幾清澈有幾清澈。江小東的眼裏從來都是清澈的，因為他打小沒爹，娘寵他都寵不贏，還捨得下手打？

　　就算下手打，也是那種高高舉起輕輕落下的虛把式，像撓癢癢，確切點說，比撓癢癢要來得舒服。

　　娘打了幾回，不打了，說你這孩子，怎就不曉得討個饒呢？非得娘把你打得哭天抹地的啊？

　　江小東心說，想我哭，除非地翻過來作天，我爹死我都沒哭的！

在黑王寨，江小東的爹是死得最慘的人，用雷管自製土炮炸魚，把自己炸得面目全非，一隻胳膊也不知飛哪兒了。

死無全屍呢這叫做！

寨子裏大凡長了個肉心的，都明裏暗裏抹了幾回淚，唯有江小東，眼紅都沒紅一下，哭一哭就那麼難？

江小東眼不紅的理由很簡單，反正爹炸魚又不是炸給他江小東吃的！

那年江小東七歲，嘴裏還沒沾過魚腥氣，他有理由恨那個見天炸了魚屁顛顛跑到別的女人門下討好的爹。

遠遠的，陳玉梅的爹背著噴霧器上山來了，江小東急忙躲進了大壕溝裏。

陳玉梅的爹嘴裏哼著鄉野小曲，像遇了八百年不見的喜事，還「妹子的腳，香又小，上面停著一隻白靈鳥……」我呸！江小東惡狠狠吐一口痰以示憤慨，馬上就讓你這雙大腳栽跟頭，信不！

你以為腳大就江山穩啊！俅。

果然，黑王寨腳最大的男人陳玉梅的爹那句上面停著一隻白靈鳥還沒鳥出口，兩隻手就失去控制往前一撲，上面那隻藥桶也不失時機往前傾了過來，滿桶的藥水有大半灌進了他的脖子！

陳玉梅的爹飛快爬起來，把藥桶扶正，然後拚命甩右手，看來是疼得不行，多半是手頸被捂得漲了氣，江小東趴在草叢裏，大氣也不敢出一聲。

只見陳玉梅的爹用左手握著右手使勁扯了幾扯，然後又罵罵咧咧把藥桶背上肩，去了北坡崖的棉花地。

江小東是確信陳玉梅的爹走遠了才溜下北坡崖子的，他要告訴陳玉梅，這一回，她爹再也對她下不了粗手了，手頸漲了氣沒得個把星

期是恢復不了的，而還有一個星期陳玉梅要去鄉里上中學了，和自己一起呢！

陳玉梅的院門虛掩著，江小東熟門熟路推門進去，剛要張口，卻合不攏嘴。

陳玉梅一個人在涼床上躺著，臉上紅彤彤的，眼淚一串趕一串往外漫。

江小東嚇一跳，說，玉梅你怎啦？你爹又打你了？

陳玉梅點頭，咬著唇，不讓淚再往下滑。

江小東把手伸過去，幫陳玉梅擦了幾把說，放心，開學之前他打不成你了，這麼一安慰吧，陳玉梅反而哭得愈發兇了，說，開學之後他還會打的！

江小東不明白了，他不成還追到學校打啊？

陳玉梅就捂了臉嚎啕大哭起來，我爹不讓我上學了！

江小東一下子懵了，嘴裏狠狠罵了一句，那藥怎沒灌到他嘴裏呢，毒死他，看他還打你不？

毒死誰呢，你個小白眼狼！一個聲音在門外響起來，江小東嚇一跳，陳玉梅的爹居然回來了。

不用說，江小東是落荒而逃了，儘管如此，江小東還是挨了陳玉梅爹順手砸過來的一隻鞋子，大號的鞋子砸在江小東背上，生生的疼，江小東鼻子酸了一下。

回到家，娘已經準備了晚飯。

兩人無話，都只顧吃自己的，娘守寡守得話也少了起來，江小東知道娘話少是愁他開學的錢呢。雖說學費免了，可生活費書本費不能免啊，生活中總有一些免不了的事壓在人心頭，比如說陳玉梅的打就免不了。江小東嘆口氣推開碗筷，洗了澡滿腹心思進入了夢鄉。

　　是娘房裏的嘰喳聲把江小東鬧醒的，娘自打爹去世後，養成說夢話的習慣好幾年了。

　　江小東赤腳下了床，想聽娘夢裏都說些啥。

　　娘在房裏說，難為你了，這麼多年供著我家小毛上學，連聲爹我都不能讓他叫你！

　　一個熟悉的男人聲音鑽進江小東耳朵，唉，這麼多年你也曉得的，我不在乎這聲爹的！

　　你家玉梅呢，她會恨你一輩子的！娘在抽泣呢。

　　恨就恨唄，我以後不打她就是了，一個丫頭讀再多書也走不遠的，倒是你家小東我瞅著是個有心思的人！

　　熟悉的男人聲音停了一下又說，今兒個我絆的跟頭大半是他繫的茅草扣。

　　江小東赤了腳開始往後退，一雙大號的鞋絆了他一下，鞋上還有濃濃的農藥味呢，江小東鼻子像被農藥刺激了，一串一串的淚忽然從眼眶裏湧了出來。

　　哭其實不難的！

做大

　　春香想做一回大，想了十幾年了。

　　你就是想二十年也是白搭！娘一句話就把春香的心思給堵死了。

　　憑什麼啊，春香嘴巴嘟著，覺得娘都不是自己親娘了。就憑黑王

寨有這一句老話，娘說，你曉得麼？

春香自然曉得，那老話是這麼說的，閨女越做越小，媳婦越做越大！

春香就想看看，嫂子是怎麼把媳婦越做越大的！

一看就看出眉目來，莊戶人家過日子，雖說簡單，可再簡單也離不開衣食住行吧！

春香就是從這四樣看出嫂子是如何把媳婦做大的。

先說衣裳，嫂子嫁過來時，明明是單的棉的各買了三套，都在櫃裏還沒上身呢，可一開春，娘就從箱子底下翻出一沓錢來，衝哥說，拿著，到街上給媳婦添件像樣的衣服！

嫂子添了衣服回來，娘那股勤勁兒讓春香難過了半天，又是幫嫂子扯衣擺，又是幫嫂子翻衣領，搞得嫂子像沒長手似的。

春香就氣鼓鼓地扯了一下自己衣擺，這一扯不要緊，她的衣服舊了，沒翻好，破了紗的領搔癢得脖子很難受，春香就叫了一聲，娘，紗頭撓我脖子了，你給我弄一下！

娘沒給弄，娘給了她一句話，娘說你自己沒長手啊！春香被這話砸得淚花四濺，她是想叫娘看看，自己衣領破了，該買一件像樣衣裳的人是自己，怎麼說春香也十六七了，知道講臉面了。

衣服畢竟不是天天買，春香在這方面做小的感覺還好點，可一日三餐的飯讓春香肚子天天沒吃就飽了。

每次飯菜上了桌，嫂子還和哥在屋裏磨蹭著，非得三請三邀才入席。又不是坐紅席，非得八個人滿座才動筷子？有一次春香餓不過，見嫂子還沒出來的意思，春香就端了碗，剛湊到嘴邊，啪，手上挨了娘一筷子，餓死鬼跟著啊！你嫂子沒來不曉得？娘一吼把春香的饞蟲給吼回去了，春香那頓碗沒扒三口就放了，嫂子倒吃得很歡實，娘把一盤好菜差不多全扣在嫂子碗裏。

　　吃上將就點，春香也忍了，酒肉穿腸過嗎，只要能長身體就行。可住就是天壤之別了，嫂子住的房屋掛了窗簾，貼了窗花，喜面喜慶得不行，出門進門都鎖著，皇帝後宮也沒這麼個講究吧。

　　春香的房屋，除了床和一個梳妝檯，連個衣櫃都沒有，本該放衣櫃的地方放了一個雜物櫃。春香看電視上說女孩子閨房如何如何，說得春香沒了一點自信，天底下像她這樣的閨房大概就獨一個。

　　說完衣食住該說行了。

　　嫂子是動不得步的主兒，一拿腳，哥哥總是跟屁蟲一樣黏著，那麼大的人還怕丟了不成？春香很是不屑，下地鋤草間個苗吧，一壟沒上頭，娘就搶了鋤頭說，歇著歇著，別累壞了！

　　鋤個地就能累壞人？春香不懂，那人是紙糊的還是燈草做的啊！

　　這嫂子還真是越做越大，那一回吧，兩個人趕個集回來，哥只衝娘說了一句話，娘差不多是撲上前去扶住的嫂子，口中一迭聲地說，我的嬌，我的嬌，小心點，別摔了，彆扭了！

　　天啦，那麼平的地會摔跤，瞎子啊！當時春香惡狠狠撇下他們去了裏屋。娘還真就瞎子樣了，一點沒看見春香臉色。打那以後，嫂子腳步一下子更金貴了，地也不下了，門也不串了，動不動就端了腰在屋裏吃零食，吃出一嘴的香來。

　　好多零食春香都沒見過呢！

　　這閨女做得也太小了，小得娘的眼角餘光都不掃一下。

　　春香就盼著快長大，大了，嫁出去，眼不見心不煩的，多好，在小姪子呱呱落地後一年，春香滿二十了。

　　滿了二十的春香發現，娘看自己的眼神開始複雜起來，天天踮著腳在門口望，盼什麼人來又怕什麼人來似的。

　　該來的總要來的，是提親的人。

　　春香是隨提親的人一起見的男方，見小夥子感覺尚可，就點了

頭。點頭回來，娘圍著春香絮叨了半天，問小夥子高不高，壯不壯，模樣精明不精明。問到最後春香煩了，春香就衝娘使了性子，說你煩不煩，不就一個男人麼，重三遍四地問，一句話，比你兒子強，行了吧！

要擱以前，春香這麼使性子，娘准得發脾氣罵幾句，但今天，娘不僅沒發脾氣，還笑模笑樣衝爹說，楞怔啥，還不殺雞！

雞殺了，也燉熟了，哥嫂還沒回來，娘把飯菜端上桌，隔著門簾喊春香，出來吃飯啊，春香！

春香懶洋洋地，說嫂子不是沒回來嗎？

娘說，不等她了，你先吃吧！

春香心說娘今天是怎麼的了，做事盡顛來倒去的。

一臉疑惑的春香上了桌，娘已將雞大腿夾了放在自己碗麵上，春香說娘你糊塗了，這雞大腿是歸嫂子吃的。

娘一跺筷子，叫你吃你就吃，哪這麼多費話！

春香說我是做閨女的，哪好和嫂子爭吃的！娘你說過的，閨女越做越小的。

娘忽然就抹起了眼淚，娘說，傻閨女，在娘心裏，你永遠是最大的啊！

春香沒覺得自己做大過一回，春香就說了，娘我怎覺得你把嫂子看得比我大呢。

娘搖了搖頭，說，嫂子跟你不一樣啊，嫂子是離了娘的人，你呢，好歹在娘眼皮底下晃著。

這話讓春香愈發糊塗了，自己這會也在娘眼皮底下晃著啊，怎就一下子全裝娘眼睛裏了？

春香是覺得吧，娘今天真的太不像娘了！

遞話

　　陳玉梅剛給門上了拴，就聽見門外有人叩門環響，輕輕的，有點急促又有點小心翼翼的。

　　陳玉梅心就咚地一沉，衝門外罵了一句，是哪個沒臉沒皮的啊，還嫌豬潲水沒吃夠？

　　門外傳來壓低了嗓門的央求，嫂子，是我，四貴。

　　陳玉梅一聽聲音，眼前就浮出一張驚慌失措的臉來，在黑王寨，只有四貴見了女人會驚慌失措的，怎讀書把人讀誤了呢？

　　陳玉梅這樣說是有道理的，四貴要不是多讀幾年書，沒準兒子都扛上肩頭了，在黑王寨，哪個兒子扛上肩頭的男人見了女人會驚慌失措啊！

　　有什麼事嗎？四貴？陳玉梅口氣緩了下來，四貴不同寨子裏其他男人，那些男人都扒過陳玉梅的門，也都被陳玉梅從門縫裏甩出去的豬潲水髒過臉。

　　對四貴，用豬潲水是絕對行不通的，而且陳玉梅也不忍心，人家四貴從沒對她動過言語伸過手腳，扒門也是頭一遭。

　　四貴可能在門外張望了一下，陳玉梅隔著門能聽見他扭動脖子的聲音，跟著四貴貼著門縫說了一句，嫂子，你把門打開，我進來遞個話。

　　陳玉梅心裏又撲通一下，臉上漲起一片潮紅，遞個話幹嘛開門，門板又不隔音。

　　四貴快了頭，說嫂子那我明天來吧，這話不能叫別人聽了的。

　　完了腳步聲就踢踢踏踏走遠了，夜一下子空了下來。

　　不能叫別人聽的話，當然是體己話了，陳玉梅身上開始發熱。自

打男人關小慶出去打工後，她快有一年沒聽見體己話了呢。

體己話，想一想都令人耳熱心跳呢。

該死的關小慶，只曉得掙錢，不曉得體己一下在屋裏的老婆，掙錢為的啥？還不是老婆孩子熱炕頭！

陳玉梅閉上眼，拿手從肩頭往下滑，滑過鎖骨滑過乳溝再滑向小腹，陳玉梅就把自己身子摔在了床上，自打關小慶出了門，這炕頭就再沒熱乎過。

有哪個女人不盼著被人暖著熱熱乎乎過日子啊。

陳玉梅想著想著心裏起了氣，狗日的關小慶，你要再不回來，我就給別的男人留門了。

留門是黑王寨寡婦的口邊話，若夜裏惦記上哪個男人了，白天瞅個空，跟人家使個眼色，悄悄呶一下嘴，待男人走得近了，蚊子般嗡一聲，晚上我給你留門啊！

留門，就是把門虛虛掩著，單等男人尋上門來。

這樣的事，民不舉官不究，或多或少還有點古風，只要男人的婆娘不鬧上門，日子倒也單純通透。沒什麼目的，只是生理上的一種需求，平日照了面，大家心照不宣，遇上難事，互相搭個幫手，陳玉梅不是寡婦，留門說到底不過是生理有需求，在口頭上賭賭氣而已。

要真隨便留門，她是不喜心的，陳玉梅是個心氣高的女人，也是個身段模樣都過得去的女人，攔寨子男人眼裏，是七仙女呢！七仙女得誰來配？董永唄！

陳玉梅就扳著指頭算，看哪個男人跟董永有得一比，一遍指頭扳下來，陳玉梅嚇一跳，怎扳到四貴名下了？四貴單著身，卻埋了老爹又養老娘，頭上四個哥哥都立了門戶單過。不養老娘倒也罷了，偏偏嘴上說得能點燃油燈，說是么兒不離娘房，大兒不離中堂，四貴是不折不扣的么兒，只是他這個么兒既沒了娘的房也沒了自己的房，借了

寨子的倉庫，娘兒倆開了煙火。

陳玉梅想到這，心裏軟了一下，四貴第一次扣門，怎就沒留下吃頓飯呢？

就吃一頓飯，能吃出多大個事呢，真是的！

那些閒言碎語，管不了那麼多了，明天吧，明天四貴說還來的，有情不在一日趕，陳玉梅迷迷糊糊進入了夢鄉，居然就夢見關小慶了。

關小慶卻沒給她熱乎臉，陳玉梅眼睜睜看他摟著一個染著黃頭髮的女子扭著胯進了一家澡堂，那家澡堂門外寫著鴛鴦浴三個字。

狗日的關小慶！陳玉梅給氣醒了。

醒了也還早，天才麻木亮，陳玉梅想了想，下床，梳洗一番，出了門，她決定去扣四貴的門。

四貴喜歡吃啥，她沒個譜，誠心留吃飯就得有黑王寨待客的禮數。

扣了三下門，裏面傳來四貴的呵欠聲。

誰啊？四貴的腳步聲停在了門口。

我，陳玉梅！陳玉梅猶豫了一下，小心翼翼地回答。

四貴開了一半的門拴停住了，有事嗎？嫂子！

你把門打開，我給你遞個話！陳玉梅四處張望了一下，這麼早要被人聽見了，好說不好聽呢。

四貴沒開門的意思，吞吞吐吐的，嫂子，門板不隔音，有話你就說吧！

陳玉梅心氣上來了，你當有些話能隔門板說的啊，也是的，清巴早的問人家喜歡吃啥，苕都曉得想出個二五乘一十來，露水說話草裏聽，不成叫人想到哪兒呢！

陳玉梅罵了一聲，死人，怎不曉得轉個彎呢？掉了頭就往寨下走，今天，她無論如何也要關小慶給她個答覆，到底幾時能回來，麥收前要不回來，她就自己找男人給自己開鐮了。

不就開個鐮嗎？多少人盯著她這個七仙女磨刀霍霍呢，不過，這話要遮得巧，不能讓關小慶聽出自己的驚慌失措來，那裏面可是藏著四貴的臉的！

後娘也是娘

張明洋這次回黑王寨，是孤身一人咬牙回來的。

孤身的原因很簡單，張明洋剛剛離了婚，想不孤身都不行！

至於咬牙則有必要交代一下了，從鄉里到黑王寨的路況不好，坑坑窪窪地，再好的車也得咬著牙跑。坐這樣車的人，得咬牙死死抓住車上的扶手，何況那條路上也只有蹦蹦車，不咬牙你坐都坐不穩，但這回的咬牙卻跟他娘有關。

是他娘讓他回來的，娘是後娘，打爹死後，張明洋就再沒回過黑王寨。後娘也不是不好，可張明洋打曉事起就沒對後娘親熱過。

讀完書進了城裏張明洋就從腦子裏抹去了後娘的概念，只有當他那些同父異母的兄弟找進城來，他才是冷不防地想起鄉下還有後娘的存在。

為什麼一定要讓他回去呢？張明洋站在蹦蹦車上頭抵頂蓬腳蹬車廂想了一路也沒想出個所以然，倒是這種頂天立地的坐車方式讓他臨下車時才猛然醒悟過來。

爹下葬那天，後娘曾拉著他的手這麼說了一句，明洋娃，以後這家裏能頂天立地的人就是你了呢！

　　莫非家裏出了什麼事，得他這個長子出面來既頂天又立地？

　　張明洋在心裏重重地嘆了一下，他張明洋在城裏也就一個小公務員而已，出了面又如何，連自己老婆都不肯買自己面子呢！

　　回到寨子裏，張明洋才發現，和後娘一點也不親的姐姐居然也回了娘家，爹死那會，姐姐也才回來不到二天工夫呢！姐夫是個二杠子，動不動就打姐姐，張明洋上回趁爹下葬的工夫，氣氣派派教訓了姐夫一通，姐夫第一次看見城裏舅子板著臉孔說話，神情一下子蔫了，連連保證不再動手打人的，難道手又癢了不？

　　偏偏這次手癢的是姐姐！

　　姐姐動手打了姐夫不說，還嚷嚷著要離婚，後娘不敢往深裏勸，只好出山請張明洋，兩人可是從一個娘肚子裏爬出來的，很多時候，姐姐也只聽張明洋的。

　　趁後娘去殺雞的當兒，姐姐問張明洋，你怎回來了？

　　娘捎信的啊，你不知道？張明洋以為姐姐知道的。

　　姐姐果然不知道，姐姐就碼下臉，前娘後母的，輪得到她操心麼，真是的！管那麼多不嫌累？

　　張明洋沒順姐姐的話往下說，張明洋這麼問了一句，姐姐你不喜歡後娘啊？

　　不喜歡！姐姐拿眼往後院瞅一下，其實她不用瞅的，後娘在他們姐弟倆面前向來小心翼翼的。

　　娘對你那麼好！張明洋怔了一下說。

　　再好也是後娘啊！姐姐撇了一下嘴，一點也沒怔的說。

　　張明洋也撇嘴，那你是想蓉兒也找個後娘？蓉兒是姐的孩子，打小身子骨就弱。

　　姐姐一聽蓉兒兩個字，眼圈就紅了，張明洋拍拍姐姐肩頭，吃完這頓飯你就回去吧，我送你！

姐姐不說話，張明洋也不說話，嫁雞隨雞，嫁狗隨狗雖說只是平常那麼一說，可往深裏想一想，女人是要侍候男人一輩子呢！

姐姐被送回去時，姐夫硬拉著張明洋吃飯喝酒，張明洋喝著喝著喝高了，結果姐姐又送他回來。送到了姐姐問他，怎一人回來呢，不把媳婦孩子帶上？

張明洋大著舌頭說，不一人回來能怎的，離了！

一句離了把正洗衣服的後娘嚇了一跳。

後娘不洗衣服了，把個搓衣板往地上一砸，你給我說清楚，為啥要離？

不，不為啥！張明洋還暈暈乎乎的，一點也沒發現後娘變了臉色。

那她是偷人養漢了，還是你另有新歡了？後娘一把揪住張明洋耳朵，一反平日的溫柔謙讓。

張明洋人雖醉了，但疼的感覺還是有的，張明洋不高興了，大大咧咧回了一句，她也沒偷人養漢，我也沒另尋新歡，就是不想過了，你一個後娘管那麼多幹嘛？

啪！一句話剛落音，張明洋臉上挨了一耳光。

後娘怎啦，後娘也是娘，只要是你們姐弟的事，我睜一天眼就管一天！

一嘴巴把張明洋打清醒過來，清醒過來的張明洋第一次發現，一貫好脾氣連指甲都捨不得彈他一下的後娘，這會兒正一臉張皇望著自己剛抽過張明洋臉上的那一隻手掌。

後娘也是娘呢！

張明洋先是腦海裏被這五個字震得嗡嗡作響，跟著雙膝一軟，撲通一聲跪在後娘面前的搓衣板上。

走手的糍粑

　　一到年下，黑王寨的女人們都愛打糍粑，打糍粑是細活，男人都沒這個雞毛心。蒸得熱氣騰騰香軟黏口的糯米飯，往往被他們在石臼裏東一榔頭西一棒槌的杵幾下就交了差。結果揉成團捏成條的糍粑外面看起來光乎，在九天的寒水裏一泡，卻管不到開年。

　　原因很簡單，裏面的米飯沒揉勁道，半夾生的東西，早從裏面開了裂，這樣的糍粑，一打春就沒什麼味道了，而且拿出來放不到一二天就上黴。

　　誰吃啊？豬都嫌它黏巴上嘴頭的天花板呢！

　　糟蹋這麼金貴的糯米，黑王寨的女人會心疼的！指望不了男人，女人就自己動手，一來二去的，也打出一些門道來。只在你到黑王寨做客，五月端陽以前，家家都能用糍粑招待你，糍粑燒了吃脆，烤了吃香，煎了吃軟，一句話，是很上得了席面的一道菜。

　　這些女人當中，小滿的糍粑是打得最好的，可以一直放到來年糯穀起坡的時候，而且不酸不霉不從裏面開裂。問她有什麼竅門，小滿不說，只笑。

　　小滿的話少，黑王寨的人都曉得。

　　其實竅門就在黑王寨的第一場雪裏，黑王寨人喜歡貯存九天的雪水，可以治燒燙傷的，很多偏方都離不開這一味雪水。

　　只有小滿，把雪水用來泡糍粑！

　　自打男人東志開年出去打工以後，小滿的話就更少了，常望著缸裏泡的糍粑發呆。男人喜歡吃糍粑，可以頓頓管飽。吃得糯米飯的男人曉得疼女人，這話，是小滿娘說的。小滿爹也喜歡吃糯米飯，別

說，還真疼了娘一輩子呢！男人這會雖說遠在千里之外，但他一定在心裏疼著自己，不然背井離鄉拋妻棄子的辛苦為個啥？還不是為她們娘兒倆日子過得不那麼緊巴！

開春不久，黑王寨來了一群燒炭的外地人，在北坡崖那挖了窖搭了棚子，就對山上的雜樹下了鋸子。

黑王寨人冬天喜歡烤火牆，燒炭的人家幾乎沒有，再說，燒了炭也沒處賣。不像出門人全國各地竄，路子廣，黑王寨那些歪脖子樹居然能從他們手裏變成錢來，很是令人覺得稀奇。每天去看稀奇的人當中，小滿是最少言寡語的一個，巧的是，那幫燒炭燒得黑頭黑臉的小工中，也有一個三棍子打不出一個屁的男人。

男人叫萬民，這是小滿從別的男人喊他時曉得的。

兩個不愛說話的人碰了頭會怎麼樣呢？莫不成應了那句古話，兩個啞巴睡一頭，沒話說？小滿那天從北坡崖回來時，為這個念頭很是好笑了一回。

沒成想，第二天清巴早的，兩人真的碰了頭。碰了頭的小滿嚇了一跳，小滿在寨下河邊清衣服，剛巧萬民也拎了幾件衣服下河來洗。

小滿沒吭氣，只顧把個水波攪得一浪一浪地滾動，滾著滾著，發現身邊沒了水花響。一抬頭，看見萬民正拎著一條褲子發呆，石頭尖劃了一下，那褲子破了個丁字形的洞。

大妹子，你帶針了沒？萬民漲紅了臉問小滿。

黑王寨的女人習慣在袖口上扎一張針，有線連著，上山下嶺的樹枝掛了衣服，就手連幾針，很方便，跑回家去縫多耽誤工夫啊！

偏巧，這回小滿沒帶，小滿就說，待會去我家，我給你找張針！

就去了，找了針線，萬民說我很快的，果然手腳麻利得很，比一些女人的針線活弱不到哪裏。

進門就是客，黑王寨的規矩。小滿就生了灶火，從水缸裏撈出一

塊糍粑出來，切成片，在鍋裏煎，還打了個雞蛋拌糍粑，這樣煎出來的糍粑不會黏成一團。

拈一塊是一塊，萬民吃出一嘴的香來，真好吃，這什麼東西啊？

小滿說，糍粑啊！你們那沒有嗎？

萬民紅了臉，我們住大山裏頭，只種土豆苞穀還有小麥，糯米要水養著，沒地方種的！

你要喜歡吃，就多來！小滿笑了笑，很同情眼前這個沒吃過糍粑的外地男人。

吃慣的嘴，撩慣的腿！萬民還真就隔三岔五來，不過不白來，要麼背點炭，要麼幫小滿做些力氣活。沒人說閒話，黑王寨的人都曉得小滿本分，招蜂引蝶的事她做不出來。

萬民先是喜歡吃糍粑，再後來就喜歡上了做糍粑的人，要能吃上小滿一口，那滋味一定比糍粑香！

吃就是親的意思，那天萬民開玩笑說，小滿妹子，我還想吃一樣東西你捨得嗎？

小滿說想吃啥啊？只要我有！

萬民就湊上來要吃小滿的嘴，小滿嚇一跳，冷了眼，不要這樣！

萬民手停住了，很難受的樣兒，萬民說，妹子，我真的想呢，想得很難受！

有幾難受？小滿退後一步問。

像貓在心口抓！萬民撓了撓頭說。

小滿說這樣啊！轉身抓起桌子空下的貓，讓它在自己胸前抓了幾下，我也被貓抓呢，等想得要命時再說吧！一個男人這點還抗不住？

萬民吃了癟，快快回去了，不過更想得要命。

瞅個機會，萬民又盯上小滿，那天夜裏，小滿沖了澡出來倒洗澡水，萬民衝上去，喊一聲，妹子，你這是要我命呢！

穿了小背心的小滿被萬民抱得緊緊的，閉著眼，讓萬民親了一口。萬民得了鼓勵，手就不老實了，往小背心裏鑽。

小滿變了口氣，說別蹬鼻子上臉行不？身子跟著僵硬了起來，兩眼也冒著寒氣。

眼見小滿真的生氣了，萬民縮回手，那你為啥給我親呢？縮回手的萬民悻悻問了小滿一句。

不為啥，小滿說，我男人也在外面，他也需要這麼一點溫存！

萬民低了頭就走，牙咬得響響的！

轉眼就到了年下，萬民回家過年的那天，小滿提前打了條新鮮的糍粑送他下寨子，說再好吃的東西我也不能多給，你回去想了就切一塊弄了吃！

萬民不領情，罵了一句，你以為你的糍粑真的很好吃啊，俅，跟你人一樣硬梆梆的！完了把那塊冷糍粑砸進一邊的雪地裏。

小滿的心倏地疼了一下，像開了道裂縫。

男人是在臘月二十八進的家門，小滿煎了糍粑給男人下酒，男人只吃了一口，就停下筷子，說這糍粑怎不順味呢？

小滿不相信，也伸出筷子拈了一塊，乖乖，糍粑還真是做得走了手。小滿想起來，這糍粑是萬民走後第二天打的，當時她耳朵裏淨是萬民的那句罵她的話，你以為你的糍粑真的很好吃啊，俅，跟你人一樣硬梆梆的！

我硬梆梆的嗎？小滿望著男人忽然就沒來由的苦笑了一下。

撒嬌

　　春香想撒一回嬌，都想了二十年了，當然不是在丈夫懷裏撒嬌，是在娘懷裏撒嬌。

　　這事，攤到別的女人身上就很容易做到，大不了會被娘點上一指頭在額上，都老大不小的人了，也不嫌丟人！

　　是的，春香確實也老大不小的人了，在黑王寨，像春香這樣的四十多歲的女人，有福氣的都當婆婆了，應該是孫子在自己懷裏撒嬌了呢！

　　春香的這個想法，顯然有點不合時宜了。

　　一個不合適宜的想法能想二十年，這裏頭應該是有些故事的，你猜對了，故事還有點波波雜雜的呢！

　　這樣跟你說吧，打從春香嫁人那天，娘就當黑王寨的樹啊草啊發了誓，只當沒養春香這個閨女的，或者只當生下來一把就捏死了的。一句話，能睜一天眼，她就不想看見春香在自個眼前晃！

　　春香也硬氣，打出門那天起，連打呵欠都不望娘家的方向！

　　殺世的冤仇啊？你們娘兒倆！春香爹在心裏罵她老伴，但沒敢罵出口。春香娘當過十幾年的婦女主任，老母豬都能罵得流產，老母雞都能罵得下軟殼蛋，會怵一個教書匠？

　　春香爹教了一輩子書，也沒長出點之乎者也的書生意氣，倒是養了個么閨女春香，滿身的傲骨！

　　這一傲吧，就傲歪了眼，看中了寨子裏最窮的鄧么。鄧么是外號，其實在家排老大，叫他么是因為他在學校念師範時從不出風頭，樣樣落在人後面，連放個屁都沒搶過一回先。

　　兩人第一次去春香家，春香娘躲出門了，一口冷茶也沒給他喝上，鄧么不在乎，說自己長了手的，我們燒了給老人喝。

　　春香看中的其實也就鄧么這一點，曉得在屈裏怎麼伸，這樣的人，保不準日後能有個前程！

　　窮點怕啥呢？會挑的挑人樣，不會挑的挑家當！

　　過日子是跟人過，不是跟家當過，你要病了困了，家當會應你的聲麼？不會吧，但鄧么會！

　　結了婚自然得養孩子，春香坐上喜那會，北坡崖上的野毛板栗基本被鄧么全包了。他在鄉里中學上課，常騎了自行車上山下嶺地竄，竄出滿頭的汗，然後笑吟吟從口袋裏變出一把野果或一袋點心啥的！

　　那滿頭的汗在春香看來就是一臉幸福綻放的水花！

　　水花裏影影綽綽的，就看見娘的臉了。

　　娘的臉也會冒汗花，那是她在鄉里開了會回來，兜裏總揣有在食堂加餐沒捨得吃的雞腿鴨脖子什麼的，油乎乎的用紙包了，有時候食堂生活簡單點，但幾顆蘭花豆是一定是有的！

　　娘怕捂出什麼味兒來，一般都是小跑回來的，然後一臉幸福的把手伸出來說，乖，看娘給你帶的好場合！在黑王寨，好場合就意味著零嘴兒，嘴裏能叭嗒出香來不是好場合是啥？

　　那時的春香會呼一下抱住娘的腿，仰著小腦袋，張著小嘴巴，像覓食的家雀喳喳著叫嚷說，娘你對香香最親了，香香長大了有好場合，一定帶你去吃！

　　婚禮就是最好的場合，娘卻沒去，沒去也罷了，還吃上一肚子氣！

　　春香有了孩子後，忽然就覺得自己做得過了點，特別是她輕輕吹一口粥餵一口孩子時心裏就酸酸的疼。

　　娘也是這麼把自己餵大的吧！

　　找個機會跟娘和解吧！她想。

　　挑了個好天，她和鄧么帶上孩子裝作閒逛往黑王寨走，在寨下河邊時，明明白白聽見了有人捶衣服的棒槌聲，結果人沒走攏去，捶衣服的人慌慌張張走了，剩下棒槌孤零零躺在石頭上。

　　春香眼神好，看那棒槌，很眼熟，想起是自家的來。小時候幾個哥哥沒少跪過這棒槌，大的稀奇小的嬌，春香就沒跪過的。娘這是躲自己呢！春香眼圈一紅，掉了頭往回走。

　　鄧么勸，說算了吧別哭壞了身子，娃還要吃奶呢！

　　奶！奶！你就知道你娃要吃奶，不曉得我也是含著娘的奶頭長大的啊！

　　鄧么苦著臉，不知道拿這個家裏的功臣怎麼辦。

　　這事一晃就十幾年了，鄧么眼下成了中學校長。春香想了想，再回一趟黑王寨吧，好歹有點衣錦還鄉的意思呢，再說老二周歲了，該認認門的！

　　這回娘沒躲，是病了，先中風，然後痴呆，能行動，卻沒力氣躲了，也沒意識躲了。

　　娘已不認識春香了，也不認識被她趕得雞飛狗跳的女婿鄧么了。

　　中飯是春香做的，爹和娘單過著，黑王寨只要兩老健全的老人都單過。想吃稠的想吃稀點不跟兒女們打擾，老夥計兒在一塊扯點往事也不看子女臉色。開飯時哥哥嫂子們全來了，圍了滿滿的一桌。

　　春香試著給娘奉菜，娘來者不拒，堆了一海碗，把個頭扎著，嗯嗯啊啊往嘴裏扒。

　　春香的老二是個丫頭，剛學會走路，在桌子邊繞來繞去的，末了繞到奶奶跟前不走了，饒有興趣地盯著奶奶扒飯的動作。

　　好多飯順嘴往下漏呢！

　　吃完飯，哥嫂們準備下地，春香收了碗筷出來，發現娘和二丫不見了！

春香嚇一跳，問嫂子，娘呢？二丫呢？

嫂子撇一下嘴，丟不了，每次吃完飯娘都往銀杏樹洞藏東西。

娘藏什麼呢？春香很好奇，輕手輕腳繞過去。娘正兩眼閉得緊緊地在樹洞裏掏啊掏，末了掏出一身汗來衝二丫招手說，香香，快過來，娘給你帶回好場合了！

娘的手掌跟著伸開來，一隻發了餿的雞大腿和幾顆長了黴的蘭花豆一下子鑽進了春香的眼裏。心裏像被什麼硌了一下子，春香叫了一聲，娘哎！人就撲進了娘的懷裏，一邊捶娘乾癟的臉膛，一邊撒嬌說，娘對香香最親了，香香曉得的！

娘不說話，有涎水從笑開的嘴角漫下來，那是怎樣幸福的水花啊！春香看呆了，好半天都不捨得拿手巾去擦一擦。

害心

老門老戶的黑王寨人都曉得，寨子裏最早冒出炊煙的是蘭鳳家，最遲熄燈的也是蘭鳳家，熄燈了也並不是表示蘭鳳家就安靜了，還有一串趕一串的咳嗽聲在夜風中一直連貫到天明。

一般在黑王寨，屬於這種情況的人家大多屋裏有長期病人，蘭鳳的娘就是長期病，怎麼個長期法呢？反正打從蘭鳳記事起，給她娘瞧病的醫生都死了幾個，娘和她的病卻還苟延殘喘著。

眼下，家裏就娘和蘭鳳倆相依為命了！

娘其實只能算個活死人，整天躺在床上，眼神無光，臉色寡白，

一張嘴張得老大,像翻了塘的魚,呼呼喘著氣息,像隨時都可以斷氣似的。

偏偏,好幾回裝老衣都換身上了,娘喉嚨七悠八不悠的,又悠出一口長氣。

悠完了的第一件事,就是喝藥,娘基本不喝水了,喝藥便成了蘭鳳的頭等大事,每天挖草藥熬草藥的忙碌,連寨子門都很少出過。

不出寨子門沒啥,蘭鳳的名字卻飄出了寨子門。

蘭鳳這娃有孝心呢!外面不認識的人都這麼說。

豈止孝心啊,還有善心呢!寨子裏認識的人也這麼說。

善心是有依據的,黑王寨人熬了藥,習慣將藥渣倒在路上,讓千人踏萬人踩的,把病根帶走,或讓病走到別人家。蘭鳳卻不,她把藥渣曬乾,用塑料袋裝上,裝上做什麼,她沒說,也沒人去問,人家沒有害人的心思是肯定的。

因了這點,寨下河邊的大老史看中了蘭鳳,合了八字請了媒人,就等蘭鳳娘一閉眼,好把蘭鳳接進門。

既然有了這門親,那麼就有必要提一下大老史的兒子史小義了。

史小義是個厚道的小夥子,打從和蘭鳳對了面,蘭鳳家裏的吃水就由史小義包了。

包就包唄,山裏人,別的沒有,力氣有一把。

史小義挑一回水上寨子,回來時大老史兩口子就會問一聲,她娘有點啥跡象沒?

沒!史小義放下桶,氣拖得長著呢!

兩口子就沒話了,再問兒子會怎麼想,不成盼著親家閉眼啊!

隔一天,史小義回來,兩口子還是忍不住又問。

有點動靜沒?

　　動靜大著呢！史小義擦把臉，閉過氣三分鐘讓蘭鳳一口藥給緩回神了！

　　兩口子你望我我望你，兒子都二十五了呢。

　　日子久了，再問，史小義煩了，要不要把她一把掐死啊？

　　掐死顯然是不可能的，但得想辦法讓蘭鳳和小義把婚結了，大不了，多養一個娘！

　　兩口子就讓史小義再去時捎個話，說年下到了，請有裁縫在家裏，想給她做幾身新衣服，成家前的衣服，講究四套棉的四套單的。

　　棉的也好單的也好，得量體裁衣不是？

　　沒準蘭鳳下山一耽誤，她娘那口氣就上不來了呢？當然，這話只能悶在心裏，大老史兩口子人沒害心，只是覺得嗎，水靈靈的姑娘叫個活死人拖著，耗不起啊！

　　大姑娘家誰不愛穿紅戴綠呢，蘭鳳就樂呵呵下了寨子，把娘交給史小義了。

　　藥在床頭擱著，咳緊了灌一口，喘不過氣餵一口，很簡單的事呢！

　　蘭鳳卻忘了最簡單的一件事，娘是她的，不是史小義的！史小義自己娘病了都沒餵過一口藥的呢。

　　多喝一口少喝一口會死人啊！蘭鳳走了後不久史小義閒得無聊，桶一挑也跟著下了山，不會那麼巧說死就死的，他在心裏抱著僥幸想。

　　蘭鳳是量完比子選了花布才看見史小義站在她身後的，她嚇了一跳，我娘怎的了？

　　沒怎的啊！史小義說。

　　沒怎的你下來做麼事？我娘要有個三長兩短我跟你沒完！蘭鳳丟下布慌慌張張上寨子去了。

　　要真有個三長兩短才好呢！史小義想，那樣可以早點把婚事辦了，他這會想女人都想得發瘋了。

　　還真出了三長兩短，蘭鳳娘偏就那會兒一口氣沒接上來，過去了。

　　喪事是史小義跑前跑後忙碌的，不料出完殯，蘭鳳卻冷冷衝史小義說，你回去吧，以後不要讓我見到你！

　　史小義以為蘭鳳哭娘哭糊塗了，著急說，你不見我見誰啊，我們還要做夫妻的！

　　夫妻？蘭鳳冷笑，鬧半天你為了和我做夫妻才來成心害我娘的吧！

　　你娘，你娘這病，遲早的事，幹嘛，幹嘛是我，我起心害的啊！史小義有點語無倫次了。

　　你不光害我娘死，你還害我沒了家！蘭鳳牙一咬說。

　　我家不就是你家啊！史小義很委屈。

　　你家是婆家，我家是娘家，因為你，我娘家連個出氣的東西都沒有了，知道嗎？蘭鳳吼了一嗓子。

　　史小義沒話了，蘭鳳的腦筋這會兒鑽進了死胡同，跟她講不通道理的。

　　回了家，大老史兩口子見史小義悶悶不樂，大老史說，小義啊，蘭鳳這是孝心呢，沒錯的！過段日子就好了。

　　是呢，有孝心還有善心的姑娘不多呢！他娘也幫腔。

　　說到孝心和善心，史小義嚇了一跳，他想起下寨子時蘭鳳正翻箱倒櫃往外找藥渣的事來，史小義沒敢吭聲，只記得當時蘭鳳的眼神很嚇人，平白無故的她找藥渣做啥呢？

　　答案很簡單，半夜時分，有人看見蘭鳳家的燈還沒有滅，一個人影在手電光的照引下出了門，影影綽綽一直走到了大老史的門前。第二天早上，大老史開門時嚇了一跳，門口的藥渣快堆成了一座小墳。

石子

　　我踢了一顆石子，五孩也踢了一顆石子。

　　兩朵水花濺起來，這一次，是五孩踢得比我遠，水花也濺得比我開，難怪爹讓我出來找五孩混飯吃！

　　士別三日呢，還真像那麼回事。

　　眼下五孩就人模狗樣地站在寨子下面的河邊，我拎著個蛇皮袋，裏面有我的家當。

　　五孩不踢石子了，拿腳踢我的家當，這樣的東西，也能拎進首都嗎？你爹也真是的！

　　五孩這樣說時還痛心疾首了一番，我沒有作聲，心想不就比我早出五年門嗎？你踢石子哪一回踢得比我遠啊！

　　五年前的五孩才十五歲，整個一發育不良的菜秧子，身體不結實倒在其次，關鍵是他爹從不讓他吃飽飯，理由很簡單，他爹懷疑他是個野種。

　　懷疑的原因你聽了一定覺得很可笑，但在黑王寨的男人看來，就不是可笑的事了，是很莊嚴的事呢。

　　一是五孩居然早產，結婚八個月就出生了，養七不養八！五孩居然活得勁逮逮的，讓人懷疑這八個月中打了一個月的埋伏。

　　二是吧，打五孩以下他媽生的全是丫頭，再不見一個帶把的，五孩爹有理由把這個疑問往下延伸。

　　延伸的結果是，五孩就沒看見過他爹的笑臉，他娘倒是對他笑過，可眉眼裏全是苦笑，讓人心裏打結的那種笑。

　　五孩小時候，沒有屬於自己的任何一件玩具，儘管他爹是個木

匠，會做木刀木劍木槍，可五孩呢？連個三角形的邊角廢料都不敢碰，五孩就只好跑到寨下河邊踢石子玩，我也喜歡玩踢石子，五孩踢得比寨子裏差不多大的孩子都遠，可就是踢不過我。

踢過了我，就沒人給他喝洗鍋水了，那時候我家就我一根獨苗，經常洗鍋水都比別人碗裏的粥要稠。

我爹心慈實，動不動還給他半個饅頭，一口鹹菜啥的。

五孩嘴甜，就一口一個乾爹叫。

叫得我爹臉上美滋滋的，我娘心裏惡滴滴的。

我娘有病，沒生的了，這樣叫不是寒磣我娘麼？五孩的離家出走，或多或少與我娘有關。我娘愛乾淨，見不得髒孩子，五孩常把髒手伸到我家飯桌上，撈上啥都往嘴裏餵。為這，娘摔了好幾回筷子。黑王寨的當家人，都喜歡發脾氣時摔筷子，一來出了氣，二來能製造出些響動，三來也沒什麼損失。

脾氣發了也就發了，日子還得細水長流的過，砸值錢的東西是敗家的行為，寨子裏老老少少都會不齒的。

那次娘一天摔了六回筷子，都是撿五孩面前的摔，五孩再裝苔就不是五孩了。他紅了臉走出了我家大門，還回頭望了一下屋前坡下的柿子樹，柿子已經在透紅了，不過卻澀，讓人張不開口的那種澀。

五孩眼裏澀澀地走的，他沒張口，娘在他身後把他睡過的破棉絮一把火點了。

五孩的那一走就悲壯了許多。

就我一人送的他，偷偷地，他爹不把他當兒子，他娘也不知道他的出走。

那天，我們也踢了一回石子，不過沒分出輸贏來，兩人居然踢得一般遠，見鬼了不是？當時五孩還餓著肚子踢的。

這回他踢得比我遠，我很服氣，我是個懦弱的人，我爹一直這樣

說我，只有跟五孩他才能給我一碗飯吃。

一個知根知底有個性的人，是不會給五孩多大的尊崇的，我就不同了，我的懦弱讓任何一個人都能指揮我。

其實我也不是懦弱，就是比較珍惜自己的血性而已，我是這麼以為的。

五孩在上了火車後那副趾高氣揚的派頭忽然沒了，他可是在黑王寨捐了一萬元錢修橋的大款啊！

一萬元，那麼厚的底氣，在火車上居然被人吆來喝去的，我有點惶然了。

更讓我惶然的還在後面，五孩居然不在北京開公司，而是在一個廢舊站搞廢品回收的。

每天五孩騎一輛三輪車帶上我串街走巷，把我一個個介紹給他的熟人，並定好下一回來收的日子，還囑咐我用心記住人家的姓名和地址。

一個月下來，不見了五孩，聽老闆說，五孩開闢新的戰場去了。

開闢戰場？我問了句傻傻的話，要打仗嗎？

要打的！老闆笑，打得頭破血流呢！

果然，又過了一個月，五孩來找我時，很難為情的樣兒，頭上還纏著繃帶，他說你借我一百元錢吧，兄弟這幾天換藥用！

當初捐一萬元不眨眼的五孩居然缺一百元錢？我很奇怪，望著他。

五孩忽然火了，有什麼奇怪的，你想不成為一顆石子被人踢來踢去的，就得付出點代價，懂麼？

我說過我是個懦弱的人，但並不表示我大腦不開竅，我在掏錢給五孩的一瞬間忽然明白了，那一萬元錢，足夠讓他娘不再成為他爹腳下的石子！因為五孩在亮出一萬元的時候，他爹眼神明顯的惶恐了起來，他娘的腰桿一下子挺直了許多。

那你可以把我踢一邊去啊，犯不著為一個不相干的人去挨罵挨打

流血的！我嚅了嚅嘴望著他說。

　　不相干？五孩哈哈笑出了眼淚，你知道嗎，在你家呆的那段日子是我一生中最美好的時光啊！既沒人打我也沒人罵我呢？

　　可那段日子我娘一直把五孩當石子的啊！我一下子傻了眼，當顆沒人打沒人罵的石子很美好嗎？

老鼠

　　緊趕慢趕，馬玉終於擠上臘月二十三開往黑王寨的過路班車，只要中途不拋錨，這頓小年的中飯還是趕得上的。

　　臘月二十三，黑王寨人是很把它當回事的，不然怎的叫小年呢？意思是大年一伸脖子就可以望著，該閒一閒胳膊閒一閒腿腳認認真真歇大年了！

　　那輛破公共汽車果然很爭氣，硬是哐當哐當著沒歇氣地把馬玉捎到了黑王寨山腳下。連拖帶拉從人縫中擠下車門，馬玉把拉桿箱和旅行袋一放，就拚命拍打起羽絨襖上的灰塵，這一拍打不要緊，眼前立馬騰起一團一團黃霧來。

　　我操，這麼破的車也敢出來掙錢，要在深圳早當廢鐵給處理了！馬玉一邊拿手在鼻子跟前往一邊搧浮塵，一邊這麼衝汽車影子罵了一句。

　　罵完，人卻呆住了，公路那邊的冬青樹下，居然站了好幾個寨子的人。不用說，他們是來接人的，馬玉的爹就在人群中呢！

黑王寨的丫頭，講粗話的少。操，操誰呢？爹呼哧呼哧喘著氣，惡狠狠瞪了她一眼，回去跟你算帳！

馬玉嘴張開了一半，想跟大夥打個招呼，可所有人的頭齊刷刷扭向了一邊，像她們在工廠流水線上作業似的，頭偏著，眼睛只盯一個方向，很有點整齊劃一的意思。

馬玉使勁一跺腳，乾脆不打招呼了，跟在爹的後面回寨子去。

出門二年多，沒想到，家裏的黃狗還認得她，搖頭擺尾迎上來。怎就忘記給黃狗帶點禮物呢？深圳的寵物店裏狗食品狗服飾可多了。馬玉有點愧疚，就在旅行袋裏翻，翻出了給爹娘帶的衣服，翻出了給弟妹帶的禮物，包括七大姑八大叔小姪小女的，就沒一點適合黃狗的東西。

最後，馬玉失望地嘆了口氣，伸手去口袋裏掏紙巾擦手，居然在口袋裏摸出一根雙彙火腿腸來，馬玉很高興，幸虧車上顛得自己沒了胃口，不然如何對得起黃狗的搖尾乞憐呢！

一根火腿腸剝完，爹陰著臉吼了聲，怎麼的，這狗倒比人顯著親啊？馬玉這才想起娘沒見著影呢。

娘這會一定忙得起不了身，殺雞宰鴨還有蒸年糕。馬玉小跑著鑽進了廚房，娘果然忙碌著，看見馬玉，只拿眼瞟了一下，就催促說，快，快給灶裏添把柴！

馬玉遲疑一下說，我換了衣服添吧！才上身的羽絨服，她心疼呢。廚房裏還沒掃陽塵，油黑的蜘蛛網絲線隨時會沾在衣服上，娘臉上就有一絲絲的黑線呢。

娘罵了一句，出去才二年，就曉得窮講究了啊！

馬玉在心裏苦笑了一下，你哪怕出去才一天，也得學會窮講究。剛到深圳時，她給餐館刷盤子，因為不講究，扣了半個月工資呢！不講究你就沒飯吃，除非你是在垃圾堆下水道竄的老鼠，不用擔心衣食。

說老鼠呢，馬玉在房間換衣服時果然就看見一隻老鼠，正大搖大擺竄上了桌子。

這鼠輩，居然講究起來，不慌不忙在盤碟裏把塊芝麻糖嗅了又嗅。馬玉使勁咳嗽了一聲，那老鼠才邁著方步吹鬍子瞪眼走了，很不情願似的。

咳嗽聲引起了爹的注意，爹在外屋問了一聲，咳啥呢，一回來就感冒了，這麼嬌貴？吹不得寨子裏的風啊！

馬玉說才不是呢，爹您怎麼這麼不小心啊？把芝麻糖放眼面上，老鼠剛才偷嘴呢！

爹一下在外面急了，邁步往裏屋衝，你沒打它吧！

沒啊，馬玉很奇怪，打不得嗎？

沒打就好！爹鬆了一口氣，你要打了它我可不依你！

馬玉很委屈，自己怎就不比一隻老鼠金貴啊！

爹見馬玉紅了眼，爹就解釋說，今天是老鼠嫁姑娘，惹它不得的！

老鼠嫁姑娘？馬玉這才想起來，在黑王寨是有這個說法的，在這一天，一貫見不得陽光的老鼠們會大肆出洞熱熱鬧鬧吹吹打打地把姑娘嫁出去，好多年畫上都有這樣的場面呢。戴紅蓋頭的鼠娘子坐在轎上，由穿紅掛綠的老鼠響器班子護送著，鼠新郎騎高頭大馬，很紳士地昂著頭，嫁娶的聲勢是浩大的，以至於那一天，從早到晚老鼠們會肆無忌憚地在它們領地上撒野。

黑王寨的鄉民對神靈的日子向來信奉有加，不僅在這天貓和狗要拴上，連食物也會給老鼠們奉上一碟，以求來年老鼠會少把糧食禍害。

望著那塊老鼠嗅過的芝麻糖，馬玉忽然流下了淚，娘這會進來拿糯米，見馬玉這樣嚇了一跳，好端端地回來了，哭啥啊哭？老鼠嫁姑娘，不興有人哭的，不然來年它會報復你的！

馬玉抽抽答答地說，娘您不知道，在深圳我還不如寨子裏的一隻

老鼠呢！

娘聽不懂馬玉話裏的意思，娘就嘴一瘸說，寨子裏的老鼠能穿你這麼光鮮的衣服，寨子裏的老鼠能掙你爹半輩子也掙不了的活錢？

馬玉不知道怎麼回答娘的話了，她眼前過電影樣，閃過她和一幫小姐妹在流水線上手腳不停的身影，還有昏暗燈光下趕著洗衣寫家信時欲哭無淚的心情，那是怎樣的忙碌怎樣的疲憊啊，連上個廁所都有強制性的規定。再往前的鏡頭，則是剛到深圳時因沒辦暫住證，四處躲避聯防隊員追堵時老鼠過街式的逃竄與奔命。

那是怎樣小心翼翼的日子啊，兩年了，難道就因為下車時的一聲我操，竟不如一隻老鼠在爹娘心中的重要？抹完淚，馬玉忽然沒頭沒腦衝娘說，明年臘月二十三，您跟我找戶人家，我想當一回老鼠，把自己嫁了！

爹和娘互相對望了一眼，在心裏尋思說，這孩子，打工打糊塗了吧！

搭台

先磨刀再砍柴，要看戲先搭台。

黑王寨眼下知道這句古話的小媳婦不多了，陳小英算是其中一個，這樣一說你就知道了，陳小英是個守點舊禮的小媳婦。這樣的小媳婦，如今在哪裏都是很難得的了。

黑王寨的舊禮多，尤其是在臘月，尤其是對老人。

　　臘月裏有講究，十七十八把豬殺，二十七八賣雞鴨！

　　老人裏有說頭，七十三，八十四，閻王不叫自己去！

　　這會兒離臘月的講究還遠，但離老人的說頭很近。陳小英的公公婆婆雙雙過了七十，離坎近了，身子再硬也得作準備不是？樹有根，人無根，沒準哪一天就哧嚓一聲斷了陽壽呢！

　　打副壽材自然就擺上了議事日程。

　　陳小英盤算了又盤算，跟公公請示說，這壽材是大活，得請個穩重點的師傅！

　　公公人老，心也老，老得不想操心了，公公就說，你自己拿把握吧！

　　想了想，又問，要不要讓世安回來一趟？

　　這一問把公公問惱了，指望他回來，等我死了再說吧！

　　要的就是這句話，婆婆不敢當公公的家，在一邊癟癟嘴，嘆了口氣說，世安不是人吶！

　　是的，世安真不是人，出去打工打到人家女人床上了，他風流快活同英可以不管，但爹媽在堂你總該有個言語有個交代啊！陳小英氣憤憤的，未必我就不能給你也扣頂綠帽子？

　　做壽材，說白了，只是給世安戴帽子搭個台。陳小英盤算好了的，師傅請外村的，幫手請寨裏的，晚上留師傅在家住宿，三五天工夫，不怕成不了好事。成好事歸成好事，但做大活，手藝還得掂量掂量，老人一輩子不就為掙個好瞌睡籠子嗎？黑王寨老人都興把壽材稱做瞌睡籠子。

　　扳著指頭數了個遍，陳小英決定請明喜，模樣周正不說，人還憨，憨點好，不會嘴裏沒遮攔到處亂講。重要的還有一點，他媳婦剛好產後風走了兩年，單著身呢！

　　做大活得先請陰陽先生看日子，五瞎子伸出指頭掐算了一通，

說，十月初八吧，這日子吉利！

就十月初八，明喜剛好那幾天得空，勾完日子回來，陳小英心就隨了脖子一起往上伸，踮著腳盼十月初八。

去年放的六棵水杉已經請人抬到了屋場上，做壽材之前，搭點天地間的靈氣日月上的光華，很點很重要。這樣的籠子裏打起瞌睡來才安穩，公公婆婆很上心同英的安排，自然沒二話。

十月初八那天，下鋸子前還放了鞭炮，陳小英被鞭炮炸出一臉的喜氣，像剛嫁到世安家那會樣，或多或少有了幾份羞澀。

明喜見了，開玩笑說，大妹子捨不得煙酒錢是吧，臉都心疼紅了？

陳小英低著頭，把煙往一幫幹活的人兜裏揣，一人一包。塞到明喜兜裏時，陳小英隔著衣服擰了明喜一把，我有什麼不捨得啊？就怕師傅你不敢張口吃！

寨子裏的幫手哈哈大笑起來，明喜也笑，其實誰也沒聽出陳小英話裏的隱語。

這妹子挺能說話的呢！明喜不由抬頭多看了陳小英一眼。

陳小英卻不看他，故意挺著胸脯忙來忙去端茶遞水。

下料，放線是陳小英給明喜拉的墨斗線頭。這不奇怪，下料得和老闆商量，這是手藝人的規矩。端人碗，受人管，吃人醃菜，受人編排！陳小英的編排令明喜很受用，總是一副商量的口氣，師傅你是走百家門的人，多替妹子拿主意吧！

明喜的主意拿了，陳小英還一連聲的感激，做壽材能碰上這麼不挑剔的主，百年不遇呢！明喜對陳小英的好感更添了幾分。

台搭好了，就看戲晚上怎麼唱法，陳小英有點心裏沒底了。想歸想，做歸做，陳小英畢竟是個本分的女子。要是明喜像世安那樣不本分，這事就成了，她想。為了讓明喜不本分，她晚上特意加了兩個菜，還上了酒，做壽材一般是要結束時才管酒的，怕師傅喝多了，不

小心帶出傷來，見血是不吉利的。

陳小英所願，明喜喝了酒，酒壯色膽嗎！

可不如同陳小英所願的是，明喜下了酒桌就躺床上夢周公去了，一個男人，酒量怎可以這麼淺呢？晚上睡覺時，陳小英惡狠狠隔著牆踢了幾下床板，踢也沒用，隔壁的明喜睡得像頭豬。

第二天，陳小英端洗臉水時，衝明喜擠眉弄眼說，你上輩子是不是豬投生的啊？

明喜不惱，說你怎知道呢，你上輩子是蛔蟲脫胎的吧？

陳小英賭了氣，心想，你就是個豬，笨頭笨腦不解風情的蠢豬！

因為賭氣，陳小英督促明喜的活路就緊了起來。

大活做完那天，公公婆婆出去接了幾個老傢伙過來喝落心酒，喝完了就出門轉去了，一直到收完碗筷還不見回來。陳小英看明喜，明喜也望著陳小英，裝錢的櫃門鑰匙連在大門鑰匙上，怕不是老人有意帶出門去成全他們吧！陳小英想，兩個老人一直為世安的負心而內疚呢。

明喜那晚也喝了酒，卻沒像往日露出醉意來，明喜說，你要真有那個心，日後吧！說完就往門外走。

日後是什麼時候？陳小英追出門問。

等你公公婆婆下葬了，世安也不回來了的時候！明喜說。

那時候你要不來找我，我不成要一輩子等你？陳小英不放心。

哪能呢，我工錢還放在你手裏呢！明喜笑，笑完又加上一句，我搭了台你還怕沒戲唱？不成你也想讓我跟世安一樣不安分啊！

疙瘩

蛤蟆打哇哇，四十五天吃疙瘩！

黑王寨第一聲蛤蟆哇哇響起時，雲秀大媽正在門外拿柴禾，哇哇聲嚇了她一跳，跟著手像被蛇咬了似的往回一縮，柴禾啪一聲掉在地上，橫七豎八在禾場上。

同時落在地上橫七豎八的，是雲秀大媽的心思。

西山腳下的太陽晃了一下，不見了，暮色就罩了下來。遠遠地，小叔子順柱的咳嗽聲一步步挪了過來，隨著咳嗽聲挪過來的，還有小叔子的腳步聲。

這是小叔子順柱第一次在傍黑把腳邁進她的院子呢，雲秀心裏慌了一下，自打男人順友死後，小叔子二十年沒在傍黑時走過她的家門了。

嫂子小叔稀裏糊塗！黑王寨雖有這樣的戲言，但真臨到自個頭上，誰都會不由自主縮回頭去的。

蛤蟆打哇哇了呢！順柱沒頭沒腦吭出這麼一句話，然後拿眼盯著雲秀。

雲秀的臉一下子紅得像塊綢子布，眉眼低著，卻不接話。

小叔子順柱自顧自又補上一句，要吃面疙瘩了呢！

雲秀順了一下耳邊的鬢髮，嗔怪說，我又不是聾了瞎了，聽不見也看不見啊！

順柱一下子結巴起來，那，那你要記得啊！完了逃也似的跑了出去，像後面有雞冠子蛇在追。

雲秀腿一軟，就剩四十五天了該怎麼跟兒子張嘴呢？寡嫂跟光棍小叔子合家，好說不好聽呢。

可想一想順柱，二十年了，夠難為他的，人一輩子能有幾個二十年？當初生龍活虎的小夥子如今也成小老頭了。

夜色一點點濃了，蛤蟆聲也一聲聲密了，雲秀的心也一點點亂了。亂歸亂，自己的承諾不能亂，雲秀第二天一大早下了寨子，這大的事，她得提前跟兒子通個氣。

兒子接了電話，趕在麥收時回了趟家。雖說兒子眼下成了單位人，但寡娘的話還是聽的，娘說新麥出來了，要給他做碗麵疙瘩呢。想一想那些飄在碗裏晶瑩如白玉的面疙瘩，兒子的饞蟲就往外鑽，娘下的面疙瘩，均勻，全懸在湯水裏，不冒頭也不沉底，上面飄幾片蔥葉，要色有色要味有味。城裏的面疙瘩不是沒有，但總沒娘新麥面做出的香，虧還起了那麼好聽的名字──水上漂。

人可以在外面飄，但根是不能忘記的。

兒子在單位請了假，為了寡娘，扣點獎金是值得的！

新面出來那天，雲秀把廚房收拾乾淨了，又把自己拾掇齊整了，就開始和麵，火架起來了，雲秀探出頭對兒子說，去把你叔叫來！

兒子跟叔親，這點雲秀曉得。小時候，小叔順柱就是兒子的腿呢，上山下嶺的從小學到初中，幫背書包幫著送糧食，一直到大學，還幫著送行李到車站。

合家，兒子應該沒意見的！

小叔順柱過來時，特意帶了一瓶酒，吃新面是要喝酒的，面疙瘩就酒，越喝越有！好日子不就盼越過越有嗎？

順柱的膽子就是在酒的作用下才有的，喝到一半時，雲秀把面疙瘩端上桌來，順柱大著膽子一把抓住雲秀的手說，忙了半天，你也坐下來喝一杯吧！

雲秀急忙往回抽手，卻抽不動，兒子的眼睛盯在兩隻手上。

雲秀嘴一撇，喝醉了吧你？

順柱說我才不醉呢，今兒當著孩子的面，你給我一個話吧！

什麼話？兒子插了一句嘴。

合，一個家字沒出口，順柱腳被雲秀狠狠踩了一下，順柱疼得啊喲一聲。

雲秀兒子問，叔你怎啦？

雲秀接過話頭，能怎呢，吃撐了唄，肚子疼唄！

順柱見雲秀臉色不對立馬順口說，我這是啊，鄉巴佬不聚財，飯一飽屎出來！完了裝成要上廁所的樣子捂著肚子跑了出去。

雲秀一臉尷尬望著兒子，兒子是明眼人，這會卻裝糊塗，說叔要跟誰合家啊？

雲秀半張著嘴，一時半會不曉得如何回答。

兒子不理雲秀的，繼續說，不會是跟娘您吧，二十年您老熬過來了，還熬不過這二十天？兒子說的二十天是有深意的，他在城裏買了房子，要把娘接進城呢。

還有二十天就要搬家呢！雲秀的臉埋了下去，蛤蟆的哇哇聲也知趣地一點點消失。

兒子不看雲秀了，站起身，說我要回城了，你把屋子料理乾淨，二十天後我來接你！

桌上的三碗麵疙瘩就那麼面面相覷立在那兒，有幾個疙瘩在蔥葉下探出頭來，窺人隱私似的。

隱私，有嗎？雲秀嘆口氣，想起順友去世時留下的話來，二十年後，孩子大了，你要記得為順柱做一碗麵疙瘩啊！在黑王寨，只有新婚的妻子才會給男人做新麥出來的第一碗麵疙瘩呢！

順柱的女人，是在糧荒時偷了隊裏的新麥給懷了娃的雲秀做面疙瘩時被抓了現行，游街回來吊死的。有些事，是該讓孩子知道的，顧不得孩子心裏的疙瘩了！雲秀站起身來，對兒子一端臉說，難得今兒

個閒，娘講個面疙瘩的故事你聽吧！

　　隨著雲秀的訴說，門外，蛤蟆的哇哇又響了起來，順柱老漢的眼淚不爭氣地流了下來，一疙瘩一疙瘩砸在門檻上。

檯面人物

　　四姑婆一生，怎麼說呢，大小在黑王寨也算個場面人物，只是在黑王寨吧，再大的場面人物也僅限於人們茶餘飯後口口相傳罷了。

　　但黑王寨卻是上過書的，在過去，寨子裏出過土匪，搭幫那些不知名姓的土匪福氣，黑王寨得以上了一回府志，府志可不就是書麼？不用說，黑王寨的山水樹木也在上書之列，問題是，這些都被寫志人一筆帶過了，哪兒的山水樹木又值得大書特書呢？

　　值得大書特書的，是人，上得了檯面的人，當然，還有照了今人照古人的太陽和月亮。

　　四姑婆是讓人睜開第一眼就見太陽月亮的場面人物，自然有必要大書特書一回，四婆會撿生，會通神，這兩樣佔全的女人在黑王寨是很讓人敬畏的。

　　也有不敬畏四姑婆的，那就是四爺了。

　　四爺性子暴，有一年喝多了酒，過門檻時絆了一跤，爬起來頭上已凸出個大包，四爺不摸頭，摸了把斧頭撲過去，三兩下，門檻中間就凹了下去。

　　跟四爺頭上的包倒很相映成趣。

　　四姑婆當時手裏正上著香，四姑婆衝菩薩磕了三個頭，連聲說，罪過，罪過！

　　菩薩像前還跪著一個香客，叫時三。

　　時三說，請菩薩給點活路，多看承點。

　　四姑婆說，看承啥呢？

　　時三就扎了頭，說我家羊羔下一窩死一窩，有怪氣呢！

　　四姑婆半閉著眼，說你也不怕菩薩生氣，畜生的事好意思來求！

　　時三就皮著臉央求，這畜生也牽扯到家運，請菩薩多通融！

　　四姑婆這才開了眼，說你回去好好看一看，看你家羊羔，剛落地時地怎麼樣的，菩薩有眼會明示的！

　　時三半信半疑回了家，他家羊羔就要臨產了呢！

　　羊羔是在半夜臨產的，時三瞪大了眼，只見小羊羔一落地，就掙扎著往起爬，結果一趔趄，歪了下去，又爬，又趔趄，就這麼東歪一下，西歪一下，南擺一下北擺一下，居然能爬起來站穩了。母羊撐著虛弱的身子過來，把奶頭湊近羊羔，半跪著讓咧開嘴的羊羔吧唧吧唧扯著奶頭吃起奶來。

　　時三聽娘說過，羊羔下地要拜四方的，時三也聽老師講過，羊羔能跪乳，拜四方是謝四方神靈，跪乳是記著父母養育之恩呢。

　　時三頭當時就激靈了一下，使勁抽自己一嘴巴說，畜生不如呢我這是！

　　完了衝站在一旁的媳婦六姑吼了一聲，還不把娘接回上房來住！

　　時三才起了新房，嫌娘邋遢，讓娘住廢棄的牛屋裏。第二天，時三為娘辦了一桌酒席，請了四姑婆來陪，時三給四姑婆鞠了一個大躬，說我想請一尊菩薩回來，四姑婆您給安置一下。

　　時三，可是比四爺還暴的人物呢！

　　接過頭再說四爺吧，因四姑婆這半神半俗之身，於男女之事也就

淡然，四爺自然起了外心。

四爺起外心，起得不是地方，他跟寨裏寡婦簡枝好上了。

簡枝雖說是寡婦，卻不是誰都叫得開她的門，簡枝要強，自打男人癱瘓到死就放了風，說想叫開她的門可以，得給她有個話！

寡婦能要什麼話呢，不外乎能再往前走一步，改嫁把孩子拉扯大。

四爺在黑王寨也算個人物，但對簡枝，四爺沒使性子，四爺對簡枝拍了胸口說，只要你跟了我，孩子我養！

簡枝就破了例，讓四爺上了她的床，不巧的是，讓簡枝的叔伯們抓了個正著。

叔伯們捉奸，不是成心要簡枝難堪，是想孤兒寡母的有個倚靠。

偏偏捉的是四姑婆的男人，簡枝的叔伯都傻了眼，寨子裏老老少少誰沒承過四姑婆的恩惠？

事情就擺上了檯面，四姑婆來了，盯一眼男人，又看一眼簡枝，覺得倒也般配，四姑婆就衝四爺發了話，從今兒起，你就留這兒吧，那個家，與你不相干了！

四爺沒敢使性子，吭哧吭哧吐出一句，總得辦個手續吧！

四姑婆搖搖頭，手續不手續不重要，上車買票跟買票上車有多大區別呢，做男人你記住一點，只要不逃票就上得檯面。

四爺就留在了簡枝家。

四姑婆的孩子，四姑婆負擔得了。

可能是愧疚，也可能是報應，四爺跟了簡枝後，鐵打的身子忽然就有了敗相，上醫院一檢查，竟是年輕時做得猛了，癆傷！加上跟簡枝後不加節制縱欲，人就垮了。

簡枝本沒積蓄，日子就雪上加霜起來。

四姑婆挑了個日子，請了車子去拖四爺，簡枝說四姐你這是打我臉呢。

　　四姑婆笑一笑，說我要把沒調教好的男人丟你家不管是打自己的臉呢。

　　看著四爺被四姑婆攙上了車，簡枝掩了面就哭，哭得肩膀一抽一抽的。

　　四姑婆不哭，衝四爺笑笑，當初我就說手續不重要吧，重要的是做人要地道，上得了檯面！

　　使了一輩子性子的四爺頭垂了下來，他一直以為在黑王寨只有男人才上得檯面。

薑湯

　　冬吃蘿蔔夏吃薑，不用大夫開藥方！

　　早上出門前，我背著裘文的面，特意把昨晚熬湯的那塊生薑撈出來吃了，可一坐上這破車，鼻子裏還是連續啊噴了幾聲。

　　因為這不是夏天，薑不管用了？我把有點沉的腦袋衝車窗外望出去，雪地裏有什麼好望的呢？賣票的那個大嫂拿手碰了碰我，買票！

　　她把我當成躲票的了。

　　撇開黑王寨村主任的兒子身份不說，我好歹也是大學畢業又留了城的人了，會在乎一張車票？

　　到底是鄉下，做個跑車的生意還這麼促狹。買了票，我的話就更少了。

　　不年不節的，爹召我回村幹啥呢，這才進九幾天啊？真是的！他

老人家不是不知道，每回一次家我都得和裘文磨一陣嘴皮子。

爹不待見裘文這樣的城裏媳婦，儘管他在外面喝酒時動不動就緬懷祖宗八代吹噓城裏混得人模狗樣的兒子和媳婦，在寨子人的一臉敬仰中心裏快慰得不行，可真的一旦媳婦現了他的眼，他的嘴巴立刻像被電焊焊死了似的，撬不開一絲縫來，那言語金貴得讓我心裏發虛。

所以這次回家，我沒帶上裘文。

車況不怎麼好，有冷風從車窗缺了口的玻璃鑽進來，可以打落牙齒的那種冷呢，我把嘴埋在豎起的衣領下，拿眼有一搭沒一搭地瞅窗外被雪壓一副小媳婦樣的野草和河流。

旁邊一老頭把護耳摘下來，使勁咳了一下。

我沒理會這樣的招呼方式，有話就說唄，咳嗽個啥呢？不怕唾沫中有病菌傳染人啊！

爹也喜歡這樣跟裘文打招呼，結果被裘文不輕不重地從衛生角度上了一節課，打那以後，爹就不和裘文打招呼了。裘文是醫院的大夫，有一些鄉下人看不慣的窮講究，譬如回鄉下吃頓飯吧，非得用醫用酒精消毒碗筷，而且每次回去都要從超市帶上兩條新毛巾。

這讓我很沒面子，當然更沒面子的是娘，碗筷都是娘洗的。

有一次娘避了裘文給我長志氣說，娘給你生這兩隻手是用來做兩樣事的，曉得吧！

我搖了搖頭說不曉得。

爹在一邊插了嘴，一樣是做事，一樣是打老婆，這下曉得了嗎？

曉得了我也不敢打裘文啊，人家肯嫁我就夠委屈自己了，還打，先把自己打清醒了再說吧！

這打的念頭剛出來，旁邊老頭就啪一聲打了自己一嘴巴，當然是象徵性的，做給誰看呢？我把耳朵支了起來。

人老不值錢呢，我聽那老頭憤憤然說了這麼一句，很耳熟的呢，

那破鑼嗓子！我好奇地把嘴從衣領下鑽出來。往前探了探身子，拿眼仔細看了看那老頭，乖乖，是寨子裏的三大爺呢！

您是三大爺？我摘下眼鏡，衝鏡片哈口熱氣用手絹擦乾淨架上耳朵又看了一眼。

還認得人啊！老頭臉色緩了緩。以為你眼睛朝天上長的呢！

認得認得！得了這番確實，我急忙從口袋裏摸煙，三大爺啥也不好，就好一口煙，有人敬他煙，比敬他酒飯還要上臉。

我說，你好歹該敬我一根煙的！三大爺得意地衝賣票的大嫂擠了一下眼。

那女人也笑了一下，眉眼竟然有點熟悉，誰呢？想不起來了。三大爺點著了煙，女人拿眼瞅了一下，不怕嗆著啊您？

能嗆一回也是福呢！三大爺果然嗆著了一下，身子彎成一張弓，使勁咳嗽起來，一口氣在喉嚨那卡住了。

快開窗，快開窗！賣票的大嫂衝我招呼起來，怎這麼沒眼色？我急忙開窗戶，冷氣呼一下砸進我的喉嚨，我打了個冷噤，頭更重了。

雪天裏，回個什麼寨子啊！我在心裏把爹埋怨了一遍。

回來是看五瞎子的吧？三大爺把那口氣順上來了才問我說。

五瞎子，怎麼啦？我真不知道爹叫我回來幹啥呢。

五瞎子過閉了你不曉得？過閉是黑王寨對死的另一種說法，這說法讓人聽起來能減少對死亡的恐懼。你命好，有個命好的人給他出殯，他來生說不定會投個好人家！三大爺補充說。

就這點破事，害我給單位請了二天假，我的全勤獎沒了呢？我有點惱爹的不變通了。

惱歸惱，五瞎子的出殯我還是去了，象徵性地鞠了躬，燒了紙錢，我就退到了一邊看雪景，日暮蒼山遠，天寒白屋貧！黑王寨不遠也不貧了，可村民思想怎還這麼守舊呢？

　　我的心裏打了個冷站，剛要跺腳呢，爹的身影在雪地裏吱吱作響過來了。

　　其實你該給五先生磕個頭的！爹說。

　　為什麼？我很好奇。

　　五先生餵過你一碗薑湯的，你忘了？爹把一根煙點上，不望我，望天！

　　多久的事了，你們還記得？我很好笑，不就是一碗薑湯嗎，我們養了他後半生呢？一碗薑湯換來後半生衣食無憂，他也值了！

　　做人，是不能這麼換算的！爹把煙頭丟到雪地上，拿腳踩滅，白了我一眼，氣呼呼地走了。

　　該怎麼換算啊？我正發著呆呢，三大爺不知從哪兒冒了出來，拍了拍我的肩說，你娃是真不曉得麼？

　　曉得什麼？我很疑惑地望著他。

　　五瞎子當初也有個兒子的，比你小兩歲！三大爺說，那年大雪封了半個月的山，你和他都得了重感冒，寨子裏就剩五瞎子家有半塊生薑，你爹去討，五瞎子二話沒說給了你爹，結果他的兒子抵抗力低，燒成急性肺炎。

　　以後呢？我沒想到那碗薑湯裏還飄著這麼個故事。

　　以後，那孩子沒了！三大爺低低說完這話，走了。

　　三大爺走後，我掏出手機給裘文打了個電話，第一次口氣很衝地對她說，你馬上租車趕到黑王寨來，必須來！知道嗎？

　　來黑王寨？裘文在那邊猶豫了一下。

　　是的，來黑王寨！我需要裘文陪我一起給五先生磕個頭，裘文眼下應該是五先生冥冥之中的一碗薑湯吧！我想。

栽花靠牆

栽花靠牆，養女隨娘。

張玉香正在牆頭栽花時，她娘李銀桃走了過來，李銀桃走得不慌不忙，看張玉香把一棵蘭草栽完了又培上土，才彎下身子摸了一把張玉香的頭說，乖，從今天起咱們娘兒倆一起過了！

我爹呢？張玉香仰起頭這麼問了娘一句。

他跟人跑了！李銀桃說完站直身子往寨下望去，好像能看見男人跑得撒歡的模樣。

跟人跑了？張玉香停了栽花的動作，站起身望著娘，也不慌不忙地拿眼往寨子下瞅。

不知道的人見了，還以為她們家就是走失了一隻雞或一隻羊，可就算是走失了一隻雞或一隻羊，家裏人也該打幾聲張揚的啊！

像給李銀桃證明似的，她家的電話這會兒響了，李銀桃呶了呶嘴，你爹的電話呢，肯定是找你的！

李銀桃猜得沒錯，電話果然是男人打來找張玉香的，張玉香拍了拍手抓起話筒，那邊剛說了句我是你爹，張玉香就衝話筒嚷了一句，我沒有爹！啪一聲掛了電話。

張玉香這一點上也隨娘，很堅決站在了娘的立場上。

既然站在了娘的立場上，張玉香覺得自己要做的第一件事就應該是改姓了，跟娘姓，叫李玉香！

改姓不是小事，得到寨子裏開證明，還得上鄉里派出所重新改戶口。十三歲的張玉香就把衣服扯了扯，扯出了副很周正的模樣，爹沒了不要緊，有娘在，家應該還是周正的！

剛要出家門，村主任朱五來了。

李銀桃本來以為男人走就走了，不外乎自己肩頭多些活路，沒想到還引起了村主任的重視，人家居然都主動登門了，可見男人還是重要的。

覺得了男人的重要，李銀桃就雙膝一軟，一屁股坐在了門檻上。

狗日的，沒良心的呢，說跟人跑就跑了！她本來想很潑婦樣的罵幾聲響街的，偏偏眼淚不爭氣，呼一下子流了出來。

朱五第一次碰上男人跟人跑的棘手事兒，感覺很不好辦，以前寨子裏也不是沒人跑過，可跑的都是女人，那樣的事兒不棘手，女人為啥會跑？還不是嫌男人沒出息嗎。

朱五做那些男人工作基本是靠罵解決的，嫁漢嫁漢，穿衣吃飯，人家要有衣穿有飯吃會跑？俅！我婆娘怎就沒跑？自個沒出息，就別怨女人生了個水性，換我，早就跑了，還會輪到現在？知足吧你！

這一罵吧，那些男人多半就知足了。好像女人沒早跑幾年實在是很對得起自己了，所以啊，有那跑出去幾年又回過頭過日子的女人，男人更是疼得不行。

這一回，總不至於罵李銀桃沒出息吧！

朱五就背起手皺著眉頭在李銀桃面前踱著步子轉悠，李銀桃哭的樣子很可憐，有那麼點楚楚動人的意思。朱五喉嚨裏乾了一下，既然來了，總得表示一下自己的關懷吧！

朱五就蹲下身子說，銀桃啊，你男人出走前有沒有什麼徵兆啊？

啥徵兆？李銀桃書讀得少，不知道徵兆是個啥講法。

就是有啥跡象？朱五啟發說，比如說跟你打了還是罵了還是分床睡了。

李銀桃抹了一把淚，沒呢，走的頭天晚上他還睡了我的！

朱五又皺了一下眉，這個女人，怎這麼沒心沒肺？這樣的事也好

意思說，那他甩下你們娘兒倆，總有個理由吧！

李銀桃想不出個理由，嘴裏狠狠地罵了一句，他個死豬，圖一個人輕爽唄！

什麼死豬活豬的，對男人要溫柔點！朱五生氣了，他婆娘也經常罵他死豬來著，他最不喜歡聽的就是這句話。

朱五這一生氣吧，多少有了點威嚴。李銀桃嚇了一跳，這才發現朱五跟平時有了很大的區別，李銀桃就期期艾艾應了一句，下回我一定溫柔！

還有下回，伏，男人回不回來還是兩可的事呢！

朱五心裏這麼想，手上還是輕輕地拍了拍李銀桃哭得半裸的肩頭，這就對了，點燈要油，耕地用牛，想留住自個男人靠的是溫柔！你放心，就是你男人不回來，寨子裏還缺了兩條腿的男人幫你！完了還意味深長地看了李銀桃肩頸窩一眼，朱五這一眼，讓李銀桃心底一下子亮堂起來。本來就不重要的自己男人這會兒在心頭就更微不足道了，自己還是有男人關心的！

李銀桃只顧品味朱五的話，沒看到張玉香跟在朱五後面走了。

朱五發現張玉香跟在自個後邊，很奇怪，問她，你不陪你娘，跟來幹啥？

我要改姓，姓李！張玉香硬梆梆來了這麼一句。

朱五就明白了，說行，姓李！

張玉香頓了頓，說光姓李還不行！

怎了？朱五覺得奇怪，這丫頭很難纏呢。

你還得幫我娘，不光是你，寨子裏有兩條腿的男人都得幫！張玉香又說。

行，我們幫！朱五撓著頭皮笑了，放心，寨子裏有兩條腿的男人都樂意幫！

張玉香不笑，說你們幫了我娘我會記住，長大了我會報恩的！

啥恩不恩的！朱五剛要接嘴呢，張玉香一咬牙又補了一句，但你們欺負了我娘我也會記住，誰欺負娘了我長大報誰的仇！這話說得冷冰冰的，一點也沒點小女孩家的溫柔勁。

朱五嚇一跳，栽花靠牆，養女隨娘！這娘倆看出我要欺負她們來著？

菜花黃　人發狂

菜花黃，人發狂。

因了這句流傳千年的古話，黑王寨的人一到春天就緊張，你想啊，春氣一起來，最先打入眼裏可不就是遍地金黃的油菜花。

其實，說人發狂含了很大的誇張，春天來了，草木都曉得含春。作為人，春心蕩漾一下是無可厚非的，怎就跟發狂扯上關係了？

真正發狂的，倒是那些在田野裏瘋跑的狗，每一個春天過去，黑王寨總有那麼一兩條狗失蹤，到收割油菜時，狗主人往往會意外地發現，自家失蹤了一個多月的狗就躺在油菜田中，只剩一副髒兮兮的皮毛和骨架了。

一把火燒了狗的殘骸，日子就在嘴角邊淌過去了。

寨子裏的四爺往往會衝那煙霧騰起的地方手搭涼棚望上一老會，才垂下眼瞼自言自語說一句，是大成家的狗啊！那麼本分的狗怎舔了蛇土呢？

　　四爺老成精了，誰家的狗他只打個呵欠都曉得，當然狗為什麼會瘋，他更曉得！

　　四爺常跟寨子裏的孩子說，知道狗為什麼會瘋嗎？它一定是舔了蛇土！啥是蛇土呢？就是蛇冬眠時含在嘴裏的一塊土。過了清明，蛇出了洞，那塊土就被蛇吐在油菜地裏。據說被蛇含過的那塊土，有異香！狗不是鼻子尖麼？嗅到了，以為是什麼好吃的，巴巴地尋過來，卻是一塊土！拿舌頭舔舔，結果那異香就進入血液裏了。

　　這樣的狗多是文瘋！先圍著那塊土轉圈，追自己拖在地上的尾巴咬，嘴裏嗚嗚地叫，涎流得老長，跟著在菜花地裏瘋跑，眼紅紅的，像失戀遭受打擊的人，看誰都一副家仇國恨的德性！

　　再後來，狗腦子已分不清異香和油菜花香了，直到迴光返照那一刻，它才會歪歪斜斜鑽到自家主人的油菜花地裏，身子平躺下去，忠忠誠誠地合上眼睛。

　　狗都曉得忠於自己的主人，人得更知道忠於自己的土地不是？

　　這不，一開春，從黑王寨走出去在城裏當編輯的有成回來了。不年不節的回來幹啥呢？有成爹媽都健全，給爺爺奶奶上清明還輪不上他，黑王寨的規矩是，上輩不管下輩人！

　　爹媽問他，怎就回來了？

　　有成病懨懨地回了一句，城裏太喧囂，回來親近一下土地，找一找自己的根！

　　這話說得有點深，有成爹媽雖說生出了有成，但卻生不出這樣的話語來，有成都扎根城市了，還親近土地做啥子？腦子裝漿糊了吧！

　　有成腦子沒裝漿糊，他總覺得吧，人，得隨時學會理順自己的來龍去脈，方能看清以後的血脈走向。

　　說到來龍去脈，有成想起兒時和春丫大喜他們仨在油菜地裏過家家時唱的一首歌來，油菜地裏吹嗩吶，苦菜悄悄一枝花！

　　春丫眼下已是落在別人地裏一枝花，有成吃過晚飯，洗了澡換了衣服，決定去喊春丫大喜一塊去北坡崖捉刺猬玩！

　　為了盡興，他特意從城裏帶回了一個蓄電燈，那燈光一打開，賊亮！但再亮也亮不過春丫男人的眼。春丫男人撐著門楣，衝春丫陰陽怪氣地，上北坡崖捉刺猬？這由頭不錯啊！想要我狗咬刺猬——不好張口吧！有成怔了一下，說什麼胡話呢？玩玩也要由頭！

　　春丫男人拿根細竹簽剔著牙，玩！大白天不曉得來玩？

　　大白天有星星啊？有病！有成快快走了。．

　　大喜倒是不要由頭，可大喜早翹了二郎腿倒床上了，耕了一天田，累得快散架了。

　　有成喊大喜，上北坡崖捉刺猬去！

　　捉刺猬？你倒很有閒情啊！大喜懶洋洋的。

　　求你了，我想在北坡崖上看星星，捉刺猬，聽聽夜風的聲音！有成伸手去拉大喜。

　　整那沒名堂的幹啥？大喜有點迷惑了。

　　能看清一個人的血脈走向啊？有成很奇怪，大喜好歹念過高中的啊！

　　大喜果然是念過高中，一翻身從床上爬起來，把雙打了血泡的手往有成面前一送，我只能看清自己手上的血泡走向！

　　有成啞了口，默默退出來，一個人慢慢地轉。滿天的星光跟在他身後，油菜花氳氳幽蘭地開放著，有泥土新翻的氣息瀰漫過來。有成貪婪地張開嘴，使勁呼進去幾口，胸口立馬氣鼓鼓地飽漲起來，一種說不出的舒暢從毛孔往外擴散。

　　要能跑上幾圈，多好！

　　說幹就幹！有成就著星光在油菜地裏跑了起來，一株一株的油菜莖在他腳下面啪啪作響。

四爺是寨子裏唯一喜歡在晚上出來轉悠的人，有成在油菜地裏奔跑的身影嚇壞了他。

菜花黃，人發狂呢！這是。

有成多大會跑累趴下的，他自己忘了。他只曉得自己睜開眼時發現身子躺在家裏的床上，衣服上還沾滿了黃色的花瓣。

有成伸了個懶腰，剛要起床，忽聽屋外傳來四爺的拐杖聲，有成聽見爹娘迎上去說，四爺，都辦妥了？

妥了！四爺咳嗽了一聲，不就每家幾畝油菜地嗎？寨子裏的人毀得起！有成可是公家人呢，寨子裏毀不起的！

莫非？他們以為是油菜花引誘自己發狂了！有成心裏一驚，一個健步撲到窗前，天啦，昨天還漫山遍野的一片金黃全成了殘黃！蔫蔫倒在田野上。有成使勁捶了一下自己的腦袋，自己這是發的哪門子狂啊？鄉親們又是發的哪門子狂啊！

風殺

一過四月八，涼風不再殺！

說的是黑王寨這個地方，雖說是到了四月，初伏了，可夜裏的涼風還是殺人的皮膚，至於那些體質差的人，則一不小心就讓涼風殺進肺了，只有過了四月初八，暖風才真正的暖人心扉起來。

所以在黑王寨，願意走夜路的人不多，喜歡熬夜的則更寥寥無幾了！

　　無幾並不是沒有，比方說光喜父子倆，就必須得熬夜，熬夜才有田地之外的收入。這麼一說你就能猜出個大概，在黑王寨，只有廚子才有熬夜的收入。

　　光喜的廚藝，是祖上一輩人傳下來的，黑王寨稱這叫門裏師，結果光喜也真將兒子遠柱給帶出來了。

　　四月初六這天，光喜和遠柱把家業背到了德成家，德成兒子接媳婦，初八的正期，初七要進客，初六下午自然得廚房有人了。

　　一切按寨子的規矩來，寨子雖不大，排場卻也有的，講究個八碗十盤。

　　就得支大灶，熬湯滷涼菜。

　　遠柱進了門就在大灶邊蹲下，看火，看出一臉的鬱悶來。本來，如果沒意外，今天是他成親的日子，偏偏女方嫌他家窮，窮得只剩下替人做菜的手藝。真有手藝上城裏酒店當大廚也行啊，可他們的手藝只適應黑王寨這個小天地。

　　天地一小，人家姑娘改了主意，據說還是選了今天嫁人，但不嫁遠柱了。

　　遠柱先給爹把蒸鍋的火候，八碗是靠蒸出來的，什麼肉條，魚丸，雞啊魚的全得上蒸籠。

　　遠柱把個大灶捅得嗵嗵響，光喜沒敢吭，吭氣了兒子准吐出一串比槍子還硬的話來傷他。要怪也只能怪自己沒能耐，讓兒子快二十五了還打單身。

　　主家的煙先敬上來了，跟著是糖和紅包。

　　四包糖四包煙，遠柱看也沒看就丟在了案板上，拿了把刀開始剁排骨，光喜從兒子咬著牙嘟著的嘴上看出了兒子的憤懣。

　　讓他剁個痛快吧！換了自己，未必就會痛快得起來，好端端的媳婦說沒就沒了。

光喜嘆口氣，抬頭看了看天，暮色開始一層層從天空上罩下來，一回頭，主人已經準備在走廊上替他們鋪床了。

這是光喜訂的規矩，凡給人做廚，絕不進主人家房屋半步，要什麼東西衝主人家嚷嚷一聲。睡走廊上一是為了顯示自己的清白，二是為了照看湯鍋的湯水，該添佐料添佐料，該撒蔥花撒蔥花，都是長期摸索出來的一點經驗。

正是因為這兩點，光喜在黑王寨的人緣極好，誰家做事都請他們。遠柱打小跟爹做事，自己日子過得苦，也就曉得替主家節約。

鋪整好了，主家覺得禮節話還是要講的，主家就陪了笑臉，衝光喜說，這還沒過四月七呢，夜風殺人，頭半夜守了湯鍋在走廊上將就一下，後半夜還是到廂房睡吧！

光喜點上煙，笑著回絕，老骨頭了，夜風殺不著呢！

主家就拿眼瞅遠柱，要不小師傅進房睡吧，反正還沒進客，廂房有地方！

遠柱就抬頭，拿眼望廂房，望著望著卻望人家新房去了。

新房這會燈火輝煌著，等新郎倌從鄉里取婚紗照回來掛呢。

見遠柱不拿眼瞅自己，主家很沒趣，衝遠柱丟了一句，禮節我可是講了的，夜裏被風殺了莫怪我不曉得待客呢！

遠柱鼻子哼了一聲，低下頭又乒乒剁將起來，光喜想了想，拿手在圍裙上搓了一把說，吃了晚飯再拾掇吧！晚飯有酒，這是上臺飯，酒一定得上的。

飯菜還不錯，主家沒拿做菜用剩的下腳料糊弄他們父子，遠柱象徵性地咪了一口，就嗆著了，嗆著了的遠柱是去倒茶潤嗽喉嚨時，碰見抱了婚紗照的新郎倌回來的！

新郎倌一臉的喜氣，衝著遠柱一舉相框，我媳婦！漂亮不？

遠柱勉強掃了一眼，隨口說了句，漂亮！

　　新郎倌衝遠柱擠了一下眼，漂亮自己也整一個去啊！男人過了二十五，衣服破了沒人補呢。

　　遠柱不自覺地拿手摸了摸自己破了洞的肩頭，又拿眼認真瞅了一下，那個將來給新郎補衣服的新娘子。

　　新娘子的照片已進了新房，不過那眉眼還是一下子把遠柱人給撞傷了！

　　撞傷了的遠柱歪歪斜斜走到光喜旁，一口趕一口咳嗽起來。

　　他咳得很用力，連眼淚都牽了出來。

　　主家嚇一跳，衝光喜說，還沒入夜呢，小師傅就遭涼風殺了肺啊！

　　光喜一臉疑惑地望著遠柱，遠柱正捂著肚子，臉上是風殺了一般地蒼白！

獨腿老張

　　在黑王寨，你要是老遠聽見有叮叮叮的腳步聲傳來，那一定是獨腿老張了，叮叮聲在很多時候就是老張的招牌。

　　老張去礦上打工，錢沒打回來，倒把一條腿打丟在礦上了，領了撫恤金的老張回寨子時，順便領回了一根金屬拐杖。黑王寨的人，用拐杖的不是沒有，但用金屬拐杖的就只老張一個人，這麼一來，老張就有點鶴立雞群的感覺了。

　　別人的拐杖多是順手削一根木棍，也有省事的，弄一根竹竿，那聲音點在石板路上，就篤篤篤地悶響，沒有什麼氣勢。

　　哪像老張，人沒到就先聲奪人了，有點像紅樓夢裏王熙鳳的出場。

　　因了這點聲勢，老張對那根金屬拐杖寶貝得不行。見天夾在胳肢窩下不說，即便是睡覺，也把根拐杖橫在枕頭後面，弄得老張的婆娘很有意見，偶爾親熱一回吧，那根拐杖竟亮閃閃的刺著婆娘的眼，這可是老張的一條腿呢！當初婆娘去礦上幫老張尋到另一條腿時，礦上說了，要麼上大城市接上腿，不賠錢，要麼賠上一大筆錢，腿殘掉！

　　老張權衡再三，要錢，不要腿，不就是少一條腿嗎？不耽誤多大個事！黑王寨十個雙腿健全的勞力綁一塊，一輩子怕也見不著這麼大筆錢，緣於這，老張的那條殘腿在婆娘面前，自然是以功臣自居的，接替殘腿工作的拐杖，好歹也該活在功臣的光環中不是？

　　只是這光環吧，讓婆娘很受委屈，夫妻間的事兒，你這根拐杖插一腿算啥，敗興致不是！

　　老婆巴不得這拐杖哪天就鏽了，壞了，不能躺在枕頭後邊了，也就不會提醒她想起老張那條血淋淋的腿了，偏偏這拐杖是鋁合金的，鏽不了，也壞不了，倒是天天盡職盡責在枕頭後邊閃著光提醒著老張婆娘！

　　狗日的拐杖！老婆每次和老張親熱完了都要咬牙切齒咒上一句。

　　拐杖不答言，冷冰冰望著老張婆娘，很大度的模樣。老張不大度，老張罵，沒狗日的拐杖，你能過得這麼滋潤？完了自個兒眼一瞇，很滋潤地夢周公去了。

　　這是實話，在黑王寨，老張的日子確實過得很滋潤，很滋潤的老張常挂了拐杖爬上北坡崖上楞神，日子一久，北坡崖上的兔子和野雞都認識老張了，也駐了足在草叢裏望著老張楞神。

　　老張不懂兔子野雞為啥楞神，就像婆娘不懂老張為啥要在北坡崖上楞神。

　　人可以認識一個人，但絕對不會瞭解一個人，哪怕他們是夫妻！

老張婆娘現在就不瞭解老張了，楞神就楞神唄，帶個老虎鉗子上北坡崖幹啥？

老張是存了心的，眼下不是收了獵槍嗎，可黑王寨的人會想土辦法，用蹦子下套，只要兔子一條腿給套上，任你再能，也蹦躂不出幾步遠！

老張用老虎鉗子把那些套子全給肢解得七零八落的，邊肢解邊罵，狗日的，下就下套唄，非得弄殘人家的腿？

不過幹這些活，他都是悄悄進行的，要不然被寨子人看見了，不把自己的拐杖扔下北坡崖才怪。那時候，首先拍手叫好的怕是自己的婆娘了！

五月端午那天，老張起了個絕早，他知道在這一天，上山下兔子的人會特別多，過節於黑王寨人不過就是上山下兔子下河裏摸魚，條件好的再自家殺只雞。

老張早，別人比他腿腳利落，等他氣喘吁吁爬到北坡崖時，四林正對一隻被套了腳的肥實的兔子呵呵大笑，邊笑邊拿手搓，喉嚨還吱吱作響，仿佛兔子肉正順著喉嚨往腸胃裏鑽。

那是一隻有了崽的母兔子，母兔子拿另外三隻好腿拚命往外掙，一雙黑眼珠充滿了張皇，老張一下子想起自己斷腿時婆娘張皇的眼神起來。

四林，作孽呢你！老張點著拐杖走過來。

我作孽，沒它下酒我爹過什麼節？四林是孝子，為他爹想吃一隻兔子肉才上山的。

放了吧，你瞧，它都有崽了！老張彎下腰，把根拐杖斜撐著。

放它，憑什麼？四林衝老張說，我爹都十年沒見過兔子了。這是實話，自打四林爹一隻腿得了風濕痛後，老人就沒上過山了，年輕時四林爹可是下兔子的好手。

要見兔子他可以上山來見啊，老張把拐杖一跺說了一句。

你以為人人都買得起你這樣的好拐杖啊！四林拿眼瞪了一下老張，一般的木頭拐杖，上北坡崖點不嚴實，只有老張的金屬拐杖好，可以伸縮，還有金屬的尖。

你是說，我把拐杖送你了，你才肯放兔子！老張聽出個苗頭來。

嗯，就怕你不捨得！四林說。

行，換！老張把拐杖往四林懷裏一塞，摸出老虎鉗子就給那隻兔子鬆了綁。

兔子衝老張疑疑惑惑楞了一會神，才一瘸一瘸地沒入了雜草叢中。

四林則疑疑惑惑望著老張，那根金屬拐杖就躺在他懷裏，真換？他有點不相信。老張不看四林，抓起一根棍子一瘸一瘸往山下挪，背影漸漸沒了。

老婆是晚上和老張親熱發現拐杖沒了的，老婆隨口問了一句，拐杖呢？

老張說，給四林了！

你真把它換了四林的兔子？老婆呼一下子坐起來，早先有人告訴她她還不信來著！

是的那個兔子腿瘸了！老張也坐起身子，拿眼酸酸地望著婆娘。

滿以為婆娘會拍手叫好的，偏偏婆娘衝他臉上抹了一把，沒事的，我明兒趕集再給你托人從城裏買一把！

鍋裏粥

黑王寨人勤快，一般是星星還沒收完，就有火星從煙囪往天上飄了，再一會兒，開門的吱呀聲一下趕一下的，比狗叫聲還密集，公雞打鳴兒，就成一種擺設了。

但再勤快的人也勤快不過冬至的鑼聲！

冬至是個光棍，敲鑼是寨子裏給他的一門正經工作，一個光棍，要沒個正經的事在腦子裏盤旋著的話，是很容易想歪的！

光棍嗎，冷鍋巴冷桌椅地過著，就夠遭罪了，再起些歪念頭擾著身心，還叫人過的日子嗎？所以大傢伙一商量，給了他一個差事，每天早上五點鐘起來敲鑼。五點鐘攔夏天還是不錯的時辰，有點良辰美景的意思。林梢上有霧，草尖有露水，走在寨子裏隨便哈上幾口氣，那才叫神清氣爽，比城裏那什麼狗屁玩意的氧吧強了八輩子！但攔冬天，就不那麼好玩了，天上有月亮，地上有霜，要是飽了暖了淫欲了從熱被窩裏爬出來看看景致倒也不錯。問題是，冬至一個人，既沒飽過也沒暖過更不存在淫欲過，那就是少了良辰美景就剩奈何天了！

好在，這一遍鑼不白敲，有一筆收入，支配得好，糊冬至年頭到年尾是沒多大問題的！

沒多大問題的日子熬了幾年，冬至覺得自己有問題了，三十歲的男人要對女人沒點啥想法，顯然不現實。以前冬至對女人也不是沒有想法，但都藏著捂著，為的是留個好名聲，沒準哪一天媒人就拽著姑娘上門了呢。

這人一過三十吧，就是而立了，冬至想藏也藏不住想捂也捂不住了，臉上就顯山露水的。先是見到女人就搭笑臉，後來見了母雞也和

顏悅色了，沒準哪天母雞成精跑灶台為自己煮上一鍋粥了呢！

一念及此，冬至臉上就笑瞇瞇的，兩個腮幫子紅潤潤的，不知道的以為他家天天山珍海味，頓頓人參燕窩。

那鑼聲愈發敲得賣力了！

有人不高興了，揉著眼睛推開門罵他，狗日的少敲一遍死了人啊！

冬至知道自己抗了人家的好事，臉上笑著，心裏卻有那麼點沾沾自喜，這種自喜是刻薄的。說到底，刻薄也是一種讓人快意的事。

這天敲到必英門前，冬至想了想，把鑼面用手一掩，走了過去。

必英是個寡婦，做的卻是男人活路，敲醒人家的美夢大不該的！

偏偏，必英的門卻開了，人在門檻上甩過來一句，怎不敲啊冬至？趕回去喝冷鍋巴粥啊！

冬至腆著臉，笑，說誰喝冷鍋巴粥啊，我是趕去豆腐鋪喝熱豆腐腦，遲了就沒了。完了還伸出舌頭咂巴一下，很香很神往的樣子，他是不願在必英面前露怯呢！

必英把梳子含在嘴裏，拿手在頭上解頭繩，邊解邊笑，看不出你個光棍日子過得還蠻滋潤啊！

冬至說，光棍怎啦？不能滋潤啊！

能啊！必英說，看看你臉上的肉再說大話吧！

黑王寨有句古話，不看鍋裏粥，但看臉上肉！日子過得滋潤不滋潤，臉上寫著呢。

冬至的臉騰一下燃燒起來，像猴子屁股，這一下子倒真滋潤得有紅有白的！

進來喝碗粥吧，滾熱的！必英把腳往回一收，冬至的舌頭就伸出來縮不回去了，黑王寨的人誰不曉得必英會熬粥啊，以往上面來了人，都是安排了在必英家管飯的。

　　稀飯醃菜兜子火，神仙不如我！冬至連喝了三碗粥，吃了一大碗醃菜，人就傻了，衝必英張大嘴憨憨地笑。

　　笑啥笑？必英收了碗筷，衝冬至說，以後經過我家門前記得多敲一遍鑼啊！

　　為啥？冬至心說，敲一遍都擾人夢，敲二遍是存心不讓人活呢！

　　敲山震虎唄！必英攏了攏耳邊的頭髮，免得那些野鬼想來佔我便宜！

　　那行啊！冬至笑著開玩笑，多敲一遍要管我一碗粥的！

　　管你一輩子夠不夠？必英也半開玩笑半當真。

　　那我臉上肉不得堆起來啊！冬至摸著臉蛋說，會不會像個豬頭啊？

　　必英嗔了他一眼，什麼叫像個豬頭？我看你十足就是個豬頭！嗔完臉一紅，有點手腳無措起來。

　　豬頭，我怎麼豬頭了？冬至拎了鑼出門，也忘了敲打，倒是風一吹，鑼撞在旁邊一處石頭上，砰地一響，嚇了冬至一跳。

　　鑼不敲不響呢？莫非必英話裏有意思來著！

　　冬至心裏像過了電，立馬明白過來，明白過來的冬至跌跌撞撞就往回竄。

　　人還沒到必英門前，鑼聲已經敲得咚咚作響了，居然是兩遍鑼！

　　冬至敲得理直氣壯的，第一遍是為公家敲的，第二遍是為私人敲的！

　　不敲亮堂點，他下半輩子鍋裏粥不就沒了？

打盹

　　春困秋乏夏打盹！

　　黑王寨的春天長，長得連精神頭最足的四娘都一天到晚呵欠連天的，覺得睏得不行。

　　一般情況下，四娘是不打呵欠的，一個寡婦人家在眾人面前瞇著眼哈著嘴，睡眼迷離的樣子，別人會怎麼想，會怎麼看？人家一定會背了四娘指指點點說，瞧，熬不住了呢！

　　四娘其實是熬得住的，男人死了五年都熬過來了，還在乎一個春天？

　　田裏的苗長勢很歡，像四娘的閨女小蘭，眨了個眼，小蘭就七歲了。這當兒，四娘就把目光往遠處抬了抬，她的小蘭這會兒正在挑馬蘭頭呢！

　　見四娘抬頭，小蘭像有感應似的停下手中的小鏟刀，拎了茶水過來，說，娘你歇會吧！

　　四娘咕咕灌一氣水，說就剩這遍草了，一鋤完就該掛鋤了。

　　掛鋤？小蘭眼一亮，是不是就可以趕集了？

　　是啊！四娘摸摸小蘭的頭，每年掛鋤這段空閒她都要趕一回集，給小蘭捎點東西回來。

　　小蘭把手抱住四娘的腿說，娘你這回趕集捎上我吧！

　　四娘怔了一下，娘這回要上的是縣城呢，路遠，你走不動的！

　　有幾遠？小蘭問。

　　比寨下的集有三個遠！四娘伸出手比劃了一下。

　　三個遠是多遠？小蘭沒比劃，寨下的集她也沒去過，每次娘趕集

都背了東西，騰不出手牽上她，就把小蘭寄在四婆家玩！

我走得動，不就三個遠嗎，總歸沒田裏活路長？小蘭說，娘你做那麼長的活路也沒落下小蘭吧！

四娘就不好搪塞了，猶猶豫豫起來，小蘭又扯扯四娘衣角，說，四婆家的小慧都趕過三回集了！

真的要去也行，你多挖點馬蘭頭，咱們到集上搭車去！四娘說的車是蹦蹦車，能把人抖散架的那種。

多挖點馬蘭頭，在集上賣了，車費就有出氣的位置，四娘是曉得過日子的女人，也是曉得教養子女的女人，一句話，要讓娃曉得掙錢的艱難。

小蘭就使勁點頭，說行，我天天挖了讓人帶到集上賣，等掛鋤也就攢夠車票錢了。

離掛鋤還有些日子，黑王寨喜歡把給旱地鋤完最後一遍草叫掛鋤，這時候一般莊稼苗都長成青苗，再鋤草會傷了苗的根，得不償失的。

四娘見小蘭身子繃得像張弓一彈一彈往地頭跑遠，四娘就好笑，四娘隨口丟下一句話，說，小蘭你要抓緊挖呢，夏天一來，打個盹，馬蘭頭就老了，老了的馬蘭頭，吃進嘴裏苦，沒人要的。

小蘭說，我才不打盹呢！

說歸說，小蘭還是知道，夏天一來，連最靈醒的貓啊狗啊的都要打盹，何況是人呢。

掛鋤就在夏天，這盹萬萬是打不得的，沒準娘哪天說出門就出門了呢，上縣城不比趕集，要起得比雞早的！

小蘭打那天起，就多了個心思，天天睡覺前數攢的錢，數完了問娘，我們幾時去縣城啊？

四娘往往會呵欠連天伸個懶腰說，快了，就在這幾天！

這幾天真夠長的！小蘭每次都安慰自己，沒準就是明天呢！

這個明天把小蘭心裏攪得惶惶的，天天側著耳朵聽雞叫，雞叫了，小蘭就拿手去摸身邊的娘，一摸，娘在，兩摸，娘還在，三摸，娘依然在！

娘睡得很沉，沉得不知道小蘭的心思在夜裏鑽來鑽去的。

能不沉麼？一個女人，做的是男人活路，操的是男人心思，沒趴下就是萬幸了。

小蘭下半夜就不摸了，踏踏實實睡自己的，小孩子，瞌睡本來就深，小蘭其實只想打個盹的，可往往一個盹就打到上太陽升到半天雲裏了。

好在，四娘沒出寨子，因為院子裏娘說背到集上換錢的那些土產都在。

在夏天，四娘是不敢打盹的，夏天是蟲害最猖狂的時節呢，四娘的腳往往從旱田剛爬起來跟著又插進了水田裏，那一天，四娘整整在水田裏扒拉了半天，末了才唉聲嘆氣回了屋。

稻田裏發稻飛虱了！

四娘沒告訴小蘭，一個七歲的娃兒知道了又能怎樣呢，寨子裏是雞叫頭遍響起拖拉機聲音的，那天小蘭頭腦被娘的唉聲嘆氣塞滿了，睡前小蘭也問過娘，說我們幾時去縣城啊？娘當時語氣不怎麼好，娘說該去的時候自然會叫你的！

這一回，娘沒叫小蘭，寨裏臨時安排幾個人去縣城買藥，大夥覺得四娘日子艱難，出趟門也不容易，就通知四娘搭順風車去一趟。

四娘起身時，見小蘭睡得很甜，幾次把手伸進被子想拉小蘭起來，想想又不忍心，夢乾夢醒叫一通會嚇了孩子的，就請了四婆過來給小蘭做伴。

小蘭這一回沒摸她娘，四婆一直攥著她的小手呢，小蘭在夢裏進了縣城，娘給她買了好吃的雞蛋糕，松松的軟軟的，那香隔著包裝紙

都能聞到。

吃在嘴裏，一千個馬蘭頭也沒那味道，小蘭就笑醒了，醒了，也是太陽升在半天雲裏了，四婆早回去摸家務了。

枕邊真有一袋雞蛋糕呢！小蘭就拍著床沿叫，娘，娘，娘沒應聲，娘從縣城已經回來了，正在稻田裏打藥呢。

小蘭抓起一個雞蛋糕塞進嘴裏，邊吃邊使勁回憶，縣城也不是很遠啊，自己打個盹就到了！

四娘打完藥回來，小蘭又睡著了，有一串淚滴在嘴邊的雞蛋糕上！

四娘很奇怪，這孩子，打個盹還流什麼淚，嫌日子不夠苦是怎的！

一鍬泥

人活臉，樹活皮，牆窪活下一鍬泥！好歹你今天也成家立業了，怎還不如那一鍬泥呢！有柱大爺罵先豐。

黑王寨能挨上有柱大爺罵的人不多，除非你實在沒點人樣子，有柱大爺才罵。

怎麼說有柱大爺也是德高望重的人，罵人也看人家看場合。

但今天，有柱大爺沒看場合，也沒看人家，先豐今兒大喜呢！雖說接的是個二婚還帶了個閨女，可人家先豐是頭婚啊！

有柱大爺是罵先豐稀泥巴扶不上牆呢！

先豐低了頭，不語，只嘿嘿地笑，千萬別以為先豐是被有柱大爺罵低了頭的，先豐打小到大，一直就有個低頭的習慣。

這習慣，不好！

低頭漢子仰頭婆！性格乖張著呢，一般人是不敢惹的，更別說罵了，有柱大爺不是一般人，所以才敢張口把先豐訓成一鍬泥。

有柱大爺訓先豐是有理由的，怎麼說也是你娃頭婚，那二婚婆娘的漢子上門來討煙酒吃，不打出寨就算客氣了，居然還請他坐了上位，欺負黑王寨沒人？還是欺負黑王寨人沒經過事！

先豐癟了癟嘴，說，大爺，還不算個事吧，好歹，人家也夫妻一場，我總得給婆娘一點面子！

婆娘，婆娘要跟他好過輪得到你頭上？有柱大爺說你少給我和稀泥！

先豐就不癟嘴了，拿手摩挲一下婆娘帶來的閨女頭，說，這閨女也可憐，總歸不能讓娃眼睜睜看自己爹像趕狗一樣撞出門吧！

有柱大爺氣呼呼瞪著眼，人家是痴家婆哄外孫，你比人家能，就怕將來養不家，白搭了米飯白搭了心思。

先豐是個沒心思的人，別看他是低頭漢子，他的低頭多半是因為習慣，受人欺慣了的人不低頭還能仰著脖子叫喚？

熱鬧了兩天，門前喜慶的鞭炮紙屑也在風雨中褪了色，婆娘到底是二婚，就有了二婚的謹慎，這謹慎裏多半有為閨女委曲求全的成分，夜裏，睡不著時，婆娘就對先豐說，你可不能嫌棄我？

先豐就仰起頭笑，嫌棄你等於作踐我自己呢，當我真是一鍬泥啊，糊了鼻子糊了眼。

婆娘楞了下，小心翼翼又說，那你也不能嫌棄我閨女！

先豐就低了頭看熟睡的閨女，說怎麼也是你身上的一塊肉呢！我會嫌棄？

話說到這份上了，婆娘就會淚眼婆娑地往先豐懷裏拱，拱得先豐身上滾滾的熱。

老婆孩子熱炕頭，說的不就是這樣的日子？

先豐沒覺得有啥不妥的。

唯一不妥的，是婆娘先前那男人隔三岔五地來，來了必得吃上一通酒才走人。

有柱大爺再一次上了門，說先豐你給黑王寨丟人呢！

先豐說哪能呢，這顯著咱們仁義。

仁義，屁，人家就是吃准你仁義才把你這當飯店子了！有柱大爺惡狠狠吐一口痰，他狗日的是蹬鼻子上臉呢！

先豐笑著遞給一根煙，人家來看閨女，怎麼說都不為過的！

他還好意思聽閨女叫他一聲爹，只養兒不抬兒的東西，還不如大爺欄裏一頭老母豬！有柱大爺還是不解。

先豐送了有柱大爺回來，正好聽見閨女在屋裏衝她爹發脾氣，說爹你不要來了好不好？

我幹嘛不來，我來是惦記你呢！一個嬉皮笑臉的聲音。

你惦記煙酒才對吧！小閨女不依不饒地頂了一句。

好你個白眼狼，被人家收買了，連爹都敢往外趕！

還好意思當人家爹，打我曉事起，你就沒給過我一塊糖！

信不信我給你一巴掌！裏面傳來拍桌子的聲音。

先豐急忙竄進屋，攔住那男人。

男人就梯子下臺，臨出門還故作關心的樣兒吼一聲，好好待我閨女，敢欺負她我許你沒完！

先豐低著頭笑，不回答，好與不好閨女心中有數。

日子就見了風地往前淌，閨女就上了初中上高中，再一淌吧，閨女居然成了小縣城的高考狀元。

在過去，狀元可是要打馬跨街戴紅花的。

先豐擺了幾桌酒席說得賀賀，請了有柱大爺，請了鄰里親朋，巧

的是，那天電視臺的記者也來了。

山溝裏飛出了金鳳凰，棲身的梧桐枝也該風光的。

要采訪一下狀元的爹娘，是怎麼教育出這孩子的。

婆娘前夫就從人群冒出頭來，酒氣沖天說，我來講我來講！

有柱大爺黑了臉，一寨老老少少黑了臉，滿以為先豐也會黑了臉的，偏偏先豐低了頭，說，大哥走四方的人，口才好，大哥講！

話筒還沒遞到嘴邊呢，閨女悶聲不響走上來，拉過先豐往鏡頭前一推說，別弄錯了，這才是我爹！

完了輕輕俯在先豐耳邊說，爹，您講吧！

先豐的頭是在一剎那間昂起來的，在婆娘前夫死灰般的臉色下，先豐拉了婆娘過來，說我也沒啥好講的，咱們寨有句老話，人活臉，樹活皮，牆窪活下一鍬泥，閨女能考上狀元，全在她自個爭氣！

當天播出的滾動新聞畫面，有柱大爺看了一遍又一遍，末了咂咂嘴說，狗日的先豐，這一鍬泥還真活出咱黑王寨的仁義了！

離娘肉

么兒么女心頭肉！么女開過年就滿二十了，娘看么女的眼神就複雜了起來。

在黑王寨，姑娘過了二十還不尋婆家，就成了麥田裏的冷根草，雖也青蔥，但卻要幾礙眼有幾礙眼，當然不是礙爹娘的眼，是礙哥嫂的眼！

　　娘家的日子再好也只能是娘家，姑娘總歸是一門回頭客，么女眼下還沒嫂子，哥只比她大一歲，親事剛定，離完婚還有些日子。

　　說還有些日子，就是等冬臘月的到來，黑王寨人多把迎親這樣的大事訂在進了九以後，兩個意思，進九娶媳婦，烤炭火捂被窩，日子熱熱乎乎過，這是其一！其二呢，年下是一年最好的光陰，單空氣中都流淌著股實與富足，這時候添丁進口，是給祖上長臉呢！

　　九天說來就來了，那天么女剛起床，推了自行車要出門，娘卻攔住了她。

　　今兒個殺喜豬，你不在家燒水，野出去幹啥？

　　么女說，我怕殺豬娘你知道啊！

　　怕也得在家待著！娘這回沒依么女的。

　　么女心裏生了氣，殺喜豬，是哥的事，幹嘛要自己打下手！哥呢，哥幹啥去？么女生氣是有原因的，殺豬這樣的力氣活，哥卻一早上起來，又洗頭又刮臉，穿得周周正正的。

　　么女衝哥損了一句，哥你沒黃了魂吧？殺喜豬你去迎的是殺豬佬，不是我未來的嫂嫂！

　　娘瞪了么女一眼，迎殺豬佬就得穿了跟殺豬佬樣啊！

　　娘很少幫哥說話的，這一回是怎的啦？么女很委屈，一轉身進了廚房，拚命往灶膛裏添柴禾，像要把肚裏的火轉到灶膛裏。

　　娘沒空管么女，對兒子說，記得上街撿三斤油條啊，光一方肉是拿不出手的！寨子裏喜歡把買油條叫撿油條。

　　不年不節的，撿什麼油條？寨裏沒拿油條待殺豬佬的規矩啊！么女在廚房裏支起耳朵來尋思。

　　哥前腳出門，殺豬佬後腳抬了腰盆進門，黑王寨人殺豬，用特大的腰形木盆，燒兩大鍋開水在裏面燙豬呢！

　　腰盆重，得兩人合抬，殺喜豬，還要封紅包的！雙人也顯著吉

利，你要單人去給人家殺喜豬，主家會潑你一臉豬血的！

　　么女爹就只好出來打下手，兩三百斤的豬，得幾個壯實男人才能降伏，么女有點不高興了，哥也太不像話了，為他殺喜豬，他卻溜集上玩耍，哼！么女惡狠狠又衝灶膛加了根劈柴。

　　娘在灶上舀開水，娘說夠了夠了，水翻滾著呢，你當柴不要人劈啊！

　　水還要人燒呢？我當然知道！么女惡滴滴回了娘一句。

　　這孩子，怎像要咬人似的！娘自言自語看了么女一眼，拎了裝滿開水的木桶出去了，燙豬毛開水儘量不要讓冷風吹，她沒空跟么女鬥嘴，不然褪不乾淨毛。

　　像拿捏好了時辰，哥從集上回來時，豬剛剖了膛，娘衝哥直招手，寶兒你過來看，哪塊肉離心口最近，最方正！

　　哥就拿手在豬身上比劃，這塊！

　　娘拿眼湊上去，這塊不行？

　　怎不行？這塊方方正正的！哥說。

　　這塊吧！娘拿手在豬肚子下比劃了半天，她眼神不太好，就把手摁上去，以這兒為中心，割一刀肉，要足三斤的，寶兒，給我拿刀來！

　　割禮條肉啊！么女總算在廚房聽出個大概，黑王寨小夥給姑娘家送節氣，都是三斤的禮條肉外加三斤油條，難怪哥穿得周周正正的！么女就跑出來，看娘挑的那塊禮條肉，一看不打緊，急忙喊娘你等會，等會割！

　　娘不高興了，說你瞎摻合啥？

　　么女說娘你也不看看，這方肉上有一顆乳頭，怎麼拿得出手啊！平日裏大家趕集割豬肉，都挑沒乳頭的。

　　娘咧一咧嘴，傻丫頭，懂啥？要的就是這顆乳頭，有講究的！

　　啥講究？一個乳頭而已！么女覺得娘今天古裏古怪的。

　　這叫離娘肉呢！娘嘆了口氣。

　　離娘肉？么女第一次聽說，眼睛睜得大大的，很好奇。

　　這離娘肉嗎，一要方方正正，二要乳頭正中！娘說，方方正正是說你嫂子品行端正，乳頭正中表明你曉得人家做娘的哺育之苦！

　　么女聽得恍恍惚惚的，不由張大了嘴。

　　娘不看么女，繼續往下說，你哥要娶嫂子過門，等於拿刀剜你嫂子娘的心頭肉呢，剜了就得補上啊，所以，這離娘肉是要娘親自下手割的，割了才曉得疼人家閨女！

　　么女不說話了，從哥手裏接了刀，遞給娘。

　　娘接刀時手碰了么女一下，么女明顯感到娘手抖動得厲害。

　　娘一抖一抖下了刀去，順著手比劃的地方割，那顆乳頭果然在正中，不偏不倚的。

　　肉割下來，足三斤。么女忍不住誇了一句，么女說，娘唉，你可真行，一刀下去，這麼準！說完么女把肉往娘跟前遞了遞，么女滿以為娘會高興的，可娘卻把刀一丟，捂著臉，蹲在腰盆邊，嗚嗚嗚地哭了起來。

　　么女著了急，說娘你哭啥？離娘肉割好了，嫂子改天就進門，是大喜啊！

　　么女這會兒還沒意識到，明年這個時候，自己沒準就是娘的一塊離娘肉了！好多提親的人都踏破了門檻，就等娘鬆口呢！

釀文學63　PG0663

 「黑王寨風情」系列小說精選

作　　者	劉正權
責任編輯	孫偉迪
圖文排版	王思敏
封面設計	陳佩蓉

出版策劃	釀出版
製作發行	秀威資訊科技股份有限公司
	114 台北市內湖區瑞光路76巷65號1樓
	電話：+886-2-2796-3638　傳真：+886-2-2796-1377
	服務信箱：service@showwe.com.tw
	http://www.showwe.com.tw
郵政劃撥	19563868　戶名：秀威資訊科技股份有限公司
展售門市	國家書店【松江門市】
	104 台北市中山區松江路209號1樓
	電話：+886-2-2518-0207　傳真：+886-2-2518-0778
網路訂購	秀威網路書店：http://www.bodbooks.com.tw
	國家網路書店：http://www.govbooks.com.tw
法律顧問	毛國樑　律師
總 經 銷	聯合發行股份有限公司
	231新北市新店區寶橋路235巷6弄6號4F
	電話：+886-2-2917-8022　傳真：+886-2-2915-6275

出版日期	2012年3月　BOD一版
定　　價	300元

國家圖書館出版品預行編目

「黑王寨風情」系列小說精選 / 劉正權著. -- 一版. --
臺北市：釀出版, 2012.3
　　面；　公分. --（語言文學類；PG0663）
　BOD版
　ISBN　978-986-6095-66-5（平裝）

857.63　　　　　　　　　　　　　100023042

讀者回函卡

感謝您購買本書，為提升服務品質，請填妥以下資料，將讀者回函卡直接寄回或傳真本公司，收到您的寶貴意見後，我們會收藏記錄及檢討，謝謝！
如您需要了解本公司最新出版書目、購書優惠或企劃活動，歡迎您上網查詢或下載相關資料：http:// www.showwe.com.tw

您購買的書名：_____

出生日期：_____年_____月_____日

學歷：□高中 (含) 以下　　□大專　　□研究所 (含) 以上

職業：□製造業　□金融業　□資訊業　□軍警　□傳播業　□自由業
　　　□服務業　□公務員　□教職　　□學生　□家管　　□其它_____

購書地點：□網路書店　□實體書店　□書展　□郵購　□贈閱　□其他

您從何得知本書的消息？

　□網路書店　□實體書店　□網路搜尋　□電子報　□書訊　□雜誌
　□傳播媒體　□親友推薦　□網站推薦　□部落格　□其他_____

您對本書的評價：(請填代號　1.非常滿意　2.滿意　3.尚可　4.再改進)

　封面設計____　版面編排____　內容____　文／譯筆____　價格____

讀完書後您覺得：

　□很有收穫　□有收穫　□收穫不多　□沒收穫

對我們的建議：_____

_____

_____

_____

11466
台北市內湖區瑞光路 76 巷 65 號 1 樓

秀威資訊科技股份有限公司 　　　收

BOD 數位出版事業部

....

（請沿線對折寄回，謝謝！）

姓　　名：＿＿＿＿＿＿＿＿＿　　年齡：＿＿＿＿　　性別：□女　□男

郵遞區號：□□□□□

地　　址：＿＿＿＿＿＿＿＿＿＿＿＿＿＿＿＿＿＿＿＿＿＿

聯絡電話：(日) ＿＿＿＿＿＿＿＿＿＿ (夜) ＿＿＿＿＿＿＿＿＿

E-mail：＿＿＿＿＿＿＿＿＿＿＿＿＿＿＿＿＿＿＿＿＿＿